Paolo Di Bartolomeo

con Andrea Mercurio

Tu sei con me

CAIRO

ISBN 978-88-309-0419-4
Prima edizione: aprile 2024

TU SEI CON ME

Ai miei adorati genitori
Mario e Maria,
miei angeli custodi, in cielo

Se dovessi camminare in una valle oscura,
non temerei alcun male,
perché tu sei con me
Salmo 23

Prefazione

È stata una sorpresa scoprire tra le tue virtù anche quella di scrittore.
Gabriella

In effetti, cara Gabriella, non lo sono. Non sono uno scrittore. Sono un medico che ha scritto, quello sì. Molto. In oltre quarant'anni di trapianti ho archiviato le storie, non solo le cartelle cliniche, di tutti i pazienti che ho avuto in cura. Perché, come disse Patch Adams, «se si cura una malattia si vince o si perde, ma se si cura una persona, ve l'assicuro, si vince sempre, qualunque sia l'esito della terapia».

Io ho sempre cercato di fare questo, curare le persone, che sono anche il prodotto della propria storia e perciò non possono essere considerate senza di essa. Non possono essere esaminate solo da un referto medico. Quello indica la malattia, certo, ma la cura dipende anche da chi c'è dietro il nome a cui si riferisce.

Come cantava Paolo Vallesi?

C'è una volontà che questa morte sfida,
è la nostra dignità, la forza della vita.

Ecco. È nella volontà, nella dignità di ogni essere umano che sta la sua forza della vita, e per tirarla fuori, per opporla alla forza opposta, quella della morte, bisogna conoscerla.

Io lo facevo così, diventando uno dei personaggi nel romanzo personale di ogni paziente, non un narratore esterno.

Ne ho raccolte un po' e ne ho fatto un libro. *Io sono con te. Una vita in corsia tra pianti e gioie.* Questo era il titolo. Tutto qui.

Stefania, l'ultima delle tre sorelle affette da leucemia mieloide acuta le cui storie sono state raccontate nel libro, lo scorso anno ha compiuto diciotto anni e in quest'occasione mi ha regalato tre oggetti e una lettera in cui era scritto:

> Questi sono tre pensierini, uno per ogni sorella. Una clessidra, un faro e una rosa.
> La clessidra rappresenta il tempo che ognuna di noi ha vissuto insieme a te. Ogni granello di sabbia rappresenta i secondi, i minuti e le ore che tu sei riuscito a fregare ad Ala e che hai donato a noi.
> Il faro rappresenta la luce che ognuna di noi cercava di raggiungere fuori dal tunnel e tu eri sempre con noi accompagnandoci passo dopo passo.
> La rosa è il simbolo della rinascita, quella rinascita che tu hai contribuito a far rinascere in me.
> Grazie DOC, X tutto, a nome di tutte noi. Patrizia, Maria, Stefania.
> P.S. Ti chiedo scusa se non sono stata una paziente modello, soprattutto per la mia lingua... tagliente. Però, dai... sarà almeno servita a spalleggiarti contro Ala. Grazie grande Capo.

Dopo la pubblicazione del libro, con l'arrivo delle tante recensioni dei lettori, ho cominciato a sospettare che ci fosse qualcos'altro dopo l'ultima pagina.

Per qualcuno è stato un modello di riferimento:

> Vorrei tanto che mio figlio Matteo, che sta per laurearsi a Padova in medicina, leggesse il tuo libro per fargli capire come affrontare al meglio, con il cuore, con l'amore, le sfide che lo aspettano come medico e come uomo.
> Bianca

Per altri è stato un memorandum:

> Grazie per avermi ricordato quanto è bella la vita.
> Giovanna

Per Alida, invece, è stato un inizio:

> Suggerimento editoriale: togli l'epilogo. Annuncia un altro libro, quello che nel tuo centro continuano a scrivere tutti i medici ai quali hai insegnato e trasmesso qualcosa.

Non è una cattiva idea. Alimentare la valorizzazione e la difesa della vita col racconto di chi ha combattuto lungo il suo confine estremo. Così ho realizzato di avere ancora tante storie, tanta pregiatissima stoffa di materiali, colori e profumi diversi, da unire nel romanzo di un unico vestito. L'ago è la penna, il filo la memoria. Così mi sono rimesso a cucire e quello che avete tra le mani è l'abito cartaceo che ne è uscito.

Se lo sentite stretto, meglio. Più aderisce alla vostra pelle, alle vostre emozioni, più ne sentirete l'essenza e, ne sono certo, anche la voce. Quella, spesso silente, talvolta flebile e impercettibile, che sentirete gridare con la voce di alcuni protagonisti: TU SEI CON ME.

Prologo

«I grandi uomini non sono soltanto i pochi protagonisti delle imprese memorabili destinate a lasciar traccia imperitura nella storia dell'umanità, ma anche quelle moltitudini che vissero di specchiata virtù nelle piccole cose, e Giovanni fu grande nella sua vita di uomo qualunque. Veri eroi sono anche quegli esseri il cui passar non lascia traccia ai più, ma che vissero la loro vita come autentici modelli di vita virtuosa, operando silenti e costanti, contribuendo così, nell'ombra, al lento progresso del genere umano.»

Il silenzio che rispose alle parole del prete risuonò in chiesa più fragoroso di un applauso. Esprimeva dolore composto e dignitoso, riservato, come lo era sempre stato lui nel portare il suo, a testa alta, per l'ultimo tratto del suo ammirevole passaggio sulla terra.

Chino, con le mani giunte in preghiera, ma assorto nella memoria più che nello spirito, mi sembra ancora di sentire la voce di Giovanni, quando, incrociandomi sul lungomare di Pescara, mi salutava con un coro da stadio:

«Oh mamma mamma mamma, oh mamma mamma mamma, sai perché me batte il corazon, ho visto il professore, ho visto il professore, eh mammà, innamorato son».

Io ridevo, lusingato per l'accostamento al campione legittimo intestatario di quei versi:

«Se fossi Maradona» dribblavo il complimento «sarei stato al Milan, mica nel tuo Napoli».

«Professore» rincarava «Maradona era nella vita dei napoletani, ma la mia vita è nelle sue mani.»

Mi investiva della sua totale fiducia e di una stima imbarazzante da quanto era celebrata, al punto, addirittura, da staccare l'argentino di cui ricordava tutti i gol. In particolare quello del 26 aprile 1987, proprio contro il mio Milan.

Maradona raccolse un pallone crossato in area, agganciandolo al volo come se fosse calamitato sul suo piede. Lo controllò in palleggio, senza fargli toccare terra, e batté il portiere. Un gol bello e prezioso, perché determinante per il primo scudetto che il Napoli avrebbe conquistato solo due settimane più tardi. Eppure, nonostante ciò, per Giovanni fu il più brutto, perché legato a un evento traumatico, purtroppo solo il primo, della sua famiglia. Mentre la palla colpita magistralmente da Maradona si insaccava nella rete del San Paolo, suo figlio Alessio, allora dodicenne, venne portato all'ospedale per un dolore alla tibia. Era un osteosarcoma, un tumore altamente maligno che rappresenta la neoplasia più comune fra i tumori primitivi delle ossa. Ci vollero quindici interventi chirurgici perché Alessio ne guarisse, liberando dal male sé stesso e il padre, che non ebbe tanta preoccupazione neppure quando il male attaccò lui, una decina di anni dopo.

Nato a Torre del Greco, in provincia di Napoli, e poi trasferitosi a Pescara, lo conobbi nel 2010. Aveva sessantatré anni. Era andato da poco in pensione, ma anziché giocare a briscola o andare a pescare, dovette dedicare il suo tempo a un'inattesa e sgradita ospite: una leucemia mieloide acuta.

«Non mi restano più di due o tre mesi di vita» comunicò al figlio in una telefonata in cui ci vollero più di due minuti per pronunciare questa frase, frammentata dal pianto.

Gli dettò le sue ultime volontà, spiegando dove avrebbe trovato le disposizioni per la moglie, per lui e l'altra figlia Giada. Per quanto lo sperasse con le forze che gli erano rimaste, non credeva sarebbe sopravvissuto più a lungo, ma al termine di questo corridoio temporale, anziché la porta di uscita dal mondo trovammo quella del trapianto. Gliela aprì suo fratello Alfonso, che, in perfette condizioni, non esitò a donargli il midollo osseo.

Dopo tre settimane dal trapianto i granulociti neutrofili erano superiori a mille e le piastrine superiori a cinquantamila, valori a dir poco eccellenti. Non sopravvenne nessuna complicazione e, come raramente accadeva con pazienti di quell'età, Giovanni fu in grado di lasciare la camera sterile ad appena ventinove giorni dal trapianto. Il suo decorso fu ottimale per due anni.

Ci vedevamo solo ai controlli periodici e, casualmente, per le strade della città, sul lungomare fra Pescara e Montesilvano. Aveva ritrovato la vita, perché ogni giorno che si aggiunge a quello che sembra l'ultimo è intenso quanto nessun altro precedente e l'alba sorge ogni mattina togliendosi di dosso il fiocco della notte, presentandosi come un autentico regalo.

Nel maggio del 2013, però, l'inquilino abusivo tornò, con maggiore forza e ferocia di prima e provammo a ricacciarlo nuovamente col midollo del fratello. Ancora una volta il trapianto era riuscito in pieno, ma era il nostro ultimo tentativo. Non potevamo far altro che attendere ormai il corso naturale degli eventi.

Giovanni riuscì a scartare decine, centinaia di giorni con i suoi cari, finché, a dicembre del 2021, li salutò. Per andare a vedere Maradona.

Penso infatti che, quando si esce dal terreno della vita, lo si fa solo per cambiare campo. Tanti, prima o poi, si trovano a dover giocare la propria ultima partita e, in quarant'anni del mio lavoro, posso dire di averlo fatto come un allenatore per tutti i miei pazienti. Ho messo a loro disposizione tutte le mie conoscenze e competenze, ma il pallone del destino era tra i loro piedi. Tante volte abbiamo vinto, altre volte abbiamo perso. Nella malattia, la morte sta alla vita come la possibile sconfitta in ogni sfida. Ci sta, è contemplata e accettata, purché si possa competere e stare in campo fino alla fine. Più difficile, invece, è capire come poter giocare se quel campo ci sparisce da sotto i piedi, inghiottito nella terra sottostante.

1

Sant'Antonio non bastava.

L'herpes zoster, il virus che provoca dolorose eruzioni cutanee e più comunemente noto come fuoco di Sant'Antonio, prende il nome del santo invocato per la guarigione, in virtù del culto taumaturgico nato in Francia nel XII secolo e arrivato ai giorni nostri infilandosi capillarmente, come il virus stesso, in ogni angolo del pianeta, anche il più nascosto, come Onna. Qui Chiara, una delle 340 anime che popolavano il paese a una decina di chilometri da L'Aquila, penava per gli effetti dell'herpes e sfoggiava la sua vasta conoscenza agiografica snocciolando il nome dei beati in ordine alfabetico. Qualcuno doveva pur rispondere.

Per il momento, però, l'unica risposta che sentiva era quella che Sofia, la bambina che abitava di fronte, dava a sua madre giocando a «ce l'hai».

«Prendimi, prendimi!»

«Sofia, dove sei? Ti acchiappo.»

«Prendimi, prendimi!»

La sofferenza fisica era acuita dall'insolita e forzata costrizione in casa, urticante quanto l'herpes per una donna che, da quando era arrivata in Italia, trasferitasi dalla Romania nel 2002, non era mai stata ferma un attimo, accudendo anziani e svolgendo pulizie domestiche finché le palpebre, abbassandosi pesantemente, non dichiaravano la fine della giornata di lavoro.

Rannicchiata sul divano, attendeva l'effetto degli antinfiammatori, che, effettivamente, stavano migliorando le condizioni della malattia ormai in fase calante, ma ancora sufficientemente viva da farla girare e rigirare su sé stessa. Proprio a metà di un movimento rotatorio verso il limite del divano, si ritrovò per terra, accompagnata dall'urlo istintivo provocato dal colpo sulle lesioni eritematose nel tonfo, ma tuttavia soffocato parzialmente dalla padronanza della sofferenza, nelle sue infinite forme, con cui conviveva dall'infanzia.

«Non pensavo di essere così vicina al bordo» rifletté, mentre un paio di antifurti partiti simultaneamente all'impatto le insinuavano un dubbio, confermato dalla telefonata che ricevette sul cellulare:

«Amore, come stai?».

«Bene Angelo. Cioè, sono appena caduta dal divano, ma tutto sommato meglio. Perché?»

«Come perché? Hai sentito la scossa?»

La scossa. Era stata quella a darle lo strattone che l'aveva fatta precipitare dal divano. In piedi davanti alla finestra, neanche cinque minuti dopo, barcollò per una nuova vibrazione della casa, ma restò in piedi, osservando i vicini che si riversavano in strada.

Chiara riprese il cellulare e, visualizzando il nome del marito nell'ultima telefonata, lo richiamò, fortemente agitata per la preoccupazione:

«Vai all'asilo, Angelo!».

«Sto andando» la rassicurò lui «ma non preoccuparti, non sembrano esserci danni.»

Alessio e Livio, i loro figli di quattro e tre anni, erano alla scuola materna, dove l'uscita delle 16:30 era stata anticipata di circa quaranta minuti per evacuare l'edificio.

Anche la scuola elementare De Amicis era stata fatta sgomberare, così come diverse aziende e edifici pubblici.

I bambini vivevano la novità con gioioso stupore. Era il 31 marzo del 2009, un tiepido pomeriggio di inizio primavera, e loro svolazzavano per le strade come le ritrovate rondini sulle loro teste. I Vigili del Fuoco stavano cercando di riportare la calma tra la folla di adulti che si era riversata per strada, impaurita alla vista dei lampadari oscillanti, delle stoviglie tremolanti e dei soprammobili che finivano per terra.

Chiara, concentrata sugli effetti pruriginosi dell'herpes, non aveva notato nulla di tutto questo, ma poi fu il virus a essere trascurato. Improvvisamente non sentì né dolore, né prurito. Solo preoccupazione per i suoi figli e suo marito, che salutò con un sospiro di sollievo quando varcarono la soglia di casa.

Le istituzioni diffusero i dati del sisma di magnitudo 4, ma invitarono a non allarmarsi, dichiarando che la situazione era sotto controllo, anche alle 21 e alle 21:30, quando molte famiglie, compresa quella di Chiara, videro ballare il tavolo attorno al quale stavano ultimando la cena. Le vibrazioni vennero percepite più debolmente rispetto a quelle del pomeriggio, ma lo stato di allerta istintivo, disobbediente alla protezione civile che non l'aveva dichiarato, faceva distinguere ogni minimo movimento tellurico, anche i tre successivi che seguirono, di magnitudo 3,1.

Un po' più tardi rispetto al solito, aspettando il pieno recupero della serenità, i due coniugi si divisero per la notte. Angelo dormiva nel letto matrimoniale con Alessio, mentre in un altro a una sola piazza, di fianco, si sdraiò Chiara con Livio, il più piccolo. Non le serviva più spazio, perché il bambino le dormiva tra le braccia dalla nascita. In nessun altro posto al mondo avrebbe preso sonno, se non su quello più sicuro, il petto della madre, e così erano state sovvertite anche le più elementari consuetudini familiari, modificando l'attribuzione dello spazio nei letti.

Il mattino dopo, Angelo fu l'unico che uscì di casa, per andare al lavoro. Le scuole erano precauzionalmente chiuse e Chiara doveva ancora guarire dall'herpes.

La via in cui abitavano, solitamente silenziosa a quell'ora, era tutta un vociare di bambini, su cui spiccava, stridendo angelicamente, quella di Sofia, impegnata nel suo gioco preferito:

«Prendimi, prendimi!».

La Commissione nazionale per la previsione e prevenzione dei grandi rischi rassicurò la popolazione, che riprese rapidamente le solite abitudini, di nuovo rasserenata, anche se un collega dell'ospedale de L'Aquila, il dottor Franco Papola, da noi per una riunione, impiegò un po' più tempo degli altri.

All'ospedale civile di Pescara non c'eravamo accorti di nulla. La scossa si era propagata soprattutto a L'Aquila e dintorni, nella Valle Peligna, Avezzano e Teramo. Qualcuno diceva che era stata coinvolta anche la nostra città, ma noi avevamo assistito ai fatti solo indirettamente, percependone la serietà dal volto teso di Franco che macinava chilometri percorrendo avanti e indietro il corridoio del mio piano, al telefono con la madre che, come lui, viveva a Onna.

«Mamma. Mamma!» esclamava con voce tremante.

«Mantieni la calma» ordinava, tacitamente, anche a sé stesso.

«Scendi in strada e tieni acceso il telefono. Hai capito mamma? Stai calma. Stai calma, mamma. No, io sono calmissimo!»

Aveva tradito un po' di ansietà, forse maggiore dell'anziana genitrice che, tuttavia, era rassicurata dal figlio di cui si fidava ciecamente. Quel figlio che in ospedale, per propensione deontologica, era sempre fermo e imperturbabile anche nei casi più critici e drammatici, quando però in cura aveva la madre perdeva la vulnerabilità del camice, scoprendo il cuore.

«Franco» mi informai qualche giorno dopo «com'è la situazione a Onna?»

«Tutto tranquillo» scandì senza distogliere lo sguardo dai referti che aveva davanti.

Al Centro Trapianti c'erano una decina di pazienti nelle camere sterili, tutti avevano ricevuto un trapianto di midollo e dovevano essere seguiti con molta attenzione, per questo lavoravamo anche di domenica, anziché essere in chiesa a prendere la palma benedetta, o in gita, approfittando della bella giornata dall'aria festosa tipica della settimana che anticipava la Pasqua, come fecero molte famiglie, tra cui quella di Chiara e Angelo.

I bambini si contendevano un pallone, loro due infarcivano il portabagagli di timballo, carne, arrosticini, carbonella e un piccolo braciere. La borsa frigo trovò posto tra quattro sedie piegate e aperte un'oretta dopo in una piccola area pianeggiante sulle pendici montuose del Gran Sasso, dove incontrarono anche Carlotta, la sorella di Chiara, suo marito Giovanni e i loro due figli.

Il sole annaffiava tutti quelli che vi si trovavano sotto, facendo fiorire ampi sorrisi, stemperati dalla doccia serale, una volta rientrati a casa, senza perderne la serenità che si infilò con loro sotto le coperte, al secondo piano della loro villetta.

«Buonanotte» salutò Angelo.

«Notte» rispose Alessio, accanto a lui.

«Buonanotte» echeggiò Chiara nel letto di fianco.

Livio taceva. Si era già addormentato, con la faccia appoggiata sul cuscino più morbido che esistesse, il seno di sua madre. Scese la notte, chiudendo la saracinesca sul 5 aprile e sulla vita degli abruzzesi. La consuetudine, la routine, le relazioni, tutto ciò che rappresentava un'esistenza normale restò fuori.

«Svegliati, sta per iniziare il terremoto.»

Una voce, così profondamente forte da sembrare udibile, uscì dal subconscio di Chiara e le spalancò con forza gli occhi, che sbatterono contro i numeri luminosi della sveglia sul comodino. Ore 03:16.

A metà tra il sonno e la veglia, si chiese chi avesse parlato. Le sembrava di aver visto una figura femminile, ma nella stanza c'erano solo i suoi familiari che dormivano. Attribuì l'accaduto alla suggestione delle recenti scosse e si girò dall'altra parte, ripiombando rapidamente nello stato di incoscienza, dove incontrò ancora quella donna, stavolta con i tratti più nitidamente delineati, coperta da un mantello grigio.

«Svegliati» insistette «sta per iniziare il terremoto.»

Ancora?

Com'è possibile che un sogno si ripetesse dopo essere stato

interrotto da un risveglio? Questo dubbio, aggiunto a quello riguardante l'identità della donna che le parlava, la destò completamente.

Erano le 03:28. Restò un paio di minuti a letto, ma non si sentiva affatto tranquilla. Quella voce continuava a correrle sulla pelle, lasciandole un brivido lungo la schiena che la fece alzare dal letto.

Guardò fuori dalla finestra, non si muoveva una foglia. C'era un silenzio così spesso che nemmeno il rumore del flebile alito di vento riusciva a scalfire. Solo la lancetta dei secondi, nell'orologio appeso alla parete, rimbombava a intermittenza. Chiara posò lo sguardo sui letti. Il suo era vuoto. Livio si era staccato dalla sua protezione per raggiungere il fratello, che era andato a stringere mosso da un atavico legame. Il marito e i due figli erano nel letto matrimoniale. Lì, a un passo da lei, in quei due metri quadri, c'era tutto il suo mondo, contemplato nell'istante di assoluto silenzio tra un movimento della lancetta dei secondi e il successivo, che però non fece in tempo ad arrivare.

Un fragore assordante squarciò la notte e la terra.

Sotto i piedi di Chiara si aprì una voragine che la inghiottì.

Angelo, Alessio e Livio sparirono nel buio polveroso che li avvolgeva, prima di chiudere gli occhi col cuore sbalzatole in gola per i quindici metri di caduta libera.

«Prendimi, prendimi!»

La voce della bambina era ovattata. Le sembrava di aver riaperto gli occhi, ma attorno era tutto nero e ripiombò in un profondo, silenzioso, letargico oblio.

«Prendimi, prendimi!»

«Sto sognando» pensò Chiara. «O forse» azzardò mettendo insieme gli ultimi ricordi confusi «sono morta.»

Tossiva per la terra che le era finita in gola. La sentì in bocca, sulla pelle. Erano sensazioni reali.

«Prendimi, prendimi!»

«Allora» suppose «lo è anche questa voce?»

«Sofia!»

La voce di una donna le arrivava più chiaramente, quando ormai aveva ripreso conoscenza. Riconobbe quella della sua vicina di casa, pur non capendo dove fosse, né tantomeno dove si trovasse lei.

Sentiva qualcosa di morbido che le premeva sulla testa. Era il materasso. Quando il pavimento si era aperto, il suo letto le si era rovesciato sulla testa, piombando con lei dal secondo piano alla cantina.

Non sentiva altro, letteralmente murata tra le macerie.

Non sentiva il suo corpo. Non sentiva le voci che cercava con quel che le restava del cuore, quelle di suo marito e dei suoi due bambini. Sentiva Sofia. Lei sì. Realizzò che non stava sognando e non era morta. Sentiva sua madre.

La vista le si annebbiò e le palpebre si stavano abbassando, ancora. Sentì la sua di voce, pur non distinguendo se la percezione era uditiva o spirituale.

«Sant'Antonio!»

Ma Sant'Antonio non bastava. Sapeva che doveva rivolgersi più in alto e bussò alla Sua porta chiudendo gli occhi, lentamente. Il tempo di rivedere la propria vita, perché prima di uscirne, e in quel momento seppe che è davvero così, la vita ti passa davanti in un ultimo infinito istante.

2

Chiara era stanca. Non era certo la prima volta. Aveva sempre dovuto faticare, da quando aveva messo il muso in questo mondo.

Quello che per tutti è un diritto di nascita, per lei è stato un privilegio guadagnato con sudore. Ogni semplice aggiunta al modello base dell'esistenza (nascere, crescere, morire), solitamente di serie, per lei è stato un optional costoso. Ciò che la vita offre gratis a molti, per lei ha avuto un prezzo particolarmente salato. Se agli altri basta chiedere, lei ha dovuto pregare; se basta volerlo, lei ha dovuto sognarlo; se ci si arriva camminando, lei ha dovuto scalare, sempre, a partire proprio da questa semplice azione, camminare. Una tappa naturale nell'evoluzione di qualunque essere umano, dall'*Homo erectus* in avanti, per lei è stata una conquista quanto la vetta del K2, che aveva richiesto ben sei anni.

Nata con una congenita disprassia, la difficoltà a programmare ed eseguire azioni intenzionali, è stata incapace di deambulare in posizione eretta fino all'età scolare. Quando i bambini giocavano al parco sotto casa, lei li guardava da una finestra, con le ginocchia per terra, da cui non riusciva a staccarle.

«Come ti senti?» le domandò l'ortopedico la prima volta che la visitò in piedi.

«Il cielo è più vicino» rispose concentrando in una sola espressione il suo stato fisico, emotivo e spirituale.

Nata in una famiglia di forte inclinazione cattolica, è sempre stata convinta che il tetto della Terra fosse il pavimento di Chi l'aveva creata e a cui indirizzava i suoi pensieri. A dispetto del ritardo nello sviluppo motorio, quello verbale e psicologico era stato molto precoce, quasi fosse una compensazione, una sorta di risarcimento.

«Chiara» raccontava la madre «ha imparato prima a pregare e poi a parlare.»

Ci si rideva sopra, ma era molto probabile che non fosse affatto una battuta.

Se ci troviamo a New York, Londra, Milano o Berlino, il nostro sguardo si perde tra le luci dei palazzi e i monumenti, così come i nostri desideri inseguono le tentazioni che li attirano. Quando invece siamo sulla cima di una montagna, da cui si apre una sconfinata vallata e nient'altro, i nostri occhi puntano in alto ammirandone i colori e la vastità, perché è tutto quello che c'è. Nient'altro che cielo.

Allo stesso modo, a Bacau, nella regione della Moldova in Romania dove Chiara cresceva, era più facile guardare in alto, perché è solo da lì che può arrivare qualcosa di bello, è solo lì che ci si può appoggiare quando si è stanchi. Dove non c'è niente, è più facile sapere dov'è tutto.

I problemi di sviluppo necessitavano di particolari cure fisioterapiche che Chiara poté ottenere solo entrando in collegio, dove rimase per dodici anni, fino al compimento della maggiore età. Ne uscì con un diploma professionale e un'abilità sartoriale che le permise di aiutare la famiglia con i primi soldi guadagnati cucendo.

Il suo contributo, però, non era sufficiente a coprire il fabbisogno di dieci persone. Chiara aveva tre fratelli e quattro sorelle. Suo padre era un contadino e, quando finiva con la terra, completava un'estenuante ma insufficiente giornata produttiva con i più disparati lavoretti che riusciva a trovare. La madre faceva la commessa, ma le bocche e le difficoltà economiche erano sempre maggiori delle entrate, così i figli di questi due onesti lavoratori, man mano che diventavano adulti, lasciavano la casa e la terra natia in cerca di opportunità.

Nel 2000, due delle figlie erano giunte in Italia. Isa di ventotto anni, cinque più di Chiara, stava in un monastero di Torino dove era entrata undici anni prima, assecondando la vocazione cristiana, e aveva assunto il nome di Suor Clara. L'altra, Carlotta, si era trasferita a L'Aquila. Qui aveva costruito una nuova famiglia con il marito Giovanni, anch'egli rumeno.

Con il numero ridotto dei familiari, la situazione economica era diventata meno gravosa e il padre poteva dedicarsi all'attività che prediligeva, trascorrendo in mezzo alla terra buona parte della giornata, finché il tramonto l'avvertiva che questa stava per concludersi.

Era passato un bel po', però, la sera in cui Chiara non lo vide rientrare come al solito, così andò a cercarlo, addentrandosi nei campi.

«Papà! Dove sei? Papà!»

Il suo appello risuonava in un silenzio cupo. Il buio appena sceso si fece immediatamente fitto e Chiara perse l'equilibrio inciampando in qualcosa che, al tatto, si rivelò drammaticamente familiare.

«Papàààà!»

Corse a chiamare i soccorsi con il cuore in gola per la paura. Con la voce tremante informò i soccorritori che suo padre respirava, ma non era cosciente e dopo una decina di minuti arrivò un'ambulanza.

Guidò i sanitari nei campi e, raggiunto l'uomo, i soccorritori lo caricarono su una barella, sottoponendolo prima a un disperato massaggio cardiaco che si rivelò inutile.

«Defibrillatore» ordinò l'operatore a capo del gruppo.

«Uno due tre, libero. Uno due tre, libero.»

Dopo diversi tentativi depose gli elettrodi girando lo sguardo verso Chiara, prima di farlo cadere verso terra e, in questa muta resa, le annunciò il decesso.

Un ictus se l'era portato via improvvisamente. La terra e la famiglia erano rimaste prive del loro principale sostegno. La prima, divisa in appezzamenti, andò ad altri contadini. La seconda si disperse per l'Europa, come un gregge per i campi quando non c'è più un pastore da seguire.

«Sono stanca. Sono molto stanca. Da qualche settimana, faccio fatica ad alzarmi dal letto e ho un mal di testa costante, insistente, ogni giorno.»

«Capisco signora. Quanti anni ha?»

«Trenta.»

«Da quanto è qui in Italia?»

«Sono arrivata qui nel 2002, ormai sono cinque anni.»

«Mi faccia vedere gli esami e torni a sdraiarsi.»

«Sono molto stanca.»

«Sì, lo vedo. Per questo ora deve solo riposare.»

«Grazie dottore.»

Erano i primi di ottobre quando Chiara fu ricoverata in Ematologia all'ospedale di Pescara.

Arrivava dall'ospedale San Salvatore de L'Aquila, dove si era recata per una cefalea che non le dava tregua e, soprattutto, per la spossatezza opprimente. Per lei, che aveva familiarizzato con la fatica ancora prima di camminare, era tutt'altro che normale provarla anche senza il minimo sforzo.

Le prime analisi facevano intuire una malattia ematologica seria. L'emoglobina stazionava su valori molto bassi, sui sette grammi, e le trentottomila piastrine individuate erano troppo poche. Era necessaria una biopsia midollare per capire l'entità del problema a cui si procedette cercando di non allarmarla.

«Adesso le facciamo un'anestesia locale sul bacino e le preleviamo un po' di midollo osseo, non sentirà dolore» le annunciò l'ematologo.

Lei chiuse gli occhi per nulla preoccupata. Si stese sul lettino medico a pancia in giù e accolse addirittura con favore la soluzione anestetica.

«Dottore, abbiamo la biopsia della nuova paziente, la trentenne rumena.»

Un paio d'ore più tardi un ematologo del mio staff mi fornì i dati dell'esame. Metà del midollo di Chiara era sparito. Il suo posto era stato preso da un esercito di blasti, le famigerate cellule leucemiche.

«Leucemia mieloide acuta» diagnosticai sommessamente dopo aver visto il midollo di Chiara al microscopio.

Feci la conoscenza di Chiara sulla sua cartella clinica, ma dovetti aspettare l'esito di altri esami importanti per presentarmi.

«Sono il dottor Paolo Di Bartolomeo, piacere di conoscerla.»

«Ho dormito bene dopo la biopsia midollare» commentò per prolungare ancora un po' il piacere del sonno appena concluso, come quelli che, quando suona la sveglia, hanno bisogno di tempo prima di potersi inserire verbalmente nella comunità. Poi, però, rientrò nella comunicazione andando dritta al centro della questione:

«Com'è la mia situazione?».

Le presentai i dati sulla percentuale dei blasti presenti, con la sua dura diagnosi, ma mitigata da un supposto ottimismo:

«Le informazioni che abbiamo dagli esami genetici sono potenzialmente favorevoli».

Poi le feci un preciso ritratto genetico:

«C'è un'anomalia del gene RUNX1 per la presenza di una traslocazione fra il cromosoma 8 e il cromosoma 21. In pratica» proseguii rispondendo alla sua espressione desiderosa di chiarimenti «fra questi due cromosomi è avvenuto un errato scambio reciproco di parti della loro stessa essenza. Questa alterazione genetica viene riscontrata in poco meno del 10% dei casi, soprattutto nei pazienti più giovani, ed è associata a una prognosi spesso favorevole poiché i pazienti che ne sono portatori di solito rispondono meglio alla terapia antileucemica».

Leucemia. Anomalie di qualche tipo. Prognosi spesso favorevole.

Questa fu la sintesi elaborata da Chiara, in ordine decrescente di gravità. La prognosi spesso favorevole era ciò che le interessava maggiormente e su cui si concentrò, per togliere il pensiero dall'incubo di una fine prematura. Ma come ci si poteva allontanare scientificamente?

Glielo spiegò un altro medico ematologo, supportato da una psicologa:

«Dobbiamo prima di tutto far regredire la malattia» cominciò lui «attraverso la chemioterapia. Quest'ultima metterà a rischio la sua vita perché può generare complicazioni, soprattutto infettive, potenzialmente mortali, nel 20% dei casi».

«Sei una donna forte» intervenne la psicologa prendendole la mano. «Si vede che hai già combattuto. Devi farlo ancora. Puoi farlo» concluse rafforzando la stretta, che Chiara ricambiò comunicando con essa la sua decisione. Aveva lottato troppo per andarsene a soli trent'anni. Non aveva alcuna intenzione di rinunciare a quello che aveva faticosamente ottenuto. La sua voglia di vivere era decisamente più forte della paura e accettò la sfida. Impugnò il coraggio e scese in battaglia. Lo scontro poteva iniziare.

I libri di storia riportano le date dei conflitti con estrema precisione, pur essendo ininfluenti nell'esito finale. L'Italia è diventato un paese libero dopo che le truppe nazifasciste sono state allontanate. Questo è ciò che conta. Poteva succedere il 28 luglio o il 7 novembre, non sarebbe cambiato nulla, ma è successo il 25 aprile e noi ricordiamo puntualmente questa data, celebrando il principio di libertà, perché è stata registrata dagli storici e tramandata. Fissare giorno, mese e anno di un evento ne certifica l'importanza e Chiara, decisa a celebrare il trionfo della vita, guarda l'orologio appuntandoli per questo fine.

Il 18 ottobre 2007 i due eserciti erano pronti. Gli invasori, le cellule leucemiche, volevano saccheggiare la vitalità di Chiara, depredandola del suo bene più prezioso, ma si trovarono di fronte la sua determinazione, volontà, fede e un'agguerrita fame di futuro dotata di armamenti scientifici, esplosi inizialmente con un ciclo di chemioterapia combinata, cioè un'azione congiunta di più farmaci con azione diversa tra loro.

«Daunorubicina, etoposide e citarabina» questo era il cocktail di farmaci antiblastici che dovevano uccidere le cellule leucemiche.

Le furono somministrati attraverso un catetere venoso centrale che altro non era che un tubicino posto nella vena succlavia. Un attacco violento e torrenziale contro le cellule leucemiche che, come previsto, rase al suolo tutto il midollo, sia quello malato sia quel poco di sano che era rimasto. Il primo scopo del trattamento, infatti, è quello di ottenere la remissione ematologica completa, ossia l'azzeramento di tutte le cellule midollari per creare il terreno favorevole alla ripresa delle sole cellule sane.

«Non capisco» lamentò Chiara. Così le offrii una spiegazione più comprensibile.

«Tu dove vivi, Chiara?» iniziai.

«A Onna» rispose chiedendo con lo sguardo cosa c'entrasse questa divagazione.

«Ecco. Immagina che i mobili della tua casa di Onna siano divorati dalle termiti. Tutti quanti. Non puoi fare altro che cambiarli. Qual è la prima cosa che devi fare per far posto al nuovo arredamento?»

«Togliere quello vecchio» comprese.

«Esatto» conclusi. «Rendiamo il tuo corpo il posto più spazioso e accogliente per le nuove cellule.»

La sottoponemmo a continue trasfusioni di sangue e concentrati piastrinici, per sostenere emoglobina e piastrine, ma, qualche giorno dopo, sopraggiunse una febbre alta con difficoltà respiratorie, che denunciavano la presenza di una polmonite bilaterale apparsa da subito molto seria.

Compresi immediatamente la gravità della situazione, che mi apparve addirittura precipitata quando vidi la presenza di una suora al suo capezzale.

«Addirittura la suora?» esclamai.

«No» stemperò un'infermiera, dandomene spiegazione. «O meglio, sì, è una suora, ma non è qui per l'estrema unzione. È la sorella della paziente.»

Suor Clara era venuta da Torino per assisterla e si schierò al suo fianco con tutta la fede che aveva, quando la situazione divenne critica.

«Non respira» segnalò un'infermiera con voce sufficientemente alta da arrivare alla caposala e al medico ematologo di turno che accorse prescrivendo dosi più massicce di antibiotici e antivirali e di ossigeno.

«Stai qui!» le ordinava la sorella monacata, ma Chiara non la sentiva e nemmeno poteva vederla. I suoi occhi erano già invasi di luce, quando venne strattonata da una voce che la ritirò in uno stato di coscienza:

«*Tu sei con me*».

Era della sorella? Del medico? Dell'infermiera? Non capì da chi provenisse, ma le bastò il suono, amorevolmente violento, per ridestarla e rimetterla sul campo di battaglia. La terapia ebbe la meglio sulla polmonite, le condizioni di Chiara erano notevolmente migliorate, sebbene febbre e tosse persistessero.

Il 22 novembre fu eseguita una nuova biopsia midollare che permise di documentare quanto speravamo: era in atto la remissione ematologica completa. I blasti leucemici erano scesi al 2%, ma l'alterazione genetica a livello molecolare persisteva. Anche se solo nello 0,5% delle cellule, era un dato comunque sfavorevole.

Era necessario un controllo accurato degli organi in generale e per questo motivo Chiara fu sottoposta a una ecografia addominale e a una TAC polmonare ad alta risoluzione.

«Guardate queste immagini» condivisi con due colleghi ematologi.

«Ci sono focolai multipli di infezione fungina» esclamò uno dei due.

«A livello del fegato e della milza» specificò l'altro.

L'infezione fungina è una delle complicanze più temibili per un paziente leucemico in corso di chemioterapia, perché può avere un esito letale.

Iniziammo immediatamente una terapia specifica antifungina con più farmaci e fummo costretti a rinviare le cure chemioterapiche. Queste furono riprese pochi giorni dopo, appena possibile, ma a dosaggi più bassi rispetto al necessario.

Uscito dalla camera di isolamento di Chiara, venni fermato dalla mamma di un bambino, anche lui malato di leucemia acuta, ricoverato nel reparto di Oncoematologia Pediatrica:

«Dottore. Mio figlio le manda questa» disse porgendomi una lettera in cui non mi identificai nel destinatario.

«Ma...» obiettai. «C'è scritto: "Per Babbo Natale".»

«Sì» spiegò «ma se la legge vedrà che il regalo chiesto da Marco è andare a scuola, giocare a nascondino, andare in bicicletta, lamentarsi dei compiti e gioire per l'arrivo delle vacanze. Il regalo che chiede è solo vivere. C'è un solo Babbo Natale che può portarglielo ed è lei.»

Gli occhi mi si riempirono di commozione. Presi la lettera dalle sue mani e la imbucai nelle mie preghiere, spedendola a Dio, perché mi desse le condizioni per essere il tramite di questo dono.

Il regalo che fu concesso a Chiara, invece, era un po' più terreno. Cinque giorni a casa per festeggiare il nuovo anno con la famiglia, trascorsi i quali venne nuovamente ricoverata in Ematologia per completare il piano di chemioterapia.

«È possibile che sia necessario un trapianto» la informai.

«Certo» afferrò al volo. «Ho bisogno dei mobili nuovi.»

«Proprio così» sorrisi. «Tu continua a fare pulizia, che io cerco quelli nuovi su misura.»

Mi congedai per dare inizio ai test di compatibilità presso l'Istituto di Immunoematologia dell'ospedale San Salvatore de L'Aquila, il cui direttore era il dottor Franco Papola, un biologo genetista.

Franco conosceva Chiara, perché anche lui abitava a Onna, a poche decine di metri da lei. Sapeva tutto di lei, ma nulla sulla sua struttura genetica.

La tipizzazione HLA consentì di identificare un ottimo donatore di midollo osseo nel fratello di Chiara, Dario Emilio, di trentadue anni, che era geneticamente identico, quindi perfettamente compatibile.

«Ottime notizie» le annunciai entrando nella sua stanza. «Ho scoperto che hai un fratello e per di più si tratta di un fratello speciale perché è completamente identico a te da un punto di vista genetico.»

A differenza del dottor Papola, io sapevo tutto sul suo sangue, ma poco di lei.

Le bastò allungare la schiena, con le mani sui fianchi, curvandola un po' all'indietro. Pochi minuti di mobilità furono sufficienti a dimenticare il principio di atrofia causato da ventidue ore di pullman, rannicchiata in un sedile di tela consumata per far posto a bagagli abbastanza capienti da farci stare il passato.

Duemila e novantanove chilometri, passando per l'Ungheria e la Slovenia e filtrati da Gorizia, un paese mai sentito prima, che però scoprì essere assai importante. Gorizia è infatti la porta dell'Italia per chi fa quella tratta, l'accesso alla nazione nella quale aveva deciso di trasferirsi, lasciandosi alle spalle venticinque anni di difficoltà, di buia incertezza, di dolori e di stenti. Dopo la morte del padre, Chiara era rimasta un paio d'anni ad accudire la madre e i fratelli minori, cacciando sostentamenti con l'ago e la zappa, tra lavori sartoriali e campi di mais. Quando i suoi fratelli furono in grado di provvedere a sé stessi, scelse di seguire la strada della sorella Carlotta che si era stabilita a L'Aquila, dove conduceva un'esistenza straordinariamente normale con il marito Giovanni.

Il sole di giugno era ancora tiepido alle pendici del Gran Sasso e l'aria, per Chiara, era fresca di speranza. A soli pochi giorni dal suo arrivo, trovò un'occupazione che le forniva anche vitto e alloggio, come assistente di una coppia di anziani a Onna, una frazione del capoluogo arroccata a quasi seicento metri di altitudine.

«Chiara, aiutami ad alzarmi. Chiara, infilami le calze. Chiara metti su l'acqua del brodo. Chiara lava, Chiara stira.» Il suo nome era infilato in ogni imperativo dettato dalla necessità di due anziani non autosufficienti, da quando il sole sorgeva a quando terminava l'arco percorso su un cielo che lei non aveva neppure il tempo di vedere. Di notte le era concesso un riposo intermittente.

«Chiara, l'acqua. Chiara, ho bisogno di andare in bagno. Chiara, la coperta.» Erano le sue sveglie con frequenza quasi oraria.

In un solo mese spese tutte le energie di cui disponeva e decise di sacrificare quell'unico concentrato di alloggio e occupazione, per una soluzione composta che però le desse il tempo di guardare quel cielo a cui spesso si rivolgeva.

In un paese dall'età media decisamente alta, non ebbe difficoltà a trovare famiglie che necessitavano di collaborazione domestica, dalle quali guadagnava quanto le bastava per poter affittare una propria abitazione e provvedere almeno alle necessità primarie.

Percorreva metodicamente le stesse strade, agli stessi orari, passando quotidianamente dalla vetrina di una bottega artigiana, in cui dava le spalle l'unica persona che ci lavorava.

Un uomo raschiava porte, smontava infissi e inchiodava assi che, una dopo l'altra, davano forma a mobili come credenze, comodini o librerie. Oppure intagliava il legno, creando oggetti unici di particolare bellezza.

Era una scacchiera quella che stava verniciando mentre lei lo osservava e da cui si allontanò con lo sguardo, dirottandolo improvvisamente verso di lei, quasi fosse stato richiamato dalla sua silenziosa attenzione.

Lei ebbe un sussulto di imbarazzo che lui non fece fatica a cogliere e si allontanò guardando per terra. Il giorno dopo, quando gli passò nuovamente davanti, lui fumava una sigaretta sulla porta e le rivolse quel saluto sorridente che aveva provato lungamente davanti allo specchio, prima di sfoggiarlo. Lei ricambiò timidamente.

Dopo una serie di «ciao», durati circa una settimana, lui ebbe l'ardire di presentarsi.

«Ciao. Comunque io sono Angelo.»

«Chiara, piacere.»

I saluti vennero sostenuti dai nomi e per qualche giorno si vennero incontro.

«Ciao Chiara.»

«Ciao Angelo.»

Poi lui aggiunse un augurio discreto:

«Buona giornata».

Lei ci caricò addirittura un complimento:

«Che bella scacchiera. Buon lavoro».

Era realmente incantata dalla meticolosità del lavoro e da quel piano su cui, giorno dopo giorno, si aggiungevano dei pezzi. Le piaceva l'idea che ciò che una persona avrebbe potuto ammirare nella propria casa era un oggetto nato dal nulla per la maestria di un artigiano. Fantasticava al pensiero che frammenti di legno, intagliati e verniciati, avrebbero preso vita in partite animate, per quanto possano mai esserlo quelle di scacchi, dalla volontà dei giocatori di affermare le proprie abilità strategiche.

«Troppo gentile» ringraziò lui, approfittando dell'occasione per uno scambio in più:

«Tu giochi?».

«No» arrossì Chiara «ma mi piacciono tanto i pezzi. Sugli alfieri a cavallo che si muovono attorno alla torre, per difendere il re e la regina, si potrebbero inventare un sacco di storie.»

«Be'» ne approfittò Angelo «se un giorno vorrai, ti insegnerò a giocare.»

«Mi basterebbe avere una scacchiera bella come quella, un giorno.»

Se ne andò così, un po' impacciata tra le tante parole italiane messe in fila in un'unica espressione, ma migliorava la lingua e le relazioni sociali ogni giorno che passava.

Dopo sei mesi erano arrivati a conoscere l'uno il mestiere dell'altra, l'età e l'assenza di legami sentimentali, intuita dall'assenza di anelli compromettenti. Nient'altro. Fuori da quel minuto, le giornate di Chiara si consumavano allo stesso modo, tra ore di lavoro spese per concedersi due pasti non troppo abbondanti e un letto in uno scarno bilocale. La fatica di comunicare in una nuova lingua, l'incertezza di un domani che appariva tristemente uguale al presente vuoto, le facevano sentire nostalgia della madre e della sua terra, nonostante la miseria delle prospettive che offriva.

Così si informò sul costo e gli orari dei pullman che l'avrebbero riportata a Bacau. Annotò la data della partenza a matita, nel suo calendario, per la fine del mese, dandosi così il tempo di congedarsi dalle famiglie presso cui lavorava con un adeguato preavviso.

«Signora, devo tornare in Romania» era la frase che aveva messo in bocca prima di uscire di casa, destinandola alla prima datrice di lavoro che avrebbe incontrato un venerdì mattina, ma un altro interlocutore si frappose tra le due.

«Buongiorno Chiara» la salutò Angelo, spiazzandola col seguito:

«Ti va di venire a cena con me domani?».

«Signora, io devo tornare in Romania.» Lei aveva in mente solo questo. Non era pronta per una risposta, ma sapeva dove trovarla.

La cercò in fondo a un desiderio e gliela porse su un sorriso a cui aveva tolto la polvere. Ingoiò il pensiero che aveva tra le labbra e non lo sputò fuori mai più.

Iniziò a piovere e furono proprio le gocce d'acqua a svegliare Chiara, una mattina di ottobre del 2003, bussando alla finestra della sua camera con la delicata insistenza della pioggia all'inizio dell'autunno.

Dentro, però, aveva il sole di una folgorante primavera, quella che, come fa questa stagione con i fiori, permise alla sua nuova famiglia di sbocciare. Si sposò con Angelo e pochi mesi più tardi scoprì di essere incinta. L'attesa, però, non fu dolce come se l'aspettava, dopo una visita dal ginecologo.

«Il suo gruppo sanguigno è 0 Rh negativo» le rivelò il medico.

«È un problema?» reagì lei.

«Potrebbe.»

«Dovrebbe fare un'amniocentesi» suggerì «per analizzare il DNA del feto e verificare che il bambino non sia portatore di qualche patologia.»

Chiara si rabbuiò, inevitabilmente preoccupata, ma non quanto lo diventò quando il ginecologo, in base a una teoria del tutto arbitraria, le parlò con la delicatezza di un pugile sul ring:

«In caso di patologie malformative» espose con glaciale imperturbabilità «l'unica cosa da fare è l'aborto».

«Mai!» sbottò. «Qualunque figlio mi darà Dio, lo accoglierò come la madre che spero di diventare.»

Nemmeno si sottopose all'amniocentesi e portò avanti la gravidanza con decisione e serenità. La sua determinazione, l'amore materno che le cresceva dentro erano tali che al marito non fece menzione dell'invito proveniente dall'essere che indossava il camice bianco. Lei si rifiutava addirittura di definirlo medico, perché a suo parere il titolo di laurea non basta per incarnare la scienza al servizio dell'umanità. Questo era per lei l'essenza della professione medica. Anzi, poiché era animata da una fede incrollabile, chi opera per proteggere la vita non può che essere scienza al servizio di Dio.

La sua fermezza fu premiata. A gennaio del 2005 nacque Alessio. Biondo, con gli occhi azzurri, ma soprattutto sano, del tutto sano.

Gennaio è anche il mese in cui era nato Angelo, ma dall'anno seguente, a soli dodici mesi dall'arrivo di Alessio, i familiari da festeggiare divennero ben tre. Lo stesso giorno del compleanno del marito, infatti, nacque il loro secondogenito Livio. Quando Chiara sognava la felicità, non immaginava fosse così piena.

Il profumo degli arrosticini si era propagato nelle corsie, facendo accorrere il personale come gabbiani in picchiata su un banco di pesci, e non era neanche mezzogiorno. Li aveva portati Angelo, perché aveva ricevuto un carico extra di vivande. Da quando Chiara era ricoverata, l'intero paese di Onna aveva adottato la sua famiglia, assicurando pranzo e cena ai suoi membri, con abbondanti prelibatezze condite da generosa fratellanza, mentre un nutrito gruppo di bambini tra i dieci e i quattordici anni teneva i suoi figli occupati, giocando con loro.

Quel giorno di aprile, a seguito di un favorevole malinteso, furono in due a raddoppiare le dosi della propria cena per offrirle alla famiglia di Chiara. Così, mentre Alessio e Livio si saziavano di leccornie solidali, Angelo portava la partita di carne in eccesso in ospedale, offrendola però solo agli operatori, perché la moglie, in corso di terapia, poteva nutrirsi solo con il cibo cotto e confezionato sterilmente all'interno della struttura sanitaria.

Era venuto a supportare la moglie, alla quale era stato annunciato un importante colloquio con me.

«Preparati, perché sarà molto diretto» l'avevano avvisata alcuni membri dello staff di Ematologia, sapendo che non usavo perifrasi edulcoranti per presentare con chiarezza la situazione. Andavo dritto al punto, con estrema e dura franchezza, tanto da risultare talvolta tagliente.

«Dobbiamo fare un trapianto» sintetizzai andando direttamente alla soluzione che suggerivo. «Con il trapianto» proseguii snocciolando percentuali utili a comprendere le probabilità di successo «i rischi di complicanze mortali sono del 20%.»

«Tanto» commentò rabbuiato Angelo, in deroga al silenzio che ne contraddistingueva la compagnia. Da quando era iniziato il suo dramma familiare, infatti, si era chiuso in sé stesso, non parlando mai se non in caso di estrema necessità. Quello, evidentemente, lo era.

«Sì» ammisi «è tanto, ma a fronte di questo aspetto negativo dobbiamo considerare che la probabilità di guarigione non è niente male, parliamo del 60%. Quella di recidiva della malattia, cioè la possibilità che la leucemia si ripresenti dopo il trapianto, è del 20%. Però...»

Quella sospensione aprì una finestra di positività tra freddi numeri poco rassicuranti.

«Se non facciamo il trapianto, la probabilità che tu guarisca è ridotta al 10% o al 20% per essere ottimisti.»

«In cosa consiste il trapianto?» domandò Chiara con estrema propensione alla concretezza.

Le spiegai per filo e per segno ciò a cui sarebbe andata incontro illustrando la prima fase che consisteva nella somministrazione di chemioterapia a dosi sovramassimali a cui avrebbe fatto seguito il trapianto vero e proprio. Avremmo sedato il fratello con un'anestesia generale per poter prelevare il suo midollo dalle ossa del bacino con aghi e siringhe e poi infonderlo a lei per via endovenosa, come una semplice flebo o trasfusione di sangue che dir si voglia.

«Facciamolo» sentenziò.

Procedemmo con gli accertamenti di preparazione, che includevano una nuova biopsia midollare. Questa rilevò che la leucemia acuta era in remissione completa a livello ematologico perché la percentuale di blasti leucemici era largamente inferiore al 5%, ma era ancora presente a livello molecolare. Infatti l'alterazione del DNA che avevamo rilevato al momento della prima diagnosi ossia la traslocazione 8-21 era ben evidente. Spiegai a Chiara che non avevamo certezze circa una sua possibile guarigione utilizzando solo la chemioterapia.

«Se vogliamo aumentare le tue possibilità di guarigione, la via migliore è quella del trapianto di midollo osseo allogenico anche e soprattutto perché nella sfortuna di esserti ammalata di leucemia hai la fortuna di avere un fratello compatibile come donatore» dissi a Chiara.

Chiara non ci pensò due volte e diede il suo consenso a effettuare il trapianto e così fissammo la data. La mattina del 5 giugno 2008, il donatore, il fratello Dario Emilio, fu sottoposto ad anestesia generale per il prelievo delle cellule midollari che, nel pomeriggio, attraverso il catetere venoso centrale, traslocarono nel midollo di Chiara.

Il trapianto di midollo non è come quello degli organi, non richiede operazioni chirurgiche e nulla può andare storto. La fase delicata, da cui dipende la vita dei trapiantati, è l'ambientamento delle cellule del donatore nel nuovo corpo. Il 35-60% dei pazienti sottoposti a trapianto allogenico, cioè da donatore familiare o non familiare, può sviluppare la GvHD, graft-versus-host disease, la reazione del trapianto contro l'ospite ossia il rigetto delle cellule immunitarie trapiantate contro il corpo di chi le ospita che non riconoscono come casa propria, mettendolo a soqquadro e provocando così problemi clinici che possono essere estremamente seri.

I giorni successivi, quindi, sono ancora più importanti della data annotata sui libri con la storia dei pazienti. Bisogna solo attendere, pazientare e, per chi ci crede, pregare. Chiara non faceva altro, tra le mani della sorella Clara o del marito Angelo, ma lo faceva con una serenità sovrumana, affidandosi completamente alla volontà del suo Creatore. Certo, non voleva lasciare i suoi figli senza madre e suo marito senza moglie, ma era più preoccupata per loro che per sé stessa.

Nelle settimane successive arrivò Babbo Natale. Con giustificato ritardo rispetto al giorno di dicembre in cui i bambini aspettano la sua visita, scese dal camino del reparto di Ematologia di Pescara.

«Oh oh oh» esclamò un infermiere vestito di rosso, con la barba bianca e un cuscino sull'addome per riprodurre la celebre pancia dell'originale, entrando nella camera del piccolo Marco.

«Buon Natale!»

«Buon Natale?» si sorprese lui. «Ma siamo a maggio!»

«Ho letto la tua letterina» gli spiegò il lappone-abruzzese. «Hai chiesto un dono molto importante, il più bello di tutti, che non può essere contenuto in un pacco da consegnare il 25 dicembre.»

«E qual è il giorno in cui viene consegnato?» domandò il bambino eccitato.

«Ogni giorno» rispose il saggio barbuto. «Il fiocco sul pacco che contiene la vita è la sveglia che ogni mattina ti offre di vederla, è la porta che ti permette di viverla. Oggi puoi aprire la tua, Marco. Esci da questo ospedale e goditi il tuo regalo. Te lo sei meritato.»

La gioia e la commozione scivolarono dentro le altre camere, invadendo anche quella di Chiara. Era attaccata all'ossigeno. Eravamo preoccupati per una crisi respiratoria che però, quella volta, fu scongiurata. Qualcuno chiese all'infermiere natalizio se per caso avesse fatto visita anche alla paziente rumena, perché aveva ricominciato a respirare autonomamente e, quarantasette giorni dopo il trapianto, in buone condizioni cliniche generali, uscì dall'ospedale, per entrare, come le principesse, nel regno dell'amicizia. Un intero paese, Onna, le tributò una festosa e sincera accoglienza. Avendo partecipato empaticamente alla sua sofferenza, per osmosi erano guariti tutti.

Solo il figlio più piccolo, Livio, aveva riportato un effetto collaterale. Dopo mesi senza sua madre, non poteva più farne a meno e la prima sera con lei volle coricarsi al suo fianco, addormentandosi tra le sue braccia.

Quella notte diventarono due, tre, cento, trecento. Dieci mesi dopo, come fosse la prima in cui ritrovò il materasso, il materasso fatto di mamma, Livio le si sdraiò accanto, dopo una piacevole e stancante domenica delle Palme trascorsa in montagna. Lei lo coprì con un abbraccio, rimboccandogli l'anima.

3

Meno mille.

Era partito il conto alla rovescia dei giorni che mancavano al nuovo millennio e in nessuna città al mondo era scandito come a Parigi. Il 6 aprile del 1997, chiunque poteva sapere quando sarebbe arrivato il duemila, bastava alzare gli occhi. A partire da quella data, la grande cifra luminosa che scendeva dal tetto del secondo piano perdeva un numero ogni ventiquattro ore, gettando quotidianamente carboni di aspettative sull'ardente brace dell'attesa, ma instillando contestualmente una crescente ansietà per quel vistoso segno meno davanti al tempo. Un giorno in meno al nuovo secolo, certo, ma anche, inopinabilmente, un giorno in meno da vivere. Per bilanciare il fatalismo deprimente di questo punto di vista, occorreva dare maggior senso al presente, viverlo nel pieno del suo potenziale appagante, rispondendo a una domanda: cosa ci fa addormentare la sera senza rimpianti, soddisfatti del giorno speso?

Il quesito fece il giro del nostro tavolo, nella pasticceria Angelina, probabilmente la più storica della città. Sarà stato per lo spirito di Marcel Proust, scrittore saggista che era solito deliziarsi qui, come l'imperatrice Sissi, e ci faceva sentire tutti un po' più filosofi, limando la scientificità del nostro pensiero.

Quattro medici italiani, in Francia per un Convegno di ematologia, dissertavano sul valore di ogni giorno, tra capitelli e dipinti art nouveau, immersi nel gusto della belle époque, reso più amaro dal salatissimo conto appoggiatoci da un cameriere in livrea sulla lastra di marmo che sormontava il nostro tavolino.

«Lo scopo di un giorno è darne uno in più agli altri» osai mescolando filosofia e medicina.

Eravamo lì per quello, in fondo. Discutere di nuove tecniche e cure per disinnescare la leucemia e offrire ai pazienti tempo. Altro tempo, il più possibile.

«Lo scopo di ogni giorno» fece Carlo continuando il giro in senso orario «è sapere più di quello precedente.»

Anche questo era vero. Qualunque cosa accada nelle nostre giornate serve a insegnarci qualcosa. Anche le più brutte e a noi ne capitano parecchie, specie quando perdiamo dei pazienti. L'esperienza, l'aggiornamento professionale, lo studio costante e le stesse persone che curiamo ci lasciano sempre qualcosa di prezioso. Se riusciamo a non farlo scivolare via, troppo presi dall'operatività o dalla frenesia della quotidianità, aggiungiamo qualità al nostro bagaglio esistenziale.

Alfredo confermò il suo rinomato rigore e la severità verso sé stesso: «Per me il senso di ogni giorno è riuscire a capire quali errori abbiamo commesso, per evitare di ripeterli».

«E se non sbagli?» domandò un collega.

«Se pensi di non aver commesso neanche uno sbaglio» rispose mordacemente lui «hai sbagliato. Quindi devi correggere la tua supponenza.»

«Per me» concluse Pietro «un giorno ben speso è quello in cui ti sei mangiato un prelibato dolce parigino, affogato dalla cioccolata più buona di tutta la Francia, senza cacciare un franco.»

La risata collettiva ci restituì la leggerezza di cui avevamo bisogno, dopo una giornata trascorsa a valutare dati e casi clinici, condivisa da una coppia di italiani del tavolo vicino, che, sentendo la lingua familiare, si unì alla discussione.

«Se posso permettermi» commentò l'uomo «lo scopo di ogni giorno è svegliarsi con una bellissima donna vicino, come la mia.»

«Oh, amore» si sciolse lei «come sei dolce.»

«Veramente» chiuse lui «io parlavo di mia madre!»

Aggiungemmo divertimento al carico precedente e ridemmo ancora più forte, presentandoci ai connazionali.

«Io sono Valerio.»

«Io Stefania.»

Quando seppero che venivo da Pescara si illuminarono come la Tour Eiffel alla sua accensione serale:

«Anche noi! Siamo di Alanno».

Due ventitreenni nel loro terzo anniversario di fidanzamento erano venuti a Parigi da un paesino dell'entroterra abruzzese, a una trentina di chilometri da dove vivevo io, da cui si può ammirare la Maiella, se ti affacci da una parte, e il Gran Sasso, se guardi dall'altra. Erano belli insieme, come forse tutti gli innamorati quando trovano nell'altro la fonte della propria felicità. Complici e romantici. Lui aveva una propria ditta edile, lei aveva un buon impiego che diceva di voler tenere, mentre lui la esortava a lasciarlo per dedicarsi alla famiglia, quando l'avessero creata.

«E voi?» ci chiesero.

«Noi no» prese la parola Pietro «noi non siamo fidanzati. Siamo solo amici.»

Ci salutammo stringendoci le mani e ripromettendoci che ci saremmo rivisti in Abruzzo, ma senza alcuna convinzione, anche perché neppure ci scambiammo gli indirizzi. Lo facemmo reciprocamente più per formalismo che per una reale intenzione.

«*Bonjour* professore» mi salutò Valerio. «Ci vediamo all'ospedale di Pescara, magari quando nasceranno i nostri figli.»

«Sarà un piacere» ipotizzai con cortesia.

«Se passate dall'ospedale fatemi un fischio. *Au revoir!*»

«*Au revoir professeur!*»

Lasciammo il conto all'organizzatore del convegno che ci aveva accompagnato, contribuendo a dare un senso alla giornata di Pietro, e passeggiammo in Place de la Concorde, a poche decine di metri da dov'eravamo, verso gli Champs-Élysées. Il sole se n'era andato, facendo risaltare la maestosità della Torre che, illuminata, si stagliava proterva contro il cielo nero. Mi fermai a osservarla, completamente rapito. Era bellissima. Lo era più di cent'anni fa, quando fu inaugurata, lo sarà per altrettanti e molti di più. Guardandola incantato non potevo fare a meno di pensare che non avrebbe dovuto esserci. Eretta per celebrare il centenario della Rivoluzione francese, ne era previsto lo smantellamento dopo vent'anni, ma chi ne avrebbe mai avuto il coraggio? Sarebbe stato come sfigurare Parigi, lasciando una cicatrice vuota sul suo volto, perché questa, ormai, era la Torre per la città. Un volto che sapeva essere radioso e austero, aggraziato ma deciso, proteso verso il cielo eppure piantato così saldamente per terra.

«Sembra una grande A» pensavo con il naso all'insù, puntando la cima dei suoi trecento metri. La prima lettera dell'alfabeto, quella che in greco è l'alfa, il principio di una storia, il principio di tutte le storie per chi crede in Dio, che si presenta proprio con questo nome: «Io sono l'alfa e l'omega».

Saccheggiai i negozi di souvenir, comprando raffigurazioni della Torre in tutte le misure, affascinato dalla sua storia, quando mi fu raccontata.

Da lontano appare incantevole, romantica, suggestiva, ma quando ci sei sotto stupisce per la sua imponenza, per la sua solida grandiosità. Guardandola dai giardini di Champ-de-Mars, toccandola, non si penserebbe mai che un tempo è stata fragile, che ha sofferto, che più volte, prima di ergersi completamente, è stata sul punto di morire, fin dal suo basamento.

Mi tornò violentemente in mente cinque anni dopo, quando, prima di uscire di casa, pensavo alla bambina che avevo in cura e, posando lo sguardo su un souvenir parigino, vi trovai la stessa storia, così presi una Torre in plastica di sette centimetri che mi era avanzata dalle tante acquistate, e gliela regalai.

Luisa sembrava più pesante. Era da un po' che Sonia, sua madre, non la portava in braccio dal terzo piano di casa loro fino al parcheggio, dove finalmente poté adagiarla sui sedili posteriori, ma quel giorno aveva male alle gambe e non riusciva a camminare, un particolare da aggiungere al suo stato, quando, arrivati all'ospedale vicino Chieti, dovette spiegarne i sintomi:

«Ha la febbre a 39° da alcuni giorni, nonostante gli antibiotici, e oggi ha anche un forte dolore agli arti inferiori».

«Sembra un po' pallida» constatò il medico del Pronto Soccorso pediatrico.

«Sì» confermò Sonia. «L'avevo detto al medico di famiglia, ma lui ha ritenuto fosse del tutto normale visto il chiarore della mia carnagione.»

«Come ti chiami?» domandò il medico rivolgendosi alla bambina.

«Luisa» sussurrò tradendo la sua abituale vivacità.

«Quanti anni hai, Luisa?» insistette per verificare la sua reattività e, nel contempo, instaurare un clima amichevole.

«Quattro» risposero le dita estratte lentamente da un pugnetto chiuso, forse per la paura.

«Adesso la mamma ti legge questo bel libro» le annunciò l'uomo mostrandole la copertina colorata. Poi si rivolse a Sonia spiegandole che le avrebbe fatto un prelievo di sangue, di cui, poco dopo, arrivarono i risultati.

«Sua figlia ha un'anemia piuttosto importante» rivelò il dottore interpretando i soli sette grammi di emoglobina presenti.

«Deve andare subito all'ospedale di Pescara» le ordinò «nel reparto di Oncoematologia Pediatrica.»

«Onco...» ripeté lei troncando la parola sulla metà di cui conosceva il significato, per trovare conferma o, meglio, per non trovarla, sperando di aver capito male.

«Oncoematologia» confermò lui.

«Può accompagnarla?» aggiunse allarmandola con la fretta che sollecitava «se no la trasferiamo noi in ambulanza.»

«No, no» declinò lei allontanando da sé lo spettro della gravità che le avrebbe ulteriormente trasmesso il mezzo ospedaliero, magari con le sirene spiegate.

Cesare, il papà di Luisa, scese con Federico, l'altro figlio di un anno, quando lei gli citofonò. Passarono dalla madre di Sonia per lasciare il piccolo e si diressero a Pescara, senza dirsi una parola. Luisa dormiva e non la svegliarono neppure all'arrivo, quando il papà la tolse dal sedile dell'auto facendole proseguire il sonno tra le sue braccia.

Le venne fatto un nuovo emocromo e uno striscio di sangue la cui analisi al microscopio indicava una condizione molto sospetta di leucemia acuta.

Sonia sprofondò sulla sedia, ancora più bianca di quanto già fosse. Cesare non cadde solo perché aveva Luisa acquattata sul petto.

Il mattino seguente, la bambina venne condotta in sala operatoria per portare a termine due piccoli interventi. Il chirurgo pediatra posizionò un catetere venoso centrale con accesso dalla vena giugulare del collo. L'ematologo prelevò il midollo osseo e il liquido cefalorachidiano, quel fluido limpido, incolore e acquoso che scorre dentro e intorno al cervello e al midollo spinale, che vennero immediatamente inviati al laboratorio di Ematologia per i necessari esami.

Le famiglie cucinavano il cotechino con le lenticchie e si preparavano al veglione di Capodanno, tranne i genitori di Luisa, che passarono dal 1996 al '97 in ospedale, con la testa tra le mani.

Si trattava di una leucemia linfoblastica acuta.

«Ma è sicuro?» domandava quasi ripetutamente la mamma ai medici del reparto di Oncoematologia Pediatrica.

«Come avete fatto in così pochi minuti a diagnosticare una leucemia?»

«Signora» le risposero costernati ma risoluti «non abbiamo dubbi di alcun genere. Il midollo della bambina è invaso da cellule leucemiche.»

La disperazione dei genitori si quietò lievemente nei giorni successivi, dopo nuovi test genetici.

«È una forma leucemica a basso rischio» spiegò l'ematologo pediatra, fornendo ai genitori un quadro sulla carta confortante: «In questi casi, le probabilità di guarigione con la sola chemioterapia sono altissime. Oltre l'80% dei bambini con questa forma di leucemia guarisce definitivamente e fra qualche anno Luisa dimenticherà di essere stata malata. Le cure, però, sono lunghe. Non meno di due anni».

Alessia andava a danza. Benedetta aveva già iniziato equitazione. Carla era stata iscritta a nuoto. Tutte le amiche di Luisa erano impegnate in qualche attività extrascolastica. Lei, invece, era la sfortunata estratta dal destino e aveva vinto un buono per due anni di sedute chemioterapiche.

A ciascuna di esse, però, chiudeva gli occhi e diventava una ballerina, una fantina, una nuotatrice, come le sue coetanee. Sognava la loro normalità e la pregustava nella sua ottimistica innocenza.

«Mamma» auspicava sdraiata sul lettino «mi porterai tu a danza o papà?»

«Lo farò io, tesoro» la rassicurava Sonia, sforzandosi di immaginare una realtà che sembrava onirica. «Papà andrà a calcio con Federico.»

Il sacrificio, però, dava i suoi frutti. Dopo il primo ciclo di chemioterapia, il midollo di Luisa era andato in remissione completa. Le cellule leucemiche erano pressoché scomparse e, dopo un secondo ciclo di chemioterapia di consolidamento, la bambina fu dimessa.

Al mattino andava all'asilo, il pomeriggio al parco o a casa di qualche compagna. L'unico legame con la malattia era rappresentato dai due farmaci che doveva assumere, anche se uno dei due, per via intramuscolare, le dava fastidio. L'altro era una pastiglia che accoglieva addirittura col sorriso, grazie alla mamma che, quando arrivava l'ora della somministrazione, entrava nella sua camera piroettando a cavallo di una scopa e, come Mary Poppins, cantava: «*Basta un poco di zucchero e la pillola va giù*».

«*La pillola va giù*» ripeteva lei allineata melodicamente.

A gennaio del '99, come da protocollo, la terapia ebbe termine e la bambina poté riprendere dalla memoria le aspirazioni accantonate in ospedale.

*

«Buongiorno Luisa» la salutai entrando nella sua camera sterile. «Guarda cosa ti ho portato.»

«È per me?» si entusiasmò prima ancora di vedere il contenuto della piccola busta di carta.

«Sì» le svelai. «È la Tour Eiffel, la Torre progettata da un ingegnere che si chiamava Gustav Eiffel, il monumento di Parigi e ha una bella storia. Secondo me ti ricorderà quella di una persona che conosci.»

«Me la racconti?» chiese timidamente. In quel momento, un soffio di curiosità riportò un po' di luce sul volto cereo, come l'alito di un improvviso venticello estivo che scuote le tende di una finestra spalancata in cerca di ossigeno, in una soffocante giornata d'estate.

«C'era una volta» iniziai prendendo spunto dalle favole «un ingegnere che aveva già realizzato opere molto importanti, come la Statua della libertà di New York, in America. Gli fu chiesto di presentare il progetto per un monumento grandioso, che doveva essere eretto per celebrare una grande festa nazionale e lui disegnò una Torre di ferro. Solida e forte, come voleva fosse la Francia, e alta. Più di qualunque altro monumento o edificio al mondo. Doveva essere di trecento metri, così da mostrare chiaramente la grandezza del paese.»

«Ed è stato facile?» mi interruppe.

«Per niente. Anzi. Appena nata sulla carta, come progetto, sorsero i primi problemi, molto seri. Scavando le fondamenta i progettisti scoprirono che i pilastri erano troppo vicini alla Senna, il fiume della città, e facevano fatica a stare in piedi perché si allagava tutto. Così dovettero scavare cinque metri sotto il fiume per trovare il terreno rigido e fu necessario attivare un sistema che non era mai stato impiegato prima di allora per mantenerla bella solida. Da quel momento i lavori procedettero abbastanza bene, tutto stava andando secondo i piani, ma... si verificò un incidente mortale. Un operaio perse la vita cadendo da un'impalcatura e gli altri lavoratori non volevano continuare a mettere a rischio la propria. La costruzione della Torre si fermò per un po'. Qualcuno temette fosse una sospensione definitiva.

Invece i lavoratori ripresero, ma solo per poco tempo. L'accordo, infatti, prevedeva un primo pagamento alla fine della costruzione del primo dei tre piani della Torre e con quei soldi l'ingegnere avrebbe dovuto pagare i lavoratori, ma il Governo si rimangiò la parola e rimandò il pagamento al termine del secondo piano. Gli operai avrebbero dovuto lavorare gratis fino a quel momento, cioè per diversi mesi e nessuno sembrava intenzionato a farlo. Addio Torre pensarono tutti. Tutti tranne Eiffel, che salì su una trave di ferro e tenne un discorso così convincente che dopo qualche settimana, quando tutto sembrava perduto, tornarono tutti all'opera. Dopo il secondo piano vennero pagati tutti e si proseguì fino alla cima. Il giorno fissato per il termine dei lavori mancava un ultimo rivetto, una specie di vite, per unire due pezzi. Trecento metri più giù, a terra, c'erano il sindaco, i giornalisti e molte autorità che attendevano l'ultimazione dell'opera, ma il rivetto non entrava. Le misure erano sbagliate.

"Possibile? Siamo arrivati fin qui e dobbiamo arrenderci?" si arrabbiò Eiffel. Mai! Con un colpo di genio sfruttò tutte le sue conoscenze ingegneristiche e riuscì a spostare tutta la Torre di pochi millimetri in modo che la piccola giuntura di ferro potesse entrare nel buco.

La Torre era salva. Fu inaugurata e offerta alla vista di milioni di visitatori che, con le bocche spalancate per lo stupore, acclamarono il monumento e la Francia.

Eppure...»

«Eppure?» intervenne Luisa col tono intransigente di chi non ammetteva un finale diverso.

«Eppure» proseguii «il piano originario prevedeva un'esistenza temporanea della Torre. Dopo vent'anni avrebbe dovuto essere smantellata. Lei, però, la Torre, ne aveva passate troppe per andarsene così presto. Doveva restare con i francesi. Doveva restare con tutti quelli che venivano da ogni parte del mondo per ammirarla. Doveva dar loro un esempio di forza, bellezza e resistenza, portandoli con lei sul punto più alto mai costruito dall'uomo, dove sembrava di poter accarezzare il cielo tanto era vicino. Ogni altro progetto della sua sostituzione venne accantonato. Niente e nessuno riuscì ad abbatterla e oggi, dopo più di cento anni, è ancora lì a raccontare la sua storia e ad ascoltare quella di chi, come lei, ha lottato per rimanere così maestosamente in piedi. Come te.»

«Come me?» si sorprese.

«Sì» confermai consultando la memoria. «Come te.»

Allo stesso modo in cui le travi della dama di ferro francese si aggiungevano l'una sull'altra, i giorni di Luisa, all'inizio della seconda elementare, si sommarono con regolarità. Frequentava un corso pomeridiano di danza classica e più avanti iniziò anche a prendere lezioni di violino, finché, a metà anno, dovette saltare una lezione perché aveva la febbre. Le lezioni perse diventarono due, tre, quattro. Non era una banale influenza. Quando sul suo viso sopraggiunse il pallore, si portò via il colore della vivacità e quella fettina di abitudinaria serenità che aveva appena assaggiato. Ricaduta leucemica è il termine tecnico per indicare che la leucemia si era ripresentata.

Luisa dovette ricominciare tutto da capo: anestesia, biopsia midollare, catetere venoso centrale, chemioterapia. Dopo quattro settimane raggiunse nuovamente la remissione totale. Le sue cellule leucemiche erano state rase al suolo.

«Le serve un trapianto allogenico di midollo osseo ossia da un donatore» fu spiegato ai genitori.

«Trapianto da chi?» domandarono loro.

L'ematologo pediatra rispose indicando loro due col dito e aggiungendo a voce una terza opzione:

«Suo fratello potrebbe essere un ottimo candidato. Domani eseguiremo i test di tipizzazione per verificare la compatibilità».

Il risultato fu deludente. Federico non era compatibile e i genitori lo erano solo al 50%. Luisa, intanto, attendeva fiduciosa. La sua torre rischiava di fermarsi al primo piano, quello dell'infanzia.

Con il team di ematologi pediatri, decidemmo di proseguire con una nuova chemioterapia, durante la quale era stata programmata la raccolta delle sue cellule staminali emopoietiche. Se prelevate in numero adeguato, queste cellule sarebbero state congelate. Successivamente avremmo proseguito con un trapianto autologo di cellule staminali. Questo era il piano per Luisa.

«Non ho capito niente» si preoccupò Cesare interpretando anche il pensiero della moglie.

Era doveroso e indispensabile spiegare ai genitori con dovizia di particolari e in un linguaggio semplice in cosa consisteva un trapianto autologo di cellule staminali, anche e soprattutto perché dovevano rilasciare il consenso informato.

«Possiamo dire che il trapianto autologo è una procedura terapeutica molto complessa che si articola in varie fasi. La prima cosa da sapere è che le cellule staminali emopoietiche vivono nel midollo osseo e sono le cellule progenitrici di tutte le cellule che a loro volta vivono nel sangue ossia i globuli bianchi, i globuli rossi e le piastrine. Queste cellule portano sulla loro superficie un segnale ossia un marcatore chiamato CD34 che è indispensabile per riconoscerle. Il trapianto autologo consiste nella reinfusione per via endovenosa di cellule staminali che appartengono al paziente stesso. In condizioni normali, le cellule staminali emopoietiche sono presenti nel sangue in piccolissima quantità, ma se noi stimoliamo il midollo con una chemioterapia adeguata e con la somministrazione di un farmaco chiamato fattore di crescita granulocitario riusciamo a spingere queste cellule fuori dal midollo e a farle immettere nel sangue circolante in numero enorme. Questa operazione si chiama mobilizzazione. La prima fase pertanto è quella della raccolta delle cellule staminali. Luisa sarà sottoposta a un ciclo di chemioterapia e alla somministrazione di fattore di crescita. Dopo alcuni giorni vedremo che nel sangue di vostra figlia le cellule staminali CD34 positive aumenteranno in maniera smisurata fino a un valore soglia che per noi è ottimale per la raccolta. A questo punto presso il nostro Centro Trasfusionale due dottoresse esperte e bravissime sottoporranno Luisa a una seduta di leucaferesi. Grazie a due accessi venosi, di cui uno è il catetere venoso centrale e l'altro è un piccolo catetere che verrà posizionato nel braccio, la bambina verrà collegata a una macchina che attraverso un sistema di centrifugazione funziona come un separatore cellulare. Il sangue di Luisa verrà prelevato dal catetere venoso centrale e defluirà in questa macchina che farà il suo delicato ma importante lavoro ossia quello di selezionare e raccogliere solo le cellule staminali in una apposita sacca. Tutte le cellule del sangue che non ci interessano rientreranno nel corpo di Luisa attraverso il cateterino posto nel braccio. La leucaferesi ha una durata media di due-tre ore circa. Una volta terminata la raccolta, le cellule staminali di Luisa verranno trasportate nella nostra Banca dei tessuti e lì verranno congelate in apposite sacche a temperature estremamente basse dell'ordine di 80 e anche 190 gradi sotto zero. Per permettere alle cellule staminali di sopravvivere a queste temperature è necessario diluirle in un agente crioprotettivo noto con il nome di dimetilsulfossido (DMSO), una molecola in grado di diffondersi rapidamente all'interno della cellula, attraverso la membrana plasmatica, riducendo il numero e le dimensioni dei cristalli di ghiaccio intracellulari che altrimenti danneggerebbero la membrana e gli organuli cellulari evitando che le cellule si disidratino e muoiano. L'utilizzo del DMSO garantisce una buona conservazione delle cellule staminali e un effetto tossico contenuto nei pazienti sottoposti a reinfusione ossia a un trapianto autologo. Le cellule staminali emopoietiche correttamente criopreservate possono essere utilizzate in qualsiasi momento e rimangono integre e vitali per lunghi periodi, anche oltre dieci anni.»

Nel mio ufficio, con la schiena sprofondata nello schienale e lo sguardo infilato in un angolo del soffitto, presi un attimo di pausa. Dallo sguardo capivo che i genitori di Luisa erano molto interessati alle mie parole. Fra me e me pensavo che il separatore cellulare mi ricordava il sistema di cassoni pneumatici di cui si avvalse Gustav Eiffel per far stare in piedi la Torre quando l'acqua della Senna l'avrebbe minacciata. L'innovazione e la tecnologia sono davvero fondamentali nella costruzione. Anche quando si tratta di esseri umani.

Quella breve pausa fu interrotta da una domanda molto diretta di Sonia.

«A cosa serve tutto questo?»

«Tutto quello che vi ho spiegato serve per portare a termine la seconda fase, che è poi quella più importante, ossia il trapianto autologo. Luisa sarà ricoverata in camera sterile al Centro Trapianti e riceverà una chemioterapia a dosi sovramassimali con due farmaci per sei giorni consecutivi per ottenere il massimo effetto terapeutico sulla leucemia. Questa fase è quella che noi chiamiamo condizionamento. Questi farmaci non fanno distinzione fra cellule sane e cellule leucemiche, distruggono tutto nel midollo e noi confidiamo che le cellule leucemiche saranno eliminate definitivamente. A distanza di quarantott'ore dal termine della chemioterapia le sacche di cellule staminali emopoietiche criopreservate verranno scongelate immergendole in un bagno termostatico a 37 °C e subito dopo verranno trapiantate a Luisa per via endovenosa nello stesso modo in cui si fa una trasfusione di sangue. Questa infusione consente a queste cellule tanto preziose di raggiungere il proprio domicilio naturale ossia il midollo osseo e di conseguenza di cominciare a lavorare a favore di Luisa. La terapia di condizionamento infatti inevitabilmente causerà un azzeramento di tutte le cellule del sangue ossia dei globuli rossi, dei globuli bianchi e delle piastrine. Per questo motivo la bambina verrà ospitata in una camera sterile e riceverà tutto ciò che è necessario per sopravvivere, in particolare trasfusioni di sangue e piastrine e alimentazione parenterale per via endovenosa. Questa fase, che per altro è teoricamente molto pericolosa per la bambina per via soprattutto delle infezioni che possono intervenire in ogni momento, durerà all'incirca dieci-quindici giorni. In questo tempo, come vi ho detto, le cellule staminali trapiantate si moltiplicheranno nel midollo e produrranno i frutti sperati rappresentati dalla produzione di tutte le cellule del sangue in misura adeguata. Si realizzerà quello che noi chiamiamo *attecchimento*. Se tutto andrà bene, come noi tutti ci auguriamo, nell'arco di quattro settimane Luisa sarà in grado di essere autonoma da un punto di vista ematologico e potrà lasciare la camera sterile se non ci saranno altre complicanze o controindicazioni. Il tempo poi ci dirà se l'obiettivo guarigione sarà raggiunto. Dovrà trascorrere un periodo di alcuni anni senza che la malattia leucemica si ripresenti per capire se abbiamo raggiunto l'obiettivo. I rischi del trapianto autologo sono molto bassi, meno del 5% dei pazienti va incontro a complicanze mortali. Al contrario le probabilità che la malattia leucemica torni di nuovo sono piuttosto alti, non inferiori al 50% dei casi, e questo è dovuto al fatto che per portare a termine un trapianto autologo vengono utilizzate le stesse cellule staminali del paziente.»

Volevamo guadagnare qualche metro nella costruzione del futuro di Luisa e Cesare e Sonia dichiararono il loro consenso. Il programma prestabilito prese il suo avvio e venne rispettato senza problemi. Quando Luisa aveva dieci anni, fu sottoposta dapprima a un ciclo di chemioterapia e alla somministrazione del fattore di crescita e successivamente alla procedura di leucaferesi che ci consentì di raccogliere un'ottima quantità di cellule staminali CD34 positive nel Centro Trasfusionale del nostro ospedale e congelarle nella locale Banca dei tessuti.

Conclusa questa fase, mandammo Luisa a casa per riposare e, dopo qualche giorno, la ricoverammo in camera sterile, al Centro Trapianti, assieme alla madre che doveva assisterla.

Procedemmo al suo condizionamento con dosi sovramassimali di busulfano e ciclofosfamide, delle vere e proprie bombe farmacologiche che polverizzarono tutte le sue cellule midollari.

«Come stai oggi?» domandai a Luisa.

«Bene, bene» mi stupì con solarità antitetica alla situazione. «Sembra un gioco. Chi si nasconde dietro la mascherina?»

Effettivamente era insolito, per una bambina, trovarsi in mezzo a persone nascoste da copricapi chirurgici, guanti, camici e mascherine. Luisa era una bellissima bambina, impreziosita da un sorriso sempre radioso, come quella luce che, proiettata dalla Torre, incanta chi ne viene abbagliato.

Il 4 aprile del 2002, le cellule staminali crioconservate furono decongelate e le furono reinfuse attraverso il catetere venoso centrale. Il trapianto autologo era completato.

Ancora qualche metro.

Il decorso fu privo di complicazioni, come accade nella stragrande maggioranza dei casi. Dopo poco più di tre settimane Luisa fece ritorno a casa.

Life is like a ball in a football match, «La vita è come la palla in una partita di football americano» c'era scritto su un muro di casa di Bread, tifoso dei Minnesota Vikings, come suo figlio Jackie. Una passione comune per tutti gli abitanti di quella città, ma per loro rasentava la venerazione, assurta a fonte di ispirazione fuori dai confini dello sport.

Bread non smetteva di ripeterlo a suo figlio. Quando giocavano in giardino, quando pregavano a tavola, quando si salutavano davanti alla scuola, dopo che lui l'accompagnava.

Quando vi giunsero una mattina di gennaio, Jackie non sembrava affatto intenzionato a scendere. Fuori c'erano meno dieci gradi, in linea con la media stagionale che fa del Minnesota lo stato più freddo d'America dopo l'Alaska. Lui aveva solo sei anni, si era svegliato da poco e rifletteva sbadigliando sulla durezza della vita, finché il padre, aprendogli la portiera, non gliene ricordò il senso:

«Andiamo Jackie. La vita è come la palla nel football americano. Devi stringerla e andare dritto alla meta, cercando di evitare tutti quelli che provano a buttarti giù. Coraggio campione, vai a touch down».

Il bambino non sembrava convintissimo, ma almeno era d'accordo. Sarà una prerogativa dei tifosi dei Vikings, la squadra con più partecipazioni al Super Bowl, ma anche con il più alto numero di sconfitte. Dopo la storica vittoria del 1969, erano state ben quattro le finali disputate dai Vichinghi, tutte perse. C'è quindi una comune abitudine alla sofferenza sportiva che li unisce, temprati dai carboni sempre ardenti di un cocente desiderio di rivalsa e affermazione.

Poi, facendo inversione, incrociò il suo perenne vicino di casa. Nati in case confinanti sulla Quarta Strada, praticamente in riva al Mississippi, da sposati si erano trasferiti in Elliot Avenue. Uno al 10 e l'altro al 12. Per trentacinque anni, se uno finiva il sale o qualunque altra cosa, lo trovava dall'altro. Jackie e Nicole, i loro figli, avevano iniziato a condividere il vicinato ancora prima: dalla culla dell'HCMC, l'ospedale della città in cui erano nati a un giorno di distanza uno dall'altra.

«Bread!»

«Jeff!»

I due si salutarono omettendo qualunque altra parola da accostare al nome. L'allungamento della prima sillaba diceva tutto. In quella sospensione («Breeeead. Jeeeeef») si dicevano *buongiorno*, oppure, *hai visto la partita ieri sera?* O *ci vediamo al bowling*. Ma anche *salutami Mary* e, in risposta, *altrettanto a Janet*. Tutto in una vocale.

Ai figli, invece, veniva riservata una completa formula di cortesia:

«Buongiorno signorina Nicole» le si rivolse Bread. «La trovo più bella del solito oggi.»

Lei arrossì e appoggiò lo sguardo sulle ginocchia.

Quando un tiepido sole primaverile spostò di peso i rigori dell'inverno, le due famiglie si ritrovarono nei rispettivi giardini, attorno alla carne grigliata. La prima della stagione, però, risultò particolarmente indigesta.

Jackie si mise la faccia tra le mani e quando le spostò scoppiò a piangere per la paura, trovandole piene di sangue che usciva copiosamente dal naso.

Poiché il bambino non aveva ricevuto alcun colpo, i genitori capirono subito che si trattava di un problema serio e lo portarono di corsa al Children's Minnesota Hospital. Sua madre, Mary, gli teneva la testa reclinata all'indietro, accarezzandogliela con estrema apprensione, mentre Janet, la moglie di Jeff, gli tamponava il naso con fazzoletti sostituiti a ogni pressione.

Dopo i primi esami, anche se il flusso si era arrestato, arrivò la diagnosi, più gelida dei loro inverni: leucemia promielocitica acuta. Si chiama così questa malattia perché è caratterizzata da un eccessivo sviluppo dei promielociti nel midollo osseo. I promielociti sono cellule che, se maturano in modo corretto, danno origine ai granulociti che altro non sono che globuli bianchi con presenza di granuli al loro interno che circolano liberamente nel sangue e ci proteggono dalle infezioni. Tutti l'hanno sentita nominare, ma con l'altro nome che più chiaramente ma impropriamente ne definisce la percentuale di letalità, che è già possibile nei primissimi giorni: leucemia fulminante. Fulminante non è un termine ematologico vero e proprio, ma indica quello che un tempo, negli anni passati, comportava questa malattia: la fine pressoché immediata di tanti pazienti per via delle complicanze soprattutto emorragiche ma anche infettive a essa legate.

Aveva ragione Bread. La vita è come la palla ovale in un incontro di football. Non sempre puoi averla in mano e, quando rimbalza, è impossibile prevederne la traiettoria.

La regolarità di una tranquilla famiglia del Minnesota, anzi di due famiglie tranquille del Minnesota, fu sconvolta da un rimbalzo inatteso della vita, che finì a pochi centimetri dalla linea che delimitava la loro end-zone.

La chemioterapia non sortiva gli effetti sperati, le cose andavano male e c'era l'urgente bisogno di un trapianto di midollo, ma Jackie era figlio unico e quello dei genitori non poteva essere compatibile al 100%, non poteva essere identico. La ricerca nella Banca dati mondiale dei donatori volontari di midollo osseo non aveva offerto riscontri. Fra le decine e decine di milioni di donatori in tutto il mondo non c'era un solo individuo compatibile. In tutto il mondo.

«Possibile?»

Jeff, il padre di Nicole, come il suo fraterno amico, non si dava pace. Nel giorno del Ringraziamento, sette mesi dopo, non trovarono nessuno a cui poter dire *grazie*, neppure a quel Dio a cui dedicavano inni di lode nella loro comunità protestante, tutte le domeniche mattina.

«Qualcuno» balbettò tra le lacrime Jeff «aveva la palla.»

Bread, Mary, Janet e Nicole lo guardarono in attesa di spiegazioni.

«Le cellule che forse avrebbero potuto salvarlo. Doveva pur esserci qualcuno nel mondo che ce l'aveva, ma non ha visto Jackie, non gliel'ha lanciata quella palla. E quella palla era la...»

Non riuscì a dire *vita.* Scoppiò in singhiozzi prima. Piangendo, però, pensò che lui non l'avrebbe trattenuta. Il giorno dopo sarebbe andato a iscriversi nel Registro dei donatori di midollo osseo.

Sulla bara bianca, sopra i fiori e la maglia dei Vikings, appoggiò un pallone da football. Ci posò sopra le labbra e, con un bacio, ci soffiò dentro la sua promessa.

4

«È un maschio!»

Nel giugno del 2002, Sonia aspettava un altro figlio e ne diede notizia agli altri due, che la presero con entusiasmo, aggiunto a quello per lo stato di salute di Luisa, che per quattro mesi si illuse di poter condurre un'esistenza meravigliosamente abitudinaria. Questa sensazione era ciò che maggiormente invidiava ai suoi coetanei. A dieci anni ci si sveglia, ci si lamenta per il sonno interrotto e si va a scuola, aspettandone la fine che sopraggiunge annunciata dal suono della campanella. Pochi minuti per giocare con gli amici davanti al cancello, rubati a quelli già stretti in una griglia che incasellano impegni e attività per ogni giorno della settimana. Lunedì danza, martedì violino, mercoledì catechismo, giovedì danza, venerdì libero, anche se perennemente occupato da feste di compleanno infilate nell'ultimo giorno feriale perché i genitori possano uscire prima dal lavoro. Così per nove mesi, fino alle vacanze estive, dove sopraggiungono novità così frequentemente ripetute da essere derubricate a consuetudini dopo non più di due settimane.

Questo sognava Luisa. Voleva concepire il futuro in modo astratto, interpretandolo solo come un'infinita sequenza di giorni infilzati dallo spiedo della fanciullezza e consumati girando su sé stessi, ogni ventiquattr'ore allo stesso modo, percorrendo ripetutamente tutto il quadrante di un orologio.

Invece, troppo spesso, il futuro, e neanche quello troppo lontano, le faceva paura. Il futuro era una domanda che nessuno faceva mai ad alta voce, ma tutti avevano in mente. Se d'estate saltava fuori il tema del Natale o una conversazione d'inverno deviava improvvisamente sull'estate, lo sguardo di Luisa e di chi le stava vicino si perdeva nella paura che lei avrebbe potuto non esserci. E questa paura tornò il 21 agosto, quando le analisi denunciarono una nuova recidiva leucemica. Le cellule maligne avevano occupato di nuovo il midollo, per oltre l'80%.

Mi rivolsi ai genitori in modo brutalmente chiaro:

«La situazione ora è critica. Luisa, come ormai ben sapete, deve essere sottoposta a una nuova chemioterapia. Purtroppo, però, la cosa più probabile è che le cellule leucemiche potrebbero essere resistenti».

Cesare e Sonia tolsero dal silenzio la domanda che avevano sempre avuto dentro, dalla prima diagnosi:

«Che ne sarà di nostra figlia?».

«Se ciò dovesse succedere» ammisi con un sospiro di impotenza «Luisa non riuscirà a raggiungere una nuova remissione e la partita sarà perduta. Sperate» provai a incoraggiarli investendoli di un compito «se credete in Dio pregatelo con forza perché ciò non accada e perché la chemioterapia porti Luisa a una nuova remissione.»

Non dovetti essere troppo convincente, perché Cesare, in piedi davanti a me, mi anticipò le scene di un film già visto:

«Dottore, ormai lo sappiamo. Anche se Luisa otterrà la remissione, la bestia tornerà inevitabilmente ad aggredirla e ricominceremo da capo. Si tratta solo di rinviare la data della resa, vero?».

Terminò la frase e con essa, probabilmente, le energie, che dovette spremere per essere più diretto, più con sé stesso che con me, precipitando verticalmente sulla sedia e nella disperazione:

«Luisa morirà. Morirà, vero?».

«No» mi uscì dalla bocca.

La mente, nella quale risiedeva la mia ultradecennale esperienza scientifica, avrebbe confermato il suo timore corroborandolo di una percentuale di probabilità stabilita tra l'80 e il 90%, ma fu il cuore a prendere la parola con vigore.

«Non è detto. Noi ci opporremo con tutte le nostre forze a questo destino. Se Luisa andrà in remissione la sottoporremo a un trapianto allogenico di midollo da un donatore. Sonia» spiegai rivolgendomi direttamente a lei «tu sei incinta. Sai cosa vuol dire? Che hai in grembo non solo un figlio, ma anche nuove cellule che potrebbero salvare la vita a sua sorella Luisa.»

I due si illuminarono per la fondatezza scientifica della speranza.

«Come prima opzione» continuai «vi propongo di verificare se il bambino che è nel grembo materno è compatibile con Luisa. Dobbiamo agire subito per capire se la compatibilità esiste davvero.»

Sonia doveva essere sottoposta ad amniocentesi sotto controllo ecografico in sala operatoria. Un ginecologo esperto avrebbe prelevato il liquido amniotico e in questo modo avremmo avuto a disposizione il DNA per eseguire la tipizzazione HLA del nascituro.

«Ormai» li rassicurai «l'amniocentesi è una pratica di routine e solo in rarissimi casi può comportare problemi alla madre e al feto. Poi» continuai «faremo eseguire la tipizzazione HLA sul liquido amniotico presso il laboratorio di Immunoematologia all'ospedale San Salvatore de L'Aquila. Se il bambino è compatibile con Luisa, dovremo aspettare che la gravidanza venga completata e al momento del parto preleveremo le cellule del cordone. È con quelle che faremo il trapianto a Luisa. Sempre...» precisai «che lei vada in remissione e che la mantenga nei mesi successivi. Si tratta di un programma non facile da realizzare, ma è una possibilità. Che ne dite?»

I genitori si interrogarono guardandosi e lessero le risposte l'uno nelle pupille dell'altro:

«Siamo d'accordo, procediamo».

Organizzammo l'amniocentesi presso il reparto di Ginecologia dell'ospedale di Pescara e tutto andò nel migliore dei modi senza alcuna complicanza. Il liquido amniotico fu prelevato e portato a L'Aquila. Quello che non andò bene fu il risultato della tipizzazione HLA: anche questo bambino non era compatibile con Luisa.

Quella resistente Torre di dieci anni stava per ultimare la sua edificazione, senza essere arrivata neanche al secondo piano, quello dell'adolescenza.

«*Bonjour professeur!*»

Nei corridoi dell'ospedale, mi voltai incuriosito dal saluto sentito alle mie spalle e riconobbi il mittente:

«Ciao! Cosa ci fai qua?».

«Gliel'avevo promesso» mi ricordò. «Quando fossero nati i nostri figli ci saremmo visti qui, ricorda?»

L'amore celebrato nella capitale francese aveva dato i suoi frutti, visibili in cinquantadue centimetri e quasi quattro chili di bambino venuto al mondo dopo soli quarantacinque minuti di travaglio. Aveva fretta di vivere il piccolo Samuele.

Abbracciai Valerio per la piacevole sorpresa. Per la loro nuova nascita e per celebrare l'incanto del destino capace di tessere trame più appassionanti di copioni cinematografici, anche se non sempre si tratta di commedie. Dopo l'idilliaco inizio della loro storia, proseguita con tinte ancor più rosee con il matrimonio e la nascita di un figlio che si addormentava candidamente dopo essere stato allattato, deviò su un genere più impegnativo.

Samuele non piangeva quasi mai, ma due mesi e mezzo dopo la sua nascita iniziò a farlo sempre più frequentemente.

«Vale... Vale svegliati» bisbigliò Stefania al marito scuotendolo nel sonno.

«Che c'è?» reagì lui tenendo gli occhi chiusi.

«Samuele piange» spiegò lei.

«È un bambino» fu la sua reazione «è normale che pianga.»

«Non è normale affatto per lui, perché non piange mai.»

Il primo allarme della moglie non lo distolse dal suo proposito di dormire. Il secondo sì:

«Guarda, guarda qui, svegliati!».

C'erano delle chiazze rossastre sulla pelle del bambino.

Valerio ispezionò il figlio, si mise a sedere sul letto ed elaborò il da farsi, poi modulò abilmente la voce per infonderle tranquillità:

«Ascolta, ora cerca di dormire. Domani mattina lo portiamo dalla pediatra, ok?».

Stefania dovette tenere a freno l'ansia per aspettare il mattino e portare Samuele finalmente dalla dottoressa per conoscere il suo parere.

«È solo una forma allergica» sentenziò la pediatra di famiglia.

Gli prescrisse un farmaco antistaminico e l'eruzione cutanea cessò. Qualche giorno dopo, nel cambiare il pannolino, Stefania notò una nuova eruzione sull'addome e sentì crescere la preoccupazione, che divenne paura quando, girando il piccolino, ne vide la schiena piena. In poco tempo le macchie cutanee si erano estese a tutto il corpo e la paura divenne panico quando capì che il respiro del bambino si faceva sempre più difficoltoso. Mantenne il sangue freddo per il tempo necessario a chiamare l'ambulanza, sulla quale, diretta all'ospedale di Chieti, si lasciò andare a un pianto nervoso.

Samuele venne ricoverato in Pediatria, dove lo staff medico confermò la prima diagnosi:

«Sembra una violenta forma allergica. Com'è la sua alimentazione?».

«La stessa di quando è nato» rispose lei senza smettere di guardarlo, accarezzandogli la testa.

«Lo allatto al seno e basta.»

«Dobbiamo passare al latte artificiale» ordinò la dottoressa.

Stefania ubbidì, pur rattristata per l'interruzione di quel cordone nutritivo che, quasi come quello ombelicale, li teneva attaccati attraverso l'allattamento.

Samuele, però, non sembrava gradirlo. Lo rifiutava e perdeva peso. L'unica cosa che cresceva era la preoccupazione della mamma.

Una notte, in preda allo sconforto, Stefania riattaccò Samuele furtivamente al seno, perimetrando la stanza con occhi indagatori affinché nessuno la vedesse. Fu un momento di ritrovato sollievo, a cui si appoggiò con la stessa delicatezza del figlio che si addormentò sul suo petto e anche lei chiuse gli occhi, fino alla sveglia inattesa del mattino:

«Signora! Signora si svegli! Cosa le avevo detto? Signora!».

«Che succede?»

Era la sua espressione a parlare. Lei restava in quel silenzio arrendevole che zittisce i colpevoli di un furto sorpresi dalla polizia con il bottino tra le braccia.

La dottoressa le fece una scenata che la fece scoppiare in pianti e singhiozzi disperati, non tanto per l'umiliazione a cui tese quel rimprovero, quanto per il timore di aver nuociuto al figlio, che ricominciò ad accusare malessere e a piangere anche per i continui e infruttuosi tentativi di eseguire un emocromo. Prelevare il sangue a Samuele sembrava impossibile, le vene erano piccolissime e il sangue non defluiva, gli stessi medici faticavano a spiegarselo.

Il bambino diventava sempre più pallido e fra i vari esami fu disposta anche un'ecografia addominale, che fu eseguita da un medico specializzando in Pediatria, figlio di un medico dell'Ematologia di Pescara, che si occupava proprio di bambini affetti da malattie del sangue.

«La milza è leggermente ingrossata» notò consultandosi con il padre a cui espose tutto il decorso clinico del bambino «tu cosa ne pensi?»

«Fai uno striscio di sangue periferico immediatamente» gli suggerì l'esperto genitore.

Questa manovra consiste nel bucare il ditino del bambino con un piccolissimo ago, far fuoriuscire una goccia di sangue e apporla su un vetrino avendo cura di eseguire poi lo striscio.

Il figlio lo eseguì e lo portò immediatamente al padre. Il vetrino venne colorato ed esaminato al microscopio.

Il giorno dopo iniziai il mio giro di visite, interrotto da un appuntamento inatteso fissatomi con urgenza dalla segretaria:

«C'è il signor D'Angelo per lei, la sta aspettando».

«Non conosco nessun signor D'Angelo» pensai entrando nel mio ufficio. Il cognome, in effetti, non mi diceva niente. La voce invece sì:

«*Bonjour professeur*».

«Non trovi che assomigli alla lettera A?» le suggerii.

Luisa rifletté gingillando tra le mani il suo souvenir, poi convenne:

«Sì, sembra una A. Però se la giri sembra anche una V. V come Vittoria».

«È vero» rincarai osservando la Torre rovesciata. «V come Vittoria. V come Verità. Perché è questa la verità: tu vincerai.»

«V come Vita» concluse lei.

«Sì Luisa, V come Vita. Andiamocela a prendere.» Un'onda sismica di amore reciproco ci travolse entrambi.

C'era qualche speranza o almeno io la volevo vedere nei dati emersi dalla Banca dati mondiale dei donatori volontari di midollo osseo. Ce ne serviva disperatamente uno.

Adiacente al reparto di Oncoematologia Pediatrica di Pescara, dov'era ricoverata Luisa, c'era la sezione femminile del reparto di Ematologia, dove si trovava sua nonna, la mamma di Cesare, affetta da mieloma multiplo, un terribile tumore del midollo osseo, allo stadio finale.

La bambina sentì il suo papà, la mamma e il fratellino che piangevano a pochi metri dalla sua stanza. Non le dissero niente, ma lei aveva capito che la nonna se n'era andata e, per la prima volta, vedendola così da vicino per averle portato via un familiare, sentì la morte davanti alla sua porta. L'aspettava.

Io, però, non avevo la minima intenzione di farle da cavaliere aprendogliela e accompagnandone l'ingresso con un movimento del braccio, anzi. Se fuori dalla stanza c'era la morte, dentro c'era ancora la vita e il simbolo di Parigi sul suo comodino ce lo ricordava.

Molti donatori furono scartati perché risultati non compatibili, ma poi la nostra attenzione si concentrò su un uomo di trentasei anni.

Il suo campione di sangue arrivò nel laboratorio a L'Aquila a metà febbraio del 2003 per il test finale del DNA. Dopo pochi giorni, il direttore del laboratorio Franco Papola mi comunicò che gli otto geni principali denominati A, B, C e DR erano uguali, ma esistevano delle differenze su altri due geni secondari. In pratica la compatibilità era di otto su dieci. Dovevano bastare. Speravamo e ambivamo a un grado di compatibilità maggiore, ma quel donatore comunque era più che accettabile. Poteva funzionare. Doveva funzionare.

«Abbiamo il donatore buono» comunicai ai genitori, che nonostante un accenno di sollievo non si scomposero per via delle continue disillusioni subite in quegli anni.

«Abbiamo fissato la data del trapianto per il 29 aprile. Luisa sarà ricoverata due settimane prima. Questa volta dobbiamo farcela» insistetti «dobbiamo abbattere il nemico e farla guarire, a tutti i costi.»

Lo bombardammo letteralmente, questo nemico arcigno, sottoponendo Luisa all'irradiazione corporea totale. Una deflagrazione di radiazioni dall'acceleratore lineare colpì il suo corpo per intero nei tre giorni antecedenti il trapianto. Avevamo raso al suolo il midollo e la malattia, questo era il nostro obiettivo.

Il 28 aprile, il donatore prescelto, mediante una procedura di aferesi, donò le sue cellule staminali emopoietiche, che furono raccolte in una sacca e infilate sul primo aereo di linea per Roma, sotto la custodia di un agente.

Nel primo mattino del 29 aprile, il prezioso carico atterrò a Fiumicino, dove un nostro incaricato era pronto a ritirarlo. Lo ripose accuratamente nell'auto e prima di pranzo arrivò a Pescara, dove Luisa stringeva la sua Torre.

«Te la tengo io» le proposi sottraendola alla sua mano con una carezza. «Se ti addormenti cade.»

«Ma non si rompe» proseguì lei. «La Torre non si rompe mai.»

«E non andrà mai giù» ricordai.

«Perché la Torre è come te» si unì il padre che l'assisteva in camera sterile. Sonia, infatti, era a casa ad allattare il nuovo piccolo membro della famiglia che aveva rinfoltito il numero dei componenti dopo la perdita della nonna.

«Non ti preoccupare» assicurai stringendo il suo pugno con la Torre ancora al centro. «*Tu sei con me.*»

Le cellule staminali del donatore le furono infuse senza alcun problema. Il trapianto era fatto.

Avevo detto ai genitori che i rischi di complicanza mortali erano almeno del 25-30% e che le probabilità di ricaduta erano molto alte, non inferiori al 40%. A favore, però, avevamo un 30-35% di probabilità che quel trapianto potesse determinare la guarigione di Luisa.

Dopo due settimane sopraggiunse una febbre. In quelle condizioni, dopo tante recidive, bastava che il termometro superasse i 37 °C per accendere la sirena della giustificata apprensione.

Era sopraggiunto un problema di natura immunitaria. Una piccola cosa, come un rivetto che non entra sulla cima della Torre Eiffel prima della conclusione, che però poteva comprometterne l'intera esistenza.

Feci a Pescara quello che Gustav Eiffel fece a Parigi: mantenni la calma e mi affidai alla scienza.

La febbre passò, le cellule staminali del donatore produssero la crescita di un nuovo midollo nell'arco di tre settimane. Comparvero delle macchie sulla pelle, una reazione da trapianto a livello cutaneo.

«Potrebbe essere un bene» stupii i genitori di fronte a quell'ennesimo problema. «Può esercitare una potente azione antileucemica ma ora dobbiamo usare il cortisone» spiegai.

Una mattina d'estate, Luisa mi chiamò in camera sua, per raccontarmi, davanti ai genitori, il sogno che aveva fatto quella stessa notte: giocava a briscola con Padre Pio, che le sorrideva beatamente, anche se l'aveva battuto per tre a zero.

Ridemmo tutti, anche per nascondere la commozione.

Il nuovo midollo sembrava aver creato solide fondamenta per erigere la Torre di Luisa e la inaugurammo dimettendola dall'ospedale, all'inizio dell'estate.

Tutto il mondo, in presenza o tramite la stampa, ammirò la Tour Eiffel il 31 marzo del 1889, simbolo di un popolo che rialzava la testa, con orgoglio, dopo una lunga sofferenza. Aveva però i giorni contati, se ne aspettava lo smantellamento, come annunciato, all'inizio del Novecento, ma dopo più di centotrent'anni è ancora al suo posto, dove resterà. Ha vinto lei.

V come Vittoria dice capovolta. V come Vita.

Qualche tempo dopo il trapianto Luisa ricevette un biglietto che era stato scritto da una bambina di nove anni. Nei trapianti di questo genere, donatore e ricevente non si conoscono, devono sempre risultare anonimi. La corrispondenza è possibile solo tramite il Registro dei donatori della nazione di appartenenza.

Era scritto in inglese, sopra un bel disegno:

> Ciao, il mio nome è Nicole. Ho nove anni. Mio padre ha donato il suo sangue con le cellule staminali per te. Oggi sono molto dispiaciuta per te che stai combattendo con la tua malattia. Spero che tu potrai stare bene nel più breve tempo possibile. Con amore.
> Nicole

«Mamma» chiese Luisa informandosi sulla provenienza. «Dov'è Minneapolis?»

5

Per il Professor Paolo Di Bartolomeo
C/O Ospedale Santo Spirito
Via Fonte Romana 8
65124 Pescara (PE)

C'era scritto solo questo sul retro di una cartolina che mi arrivò nell'estate del 2006. Non era firmata. Sul fronte, sopra il cielo stagliato dietro il monumento, era stata aggiunta una scritta a penna: «*Tu sei con me*».

Veniva da Parigi.

Sapevo che stava bene e che frequentava brillantemente il liceo classico. La mia Torre. Come l'originale, niente e nessuno la butta giù. Le Torri gemelle, invece, crollarono.

Prima e dopo l'attentato a New York.

Nelle Twin Towers ho sempre identificato due genitori. Solidi, di grande levatura, l'uno che si erge accanto all'altro. Capaci di sopportare le tempeste senza neppure ondeggiare, edificati con rigore e con una sicurezza interna invalicabile. Eppure c'è un nemico invisibile ai radar che gli può andare contro. La morte di un figlio può abbattersi su di loro e passarci attraverso, facendoli ripiegare su sé stessi, fino a crollare.

Bread e Mary del Minnesota sono andati giù nel loro 11 settembre e il calendario segnava la stessa data, quattro anni più tardi, quando Valerio mi aspettava nel mio ufficio.

«Quando ci siamo conosciuti a Parigi, ti dissi che sarei venuto nel tuo ospedale, ma non pensavo addirittura nello stesso reparto.»

Aveva la voce strozzata dal pianto che tratteneva a stento. Il figlio era stato ricoverato in Oncoematologia Pediatrica e capii subito perché visionando il foglio di ingresso che teneva con sé assieme al referto dell'emocromo. I valori erano completamente alterati.

«Sei virgola cinque grammi di emoglobina» lessi nella mente, commentando «troppo bassa. Globuli bianchi schizzati a ventitremila e ottocento, piastrine precipitate a ottantamila.» Questi numeri davano adito a sospetti, confermati dalla lettura al microscopio dello striscio periferico che consentì di visualizzare i blasti. Samuele aveva una leucemia mieloide acuta, ma me lo tenni per me. Prima di comunicarlo ai genitori bisognava attendere tassativamente l'esito della biopsia midollare. Occorreva sottoporre Samuele ad anestesia generale, durante la quale l'ematologo avrebbe prelevato il midollo osseo e il liquido cefalorachidiano, poi il chirurgo pediatra avrebbe inserito un catetere venoso centrale, il piccolo tubicino flessibile attraverso il quale potevano essere fatte tutte le necessarie terapie. Un'impresa non semplice, considerando che si trattava di un paziente di soli tre mesi di vita e in condizioni critiche.

Eravamo solo all'inizio del cammino e già doverlo descrivere fu emotivamente provante, quando andarono a colloquio con il chirurgo. Ai genitori di Samuele furono spiegate tutte le difficoltà di una manovra così delicata a cui risposero piangendo sonoramente, finché il personale sanitario e una psicologa riuscirono a rincuorarli e rassicurarli, informandoli dell'alta professionalità dei medici coinvolti.

Nemmeno ventiquattro ore dopo tutto fu eseguito con impeccabile precisione. L'anestesista e il chirurgo pediatrico svolsero un lavoro encomiabile. Il catetere centrale, posizionato nella vena giugulare del bambino, funzionava egregiamente. La dottoressa dell'Oncoematologia Pediatrica da parte sua procedette al prelievo del midollo e del liquido cefalorachidiano.

Stefania e Valerio apparivano sollevati ed ebbero persino un momento di commozione quando il figlio rientrò nella stanza dalla sala operatoria e tornò tra le loro braccia. Svegliatosi dall'anestesia rivolse ai genitori il suo primo sorriso da quando era nato. Un'esultanza collettiva unì medici e infermieri, saturando l'intero reparto di empatica euforia.

Samuele sorrideva.

«Sorride ai genitori!» notò un'infermiera indicandolo.

«Sorride alla vita» specificò il chirurgo con una supposizione di buon auspicio. Era suggestiva, effettivamente, l'idea che il bambino sorridesse alla vita con coraggio, audacia e sfida. Perché lei, la vita, aveva per lui tutt'altra espressione visibile al microscopio. Oltre la metà delle sue cellule midollari erano costituite da blasti mieloidi. La diagnosi, leucemia mieloide acuta, era stata certificata e fu compito del responsabile dell'Oncoematologia Pediatrica comunicarla a Valerio e Stefania che reagirono con sgomento:

«Ma no, non è possibile. Samuele ha solo tre mesi».

Era vero, indiscutibilmente vero. Come poteva un bambino di soli tre mesi soffrire di una malattia così grande? Questa bestia schifosa non guarda la carta d'identità, la fedina penale o la dichiarazione dei redditi. È un serpente che può mordere chiunque, cambiandone o avviandone il destino.

Certe persone, infatti, sono chiamate ad affrontare prove più grandi di loro, almeno è quello che sembra quando si abbattono, perché grandi prove fanno grandi uomini (e grandi donne). La misura della grandezza di chi le affronta non sta nell'esito finale, ma nella forza e nel coraggio con cui le si combatte e Samuele doveva già trasformarsi in un cucciolo di leone.

«Vedete» spiegammo ai genitori io e un medico dell'Oncoematologia Pediatrica «nei bambini al di sotto dei due anni di età, la leucemia mieloide acuta è associata a una prognosi particolarmente grave.»

I due abbassarono la testa, cercando riparo tra le ginocchia, quasi volessero proteggersi dal seguito.

«La prima cosa da fare è una potente chemioterapia con lo scopo di eliminare le cellule leucemiche e raggiungere quella che viene chiamata remissione completa. Una volta raggiunta, con ogni probabilità, il bambino dovrà essere sottoposto a un trapianto di midollo osseo allogenico.»

«Che significa?» riemerse Stefania, ottenendo immediato chiarimento:

«Significa trapiantare a Samuele il midollo di un'altra persona, per farlo guarire. Per fare questo, bisogna identificare un donatore con il più alto grado di compatibilità per i geni HLA».

Marito e moglie si spaventarono e cercarono una strada alternativa:

«Chemioterapia, trapianto? Perché? È tutto necessario?».

Come spesso mi capitava, dovevo ricorrere a un esempio che chiarisse la situazione senza termini medici. Vagai per la stanza in cerca di ispirazione e la trovai in una vecchia bottiglia di vino che mi era stata regalata da un paziente rumeno che avevo trapiantato tempo prima. Mi alzai, la presi, e la appoggiai sulla scrivania:

«Questo è un Babeasca Naegra, un vino rumeno. Prende il nome da un vitigno a bacca nera autoctono della Romania. Talvolta, succede che anche le viti abbiamo malattie, come le persone. Una di queste è causata dalla fillossera, un parassita che attacca le radici della pianta, distruggendola lentamente. Gli effetti iniziano a vedersi nelle foglie e nell'uva evidentemente marcia e allora ci sono solo due cose da fare: bombardare la pianta di antiparassitari e pesticidi ed è quello che facciamo noi con la chemioterapia. Questo serve ad arrestare l'estensione della malattia eliminando il parassita, ma per poter tornare a dare frutto serve un innesto. Si prende, cioè, un pezzo di ramo da una pianta diversa e lo si inserisce in uno di quella malata. Il trapianto, praticamente, è l'innesto con cui metteremo nei rami infestati del bambino il legno sano di qualcun altro».

«Ho capito» affermò Stefano dandone dimostrazione: «effettivamente il vino rappresenta il sangue anche nelle sacre scritture».

«Hai capito benissimo» mi complimentai. «In questo senso non c'è molta differenza tra ematologi e agronomi, il cui scopo è lo stesso: vite da salvare.»

Alla fine del colloquio, i genitori di Samuele firmarono tutti i consensi previsti. Si poteva iniziare.

Fu scelto il protocollo ICE che comprendeva la somministrazione di tre diversi farmaci chemioterapici che combattono la leucemia rallentando o arrestando la crescita di nuove cellule maligne e distruggendo gradualmente quelle esistenti. Ifosfamide, carboplatino ed etoposide, questi erano i tre farmaci prescelti per iniziare il combattimento.

«Ma perché tutti e tre?» mi domandarono senza lamentele, ma al solo scopo di capire perché il loro bambino dovesse sopportare delle vere e proprie bombe farmacologiche e io offrii loro le giuste delucidazioni.

«Questi tre farmaci hanno meccanismi d'azione leggermente diversi fra loro, allo scopo di prevenire la resistenza delle cellule leucemiche. Le distruggono infiltrandosi nelle pareti cellulari e interrompendo il processo di sintesi del DNA. Quando i filamenti di DNA vengono interrotti o scomposti, una cellula leucemica non può replicarsi e dare origine a una nuova cellula malata.»

«Cioè bombardiamo direttamente la fabbrica degli armamenti?» ipotizzò Valerio azzeccando la metafora.

«Esatto» confermai. «Se ci riusciamo, non verranno generate nuove armi letali, nuovi blasti.»

I primi giorni furono contrassegnati dai sintomi tipici che accompagnano la chemioterapia. Samuele non poteva denunciarli verbalmente, ma erano fin troppo evidenti. Nausea, vomito, inappetenza, febbre persistente e la caduta dei suoi pochi capelli consumavano la resistenza dei genitori.

Tre settimane dopo l'inizio della chemioterapia, Samuele fu sottoposto a una nuova biopsia midollare.

«Com'è andata?» chiese Stefania sottovoce, per paura di ricevere la risposta che, effettivamente, arrivò.

Il movimento della mia testa che diceva no, fu giustamente tradotto dalle sue mani sulla faccia: un disastro.

Ci aspettavamo una riduzione dei blasti sotto il 2%. Erano al 15%. Davvero troppi. Brutto segno.

La disperazione iniziò a serpeggiare in reparto, anche nei volti tesi degli ematologi, da cui si trasferiva sui genitori centuplicata di intensità. Occorreva procedere immediatamente con un secondo ciclo di chemioterapia. I due acconsentirono di comune accordo, ma, stavolta, aggiunsero una richiesta:

«Per favore, prima di iniziare la chemio, vogliamo che Samuele riceva il battesimo».

Prendemmo atto di questa comprensibile volontà e lasciammo che la caposala lo organizzasse nei minimi dettagli. Io vi vidi anche l'occasione per sperare in un contributo che non fosse di questo mondo. Riflettei sull'importanza del battesimo nel Nuovo Testamento. Gesù fu battezzato a trent'anni e solo dopo iniziò a predicare e compiere miracoli. Chissà che l'immersione nell'acqua, simbolo liturgico dello Spirito Santo, non potesse mettere il bambino nella condizione non dico di compierli, ma almeno di riceverli. Quando le speranze sono poche, ci si aggrappa a tutte quelle che il nostro cuore si affanna a cercare.

Il 7 ottobre venne un religioso della vicina chiesa dei Frati minori cappuccini, Padre Guglielmo. Era stato amico e confratello di Padre Pio, un «curriculum» che fece correre qualche brivido ad alcuni, ma il più emozionato era proprio lui. Non aveva mai officiato una cerimonia religiosa con mascherina, guanti e camice sterile sopra il saio. Per lui era una novità assoluta.

La celebrazione si svolse nella camera di isolamento. Samuele sorrideva, circondato dai vari deflussori che portavano nel suo corpicino tutto ciò di cui necessitava, o, perlomeno, tutto ciò che aveva una forma terrena.

Padre Guglielmo pregò su Samuele attraverso i versi della Bibbia, che trasse dal sesto capitolo del profeta Isaia:

Ecco, io faccio di te un erpice nuovo
dai denti aguzzi;
tu trebbierai i monti e li ridurrai in polvere,
e renderai le colline simili alla pula.

Quando tutti se ne andarono e nella stanza col bambino rimasero solo i due genitori, Stefania attirò l'attenzione del marito:

«Valerio, hai sentito il frate? Ha parlato di denti aguzzi per ridurre i monti in polvere».

«Sì» ricordò lui. «E allora?»

«Guarda» gli fece notare lei indicando la bocca di Samuele «il primo è appena spuntato.»

L'upupa puzza. Produce un liquido che ricorda all'olfatto la carne putrefatta e, se minacciato, lo spruzza in faccia al predatore, immobilizzandolo. Il corriere americano, uccello molto intelligente e furbo, invece, attira una volpe o un gatto fingendo di avere un'ala rotta, mentre i suoi piccoli, consapevoli dello stratagemma, fuggono via. La civetta delle tane, come suggerisce il nome, depone le uova in un nascondiglio creato nella terra. Quando un pulcino percepisce il pericolo e non c'è la mamma, imita il verso del serpente a sonagli:

«Psssspssspsssssss».

Rideva sempre quando suo papà inaspriva i lineamenti del viso, arricciava il naso e faceva la civetta nana che faceva il verso del serpente a sonagli. Luigi aveva cinque anni e aveva una morbosa passione per gli uccelli. Anziché i libri per bambini con pop-up, pagine tattili, orchi, fate o eroi con l'armatura, sfogliava libri di ornitologia, soffermandosi incantato sull'infinita varietà delle specie e i loro colori. La sera non si addormentava ascoltando storie di principi che liberavano belle fanciulle imprigionate nei castelli difesi dai draghi, ma dati sull'apertura alare del condor o sull'abilità di caccia dei falchi, anche quando non sapeva ancora leggere. Per quello c'erano i genitori. Poi, quando imparò a farlo da solo, riprendeva spesso il libro sulle più curiose tecniche di difesa dei volatili ricordando il genitore che ne riproduceva i rumori. Lo sapeva a memoria, ormai, ma non se ne stancava mai.

Un giorno, uscito dalla scuola di Moscufo, a pochi chilometri da Pescara, la mamma lo riprese:

«Luigi, hai dimenticato gli occhiali in classe. Torna a prenderli».

Lui si girò di centottanta gradi e glieli mostrò sulla nuca.

«Perché li hai messi al contrario?» si incuriosì lei.

«Faccio come la civetta nana» le rispose ripetendo quanto suo padre gli aveva raccontato la sera precedente. «La civetta nana ha due finti occhi sulla nuca. La fanno sembrare sempre all'erta e scoraggiano i predatori. Io fingo di avere gli occhi anche dietro, così le malattie non si avvicinano.»

Aveva undici anni e doveva ricorrere a tutta la sua innocente fantasia per fronteggiare i problemi di salute che lo assillavano da quando era nato. Luigi era nato nel 1991 con un difetto ventricolare al cuore e a sette mesi fu operato. Fu mio fratello Roberto a eseguire l'intervento all'ospedale Sant'Orsola di Bologna insieme al suo collega Gaetano. A quattro anni gli fu diagnosticata una piastrinopenia idiopatica. Aveva le piastrine sotto il livello di diecimila e gli si riempiva il corpo di ecchimosi. Fu trattato con cortisone e immunoglobuline. La risposta fu pronta, anche se non completa e per due anni Luigi mantenne buoni livelli di piastrine, intorno alle centomila. Nel 1998, però, si verificò una recidiva della malattia, piastrine a terra e giù ancora tanto cortisone.

Febbraio del 2000: nuovo intervento di cardiochirurgia per perfezionare la correzione ventricolare.

Due anni dopo la piastrinopenia era tornata e costrinse il bambino a subire una splenectomia, perché in buona parte dei casi togliere la milza è l'unica via per una soluzione definitiva della malattia.

Non faceva molto freddo quel pomeriggio di dicembre. Il sole aveva mitigato la temperatura rendendola quasi primaverile, ma Luigi teneva comunque la sciarpa fino al naso, per nascondere gli effetti di una paresi del nervo facciale sinistro causata dalla sindrome di Guillain-Barrè.

Effettivamente, con gli occhiali tra la sciarpa e il cappello, faceva simpaticamente sembrare che avesse gli occhi anche sulla nuca. La sfortuna, la malattia o lo spettro di una salute più che cagionevole, però, non ci cascarono e lo attaccarono nuovamente. Il numero di globuli bianchi neutrofili, scesi vertiginosamente sotto quota cinquecento, gli faceva rischiare un'infezione potenzialmente mortale e dovette essere trattato con una lunga terapia.

Alle scuole medie Luigi si appassionò alla storia di Icaro, che si costruì delle ali attaccandosele al corpo con la cera per scappare dal labirinto in cui era stato recluso da Minosse e meditò di seguirne l'esempio.

«Mamma» fece entusiasta «dopo il liceo farò ingegneria. Devo inventare un sistema per volare, ma non come Icaro che è caduto. Dev'essere un sistema efficace. Sono certo che muovendomi in aria non sarò più soggetto a tutte queste malattie.»

«Mmmm» replicò la madre infondendogli la stessa perplessità «e i tuoi amati uccelli? Non farai più ornitologia veterinaria?»

«Sì, hai ragione» rispose convinto. Amava troppo i volatili per reprimere il desiderio di studiarli, di conoscerli, di curarli. Parimenti, però, sentiva il bisogno di inventare un modo per trovare la guarigione che la medicina faticava ad assicurargli, soprattutto quando, due anni dopo, i livelli di piastrine scesero ancora a livelli così bassi, mille in tutto, da paventare il rischio di un'emorragia fatale. A quel punto fu chiaro che il fattore alla base di tutti i suoi problemi clinici era molto più complesso ed era di tipo autoimmunitario. In pratica il sistema immunitario di Luigi faceva la guerra al suo stesso organismo.

Fu sottoposto a una terapia immunosoppressiva con ciclosporina, un potente farmaco antimmunitario usato particolarmente nei trapianti di midollo osseo, e con rituximab, un anticorpo monoclonale.

Nonostante la durezza della cura a cui fu soggetto con periodici ricoveri in day hospital, nonostante il suo passato fisicamente più tormentato del Leopardi, anziché crescere magro e ingobbito come il cagionevole poeta, Luigi divenne un adolescente alto, bello, robusto, motodotato. I genitori, infatti, acconsentirono a comprargli un motorino, per avvicinarlo il più possibile alla normalità dei suoi coetanei. A vederlo, nessuno avrebbe mai supposto che avesse tutti quei problemi.

«Sei un'aquila reale» lo incensò Lisa, un'infermiera con cui maturò una certa confidenza e che ormai conosceva bene la sua grande passione.

«Ma che dici?» la corresse lui con l'espressione di finto rimprovero che riproduceva lo scoramento degli insegnanti di fronte alla castroneria di un alunno.

«Quante volte te lo devo dire? L'aquila reale puoi trovarla solo nel parco nazionale, sulle montagne. Non è che svolazza per l'Abruzzo perché c'è una città che si chiama come lei. Io sono più... che ne so... un nibbio reale. Ecco, il nibbio reale mi piace. Ha un'apertura alare di un metro e mezzo, minore rispetto a quella dell'aquila, ma pur sempre imponente. Se ne stimano più di duecento esemplari nella provincia di Chieti, quindi, se sei fortunata e passi la giornata con il naso in su, un giorno può capitarti di avvistarlo. Ma tu sei più che fortunata, non devi neanche guardare il cielo. Abbracciami Lisa, sono il tuo nibbio reale.»

Lei accettò il suo invito ad ali spalancate e lo abbracciò teneramente. Avevano un intenso feeling. L'infermiera lo assisteva con premura più materna che professionale, molto confidenziale.

«Vado dal mio amico» diceva alle colleghe quando gli portava i farmaci. Era alta, bruna, avvenente e questo, probabilmente, scuoteva anche gli ormoni di Luigi già in ebollizione per l'età, tanto che, qualche volta, lei doveva sfuggire ad abbracci un po' troppo affettuosi e all'esuberanza che spesso lo precedeva quando se ne sentiva l'arrivo prima ancora di vederlo.

«*Lisa dagli occhi bluuu*» cantava entrando in reparto. Non

disdegnava, tuttavia, una visita alle pazienti adulte ricoverate nella vicina sezione femminile dell'Ematologia, a cui faceva compagnia infondendo loro un po' del coraggio che aveva maturato in quattordici anni di convivenza con le malattie. Faceva lo stesso con i bambini, rivedendosi in ciascuno di loro.

«Tu sei un condor, tu un avvoltoio e tu un'aquila» li motivava distribuendo cariche ornitologiche.

«E io?» si accodò un filiforme biondino che non arrivava a venti chili.

«Tu...» rifletté Luigi mentre cercava nel suo archivio mentale la somiglianza più calzante. «Tu sei un assiolo faccia bianca di Temminck.»

«Un che?» protestò il nuovo insignito.

«Un piccolo volatile» gli fece scoprire «che quando viene attaccato si gonfia a dismisura raddoppiando le sue modeste dimensioni. Tu» precisò «sembri piccolo, ma il tuo cuore è il doppio di te, perché dentro sei un guerriero.»

«Sono un guerriero!» esultò il bambino.

«Sono un *assolo* faccia bianca di... di... di dove?»

«Di Pescara!» rise Luigi.

Sapeva trasmettere allegria e forza a tutti, in quantità così generosa che, talvolta, ne rimaneva sprovvisto lui, come la mattina in cui gli venne accertata una forma grave di anemia emolitica.

«Ormai è chiaro, Luigi ha una sindrome di Fisher Evans» spiegò il direttore dell'Ematologia.

«Cioè?»

I genitori si aspettavano una spiegazione più esauriente:

«Il midollo osseo di Luigi produce globuli rossi, globuli bianchi e piastrine, come tutti, ma tutte queste cellule vengono poi distrutte nel sangue a causa degli anticorpi che il sistema immunitario produce.»

«Una guerra fratricida» dedusse la madre.

«Esatto» confermò il medico esibendo la sua passione classicista.

«Come *Pharsalia* o *Bellum Civile*, il poema di Lucano che parla della guerra fratricida dell'anno 48 a.C., tra i romani Cesare e Pompeo.»

«Quanto è grave?» domandarono gli interlocutori rigettando la poetica.

«È molto grave.»

Furono gelati. In una riunione congiunta tra ematologi e trapiantologi fu deciso che il trapianto allogenico di midollo rappresentava l'unica possibilità di salvezza da quella complicatissima malattia, come atto addirittura disperato.

Le ali di coraggio che Luigi si era costruito erano di cera, come quelle di Icaro, e il sole era sempre più vicino.

6

Il sole stava sorgendo.

Se ne intravedeva il rossore stagliato nell'orizzonte e frammentato da due strisce di nuvole che gli scorrevano davanti come tende di un sipario. Nessuno, però, lo vedeva, perché gli occhi erano tutti puntati verso il basso. Lo spettacolo inscenato dalla natura, laggiù, era spettrale, tetro, macabro, apocalittico.

I Vigili del Fuoco non erano ancora arrivati. Le uniche sagome in movimento erano quelle dei familiari, che provavano a farsi sentire chiamando per nome i propri cari, stando molto attenti a intervallare gli appelli con lunghi silenzi nei quali speravano di sentire risposta.

Come i marinai del *Carpazia*, la nave accorsa all'SOS del *Titanic*, vagavano in cerca di superstiti, spostando macerie e cadaveri. Ne contarono una decina ed erano solo quelli visibili in superficie o poco sotto. Era certo che ce ne fossero molti altri sotto i loro piedi, perché l'oceano, almeno, ha la misericordia di restituire i corpi a cui ha tolto l'anima, ma la terra no, la terra se li tiene stretti.

Pochi fortunati riuscivano a percepire dei lamenti alzarsi dallo strato calpestato nell'agghiacciante scenario di un film horror a cui la realtà aggiungeva un terrore impossibile da creare artificialmente. Tra questi c'era il mio amico e collega di lavoro, il dottor Franco Papola, che cercava sua madre Iole.

Aveva cenato da lui, la sera prima. Lì durante la cena avvertirono le scosse assorbite senza problemi, sia per la sopportabile entità, sia per la struttura della palazzina. Franco, infatti, abitava in una casa di recente costruzione, eretta con criteri antisismici che disinnescarono anche il terremoto della notte. Per questo di fronte alle tante scosse sismiche che continuavano a smuovere la terra aveva invitato l'anziana mamma novantunenne a fermarsi da lui, sebbene la sua abitazione fosse distante solo poche decine di metri:

«Mamma, dormite qui, vero?».

La mamma di Franco era accompagnata da Adriana, la badante rumena che aveva quasi la metà dei suoi anni. Iole si sentiva bene, non aveva mai dormito fuori da casa sua, se non durante qualche periodo di vacanza, e non aveva alcuna intenzione di farlo quella sera:

«No tesoro. Torniamo a casa. Voglio dormire nel mio letto».

«Mamma» obiettò il figlio «ma non hai sentito le scosse? Stai qui, dai. Qui sei al sicuro. Vi preparo il letto.»

«No» si impuntò lei. «Ci vediamo domani.»

Iole era nata nel 1918, alla fine della Prima guerra mondiale. Aveva sopportato gli orrori del fascismo e i bombardamenti della Seconda guerra mondiale. Ebbe il diritto di votare solo a ventotto anni, aveva assistito a diseguaglianze e attentati alla libertà e poi anche a quelli terroristici. Era passata indenne da conflitti, crisi economiche e mutazioni sociali. Niente poteva metterle paura, tantomeno una vibrazione tellurica a cui, per morfologia della sua terra, era persino abituata.

Si avviò a piedi, mentre lui la seguiva dal balcone con lo sguardo. Lei lo sapeva. Era abituata agli occhi del figlio che la scortavano fino al suo portone, così si voltò inviandogli la buonanotte:

«Ti aspetto a casa, domani».

Domani era arrivato, ma la casa non c'era più. Metà delle case non c'era più. Il 50% degli edifici di Onna era crollato e l'altro 50% era gravemente danneggiato. Persino quelli più recenti e resistenti portavano nelle crepe le cicatrici di quella notte.

Franco camminava cercando punti di riferimento in oggetti riconoscibili della casa materna, ma l'unica forma riconoscibile non era un oggetto:

«C'è una persona» gridò qualcuno «aiutatemi a tirarla fuori.»

Accorse, spostando mobili, travi e lastre di cemento.

«È una donna!»

«Era una donna.»

Di mezza età. Bionda, corpulenta, probabilmente dell'Est. Era Adriana.

Sua madre non poteva essere distante e Franco si mosse verso il corpo ritrovato, ma inciampò in un oggetto incastrato verticalmente tra i detriti. Perse l'equilibrio e cadde. Raccolse quel pezzo di legno che gli aveva fatto lo sgambetto e ci passò sopra la mano per toglierne la polvere. Era una scacchiera.

Lo fece stando seduto, non si rialzò. Si mise carponi e iniziò a scavare.

7

Samuele era puro. Non solo per il battesimo, che ha un significato meramente liturgico dal momento che un neonato non può che essere candido, per definizione. Tutte le sue cellule midollari erano state azzerate dalla chemioterapia. Il bambino fu sottoposto a diverse trasfusioni per reintegrare i globuli rossi e le piastrine che erano calate contestualmente. La purezza, però, ha spesso come effetto collaterale una vulnerabilità proporzionale e al bambino venne immediatamente la febbre alta, nonostante tutte le terapie di prevenzione. Era dovuta a un'infezione da stafilococco, batterio che di solito non incute paura. L'aspetto critico era che Samuele era stato colonizzato da un altro batterio estremamente pericoloso, lo *Pseudomonas aeruginosa*, un vero e proprio killer per i pazienti privi di difese immunologiche. Allarme rosso!!

«Il quadro clinico è molto serio» confessai ai genitori, che si rifugiarono nella preghiera. La vita del bambino era in pericolo.

Tre settimane dopo, la chemioterapia mostrò sorprendentemente i frutti desiderati e che sembravano insperati: il midollo di Samuele era in remissione completa. Alla luce dei risultati della biopsia midollare, ci fu un'esultanza generale che coinvolse anche i medici più composti e austeri. I blasti leucemici erano scomparsi come d'incanto. I globuli bianchi, l'emoglobina e le piastrine cominciarono a risalire. Con la risalita dei globuli bianchi l'infezione era stata debellata.

Tuttavia non bastava. Ai Troiani non fu sufficiente respingere gli attacchi degli Achei. Senza iniziativa subirono quella dei nemici che li distrussero da dentro, tra le proprie mura. Non potevamo aspettare che il cavallo di una nuova recidiva annientasse Samuele, dovevamo agire e farlo subito con un trapianto.

Chiamai i genitori e fissai un colloquio nel mio ufficio per le 15:00 di un martedì pomeriggio.

Rimasero alcuni minuti fuori dalla stanza, mentre terminavo il colloquio con un'altra coppia. Quando aprii la porta, mi scusai per il ritardo e li presentai reciprocamente:

«Stefania e Valerio, Luisa e Sebastiano».

Si scambiarono strette di mano, ma non le storie. Erano sottintese nel luogo di presentazione e sui loro sorrisi smorzati gravava il peso di un destino comune che li rendeva reciprocamente solidali.

Dopo averli fatti accomodare, illustrai a Valerio e Stefania i benefici e i rischi del trapianto allogenico, oltre alle possibili alternative, che non peroravo, ma offrivo per correttezza ed etica professionale.

Poi mi addentrai nella strada che ritenevo migliore, fornendo loro ulteriori dettagli:

«Non possiamo testare la compatibilità su fratelli e sorelle perché Samuele è figlio unico».

«Be', ma ci siamo noi» si offrirono.

«Sì» nicchiai con la voce «ma certamente siete aploidentici, cioè compatibili al 50%.»

«Ed è un problema?» si allarmò Valerio.

«Un problema no» lo rassicurai. «Il trapianto da donatore aploidentico è per noi una via percorribile, ma la prima opzione è quella di aprire la ricerca del donatore volontario nelle banche di tutto il mondo e verificare se c'è un donatore con un grado di compatibilità migliore di quello di voi genitori.»

Mostrai loro il monitor del computer su cui avevo impostato i parametri di una ricerca preliminare e glieli tradussi:

«Vedete? Ci sono cinquantaquattro persone molto simili a

vostro figlio. Dobbiamo però definire con precisione il grado di compatibilità e per farlo serve il test del DNA a Samuele e a tutti i possibili donatori».

«Ok» si animò Stefania «facciamolo. Quanto tempo ci vuole?»

«Un paio di mesi, se tutto va bene.»

La mia risposta represse sul nascere lo slancio propositivo. Dovevamo mantenere il bambino in remissione, continuando con la chemioterapia e blindandolo per tutto il periodo di attesa.

Poi Valerio staccò dalla memoria il legittimo post-it che aveva silenziosamente appuntato quando gli parlai delle possibili alternative, tra cui la semplice e paziente attesa.

«Dottore, cosa può succedere a Samuele se viene sottoposto a trapianto?»

Tolsi dal tavolo delle valutazioni le mie considerazioni e parlai con i numeri:

«Se troviamo un buon donatore con un grado di compatibilità di almeno nove geni su dieci, i rischi di mortalità per Samuele sono attorno al 15-20%, soprattutto nei primi tre-sei mesi successivi al trapianto. Se il bambino supera indenne questa fase iniziale così delicata, si aprono scenari di guarigione definitiva almeno del 60%».

Tacquero per una trentina di secondi che parvero minuti, poi il padre raccolse un filo di voce e la articolò nel dubbio che li aveva afferrati per la gola:

«E se per un malaugurato motivo non trovassimo un donatore e il trapianto non si facesse? O...» continuò rivelandomi una sua possibile intenzione «se noi non rilasciamo il consenso al trapianto, cosa ne sarebbe di Samuele?».

Ricorsi nuovamente ai dati. Potevo apparire freddo, insensibile, certo, ma era il mio modo di lasciare loro la massima libertà di scelta. Se mi fosse stato consentito parlare con trasporto ed empatia, mi sarei persino inginocchiato implorandoli di non valutare alcuna possibile alternativa che avrebbe esposto il figlio a dei rischi enormemente maggiori del trapianto, ma sopra il cuore avevo un camice e mi sforzai di imbavagliarlo.

«Se non viene sottoposto a trapianto, le possibilità di guarigione per Samuele, a voler essere ottimisti, sarebbero sì e no del 10%. Con altissima probabilità, poi, entro poche settimane o nella migliore delle ipotesi entro qualche mese, la leucemia si ripresenterà, prevedibilmente più aggressiva della prima volta. In molti casi la malattia leucemica quando si ripresenta diventa resistente alla chemioterapia e per Samuele le speranze di sopravvivenza sarebbero ridotte al lumicino. Se invece andasse incontro a una nuova remissione, a quel punto il trapianto sarebbe d'obbligo ma con risultati molto più limitati rispetto al trapianto fatto in prima remissione.»

«Quindi» schematizzò Stefania «con il trapianto guarirà al 60%, senza trapianto solo al 10%, giusto?»

«No» la corressi, ma solo semanticamente «non è giusto. Giusto non è la parola adatta. Diciamo che è esatto, perché quello che sta accadendo a vostro figlio è tutt'altro che giusto. È ingiusto, molto ingiusto. È profondamente ingiusto.»

Conclusi mettendoli davanti alla propria responsabilità:

«La scelta del trapianto non è del medico, in questo caso mia, ma di voi genitori. Dovete decidere entro poco tempo se dare il consenso per sottoporre Samuele a trapianto o se rinunciare e attendere il corso degli eventi».

Si guardarono negli occhi e bastò loro per leggere reciprocamente la fiducia che ciascuno dei due riponeva in me e nel gruppo che guidavo.

«Noi decidiamo per il trapianto. Lei faccia tutto quello che può per dare a nostro figlio un futuro.»

Ci abbracciammo, azzerando completamente la distanza tra medico e paziente, e mi misi subito in azione.

Con i colleghi dell'Oncoematologia Pediatrica, concordammo un programma di chemioterapia per guadagnare più tempo possibile. Contemporaneamente, la ricerca del donatore non consanguineo per Samuele fu ufficialmente aperta a livello internazionale tramite il Registro italiano dei donatori di midollo osseo.

Dopo due cicli di chemio, con il Natale del 2006, arrivò il dono più atteso: un quarantacinquenne di Verona aveva nove geni HLA su dieci identici a quelli di Samuele. Il trapianto si poteva fare.

Riuscimmo a concedere loro qualche giorno fuori dall'ospedale per trascorrere a casa le feste. A fine dicembre si chiudeva per Valerio e Stefania un anno importante, quello della nascita del loro bambino, ma se ne apriva un altro che lo era ancora di più, quello della sopravvivenza o meglio della guarigione.

Il 31 dicembre ero in chiesa e pensavo al bambino. Mi chiedevo se ci sarebbe stato anche nei prossimi San Silvestro, immaginandolo e pregando di poter fare in modo che ci fosse. Lo immaginai cavalcare gli anni da bambino, da ragazzo e da adulto, poi tornai con la mente al motivo per cui mi trovavo lì, festeggiando gli sposi Giulio e Linda.

«Allora» li accolsi il 2 gennaio «avete passato bene le feste?»

«Le abbiamo passate a casa» rispose Stefania «insieme. Quindi sì, direi bene. E lei?»

«Anch'io grazie. Sono stato al matrimonio di un amico. Vi ho mai parlato di Giulio?»

Il 9 febbraio 2006, Gilles Antares cadde. Cadde e morì nella segatura, come si dice nel gergo circense a cui apparteneva la sua famiglia dal 1838. Era un trapezista con una concezione molto ben definita e limitata della vita: stava tutta in una corda di metallo col diametro di pochi centimetri. Iniziava da una parte e finiva dall'altra, sospesa nel vuoto senza reti di protezione. La sua esistenza era solo lì sopra, ridotta a un filo sottile, e mi ricordava quella di molti miei pazienti, che possono precipitare da un momento all'altro. Non basta la massima concentrazione, non è sufficiente trovare la perfezione millimetrica del corpo, perché sul trapezio, come nella vita, possono accadere eventi inaspettati su cui non si può avere alcun controllo. La corda metallica su cui Gilles sospendeva il suo essere, infatti, si spezzò e, con essa, quella che regolava il suo respiro.

C'erano due grosse differenze, però, tra il precario equilibrio del trapezista spericolato e i malati che curavo: lui il rischio lo scelse, a loro era imposto. Lui lo aumentava per ebrezza del suo pubblico, ma i miei pazienti potevano e dovevano avere una rete di protezione e dovevo tenderla io. Era una rete fatta di medicina, di ricerca, di personale sanitario. Io cercavo di rafforzarla ulteriormente aggiungendoci la preghiera, convinto che anche una rete si può rompere, ma la mano di Colui che sta sotto e può farci atterrare sul suo palmo no, quella può farci sempre cadere nella sua misericordiosa morbidezza.

Io la cercavo isolandomi dalla frenesia quotidiana, lontana dal predominio della ragione, nei tanti pellegrinaggi condivisi con milioni di giovani che si ritrovavano agli incontri mondiali della gioventù indetti da papa Giovanni Paolo II nella prima metà degli anni Novanta. Andai a Roma, Loreto, ma anche molto più in là: Parigi, Denver, Toronto. Ci andava anche Giulio, quando aveva sedici e diciassette anni, assecondando la forte vocazione religiosa che gli cresceva dentro, tanto che nel 1996, quando aveva vent'anni, entrò nel Seminario religioso abruzzese-molisano di Chieti. Oltre alla voce spirituale, però, il ragazzo cercava una strada che lo portasse più lontano possibile dalle vessazioni e dalla sofferenza che subiva dalla nascita a causa di un deficit immunologico molto raro, su cui scrissi anche un articolo pubblicato da un'importante rivista scientifica.

Come funziona il sistema immunitario?

Il sistema immunitario è un insieme di organi e di cellule altamente specializzate con il compito di difendere l'organismo umano da agenti patogeni esterni (batteri, virus, miceti, parassiti) capaci di disinnescare infezioni in ogni organo o apparato del corpo umano. Nei casi in cui il sistema immunitario non funziona a dovere tali agenti possono causare infezioni gravi e potenzialmente mortali. In pratica il nostro sistema immunitario rappresenta una sorta di «istituto di vigilanza» i cui protagonisti sono presenti in ogni parte del corpo umano e comunicano tra di loro grazie a un sofisticato sistema di interconnessioni messe a disposizione dai vasi sanguigni e dai vasi linfatici. Possiamo immaginare il nostro sistema immunitario come una grande orchestra in cui ogni musicista ha un ruolo ben preciso e opera in perfetta sintonia e armonia con ciascun altro componente dell'orchestra. L'ambiente in cui l'orchestra si esibisce ha a sua volta un ruolo fondamentale. Immaginiamo che l'orchestra debba tenere un concerto al Teatro alla Scala di Milano. Certamente l'ambiente darà maggior rilievo alla prestazione dell'orchestra.

Nello specifico i musicisti sono rappresentati da cellule specializzate, chiamate globuli bianchi o leucociti, che attraverso la microcircolazione sanguigna e linfatica sono in grado di raggiungere ogni piccolissima area dei nostri tessuti. I globuli bianchi includono tre grandi categorie di cellule: granulociti (neutrofili, eosinofili, basofili), monociti e linfociti. L'organismo umano e in particolare gli organi linfatici rappresentano il teatro in cui i globuli bianchi si esibiscono. Gli organi linfatici sono rappresentati dal midollo osseo, dal timo, dai linfonodi, dalla milza e dai tessuti linfoidi in generale di cui l'organismo umano è pieno. Gli strumenti musicali a disposizione dei musicisti ossia delle cellule immunitarie sono proteine specializzate nel ruolo di mediatori chimici, chiamate citochine. Queste proteine orchestrano le diverse risposte immunitarie, scambiandosi segnali tra di loro al fine di controllare il lavoro dei diversi organi e dei tessuti linfatici. Non può esserci una grande orchestra senza un grande direttore. Il direttore d'orchestra del sistema immunitario umano è il midollo osseo, quel tessuto diffuso all'interno delle ossa deputato a fabbricare le cellule del sangue (globuli rossi, globuli bianchi, piastrine) e a istruire le cellule immunitarie ossia a insegnare loro come difendere il territorio.

Il sistema immunitario funziona in maniera diversa in base all'agente patogeno da combattere. Semplificando al massimo le due principali evenienze, immaginiamo che un batterio o un micete (fungo) faccia il suo ingresso nell'organismo umano superando le barriere anatomiche naturali rappresentate dalla cute e dalle mucose. Il sistema immunitario come primo atto mette in moto le cellule che hanno il compito di riconoscere tale patogeno. Il passaggio successivo è quello di attivare le cellule specifiche in grado di bloccare la propagazione dell'agente patogeno. In questo caso le cellule specifiche sono i granulociti neutrofili. Questi ultimi accerchiano e attaccano il patogeno e lo fagocitano ossia lo inglobano dentro sé stessi e lo distruggono.

Diverso è il comportamento del sistema immunitario quando l'agente patogeno è un virus. In questo caso le cellule immunitarie che vengono attivate sono i linfociti. Questi ultimi sono responsabili del riconoscimento del nemico e della sua memorizzazione nel loro codice genetico. Allo stesso tempo i linfociti sono in grado di produrre anticorpi che, diretti in maniera mirata e specifica verso quel virus, sono in grado di bloccarlo e disattivarlo. I linfociti orchestrano una specifica risposta immunitaria estremamente complessa attraverso varie sottocategorie di cellule (linfociti B, linfociti T, linfociti T helper, linfociti T regolatori, cellule natural killer).

Già dai primi mesi di vita, Giulio manifestava innumerevoli episodi di febbre associati a vescicole cutanee. Queste erano ripiene di liquido sieroso opalescente, soprattutto alle pieghe del gomito e dell'inguine, oltre che agli arti inferiori ma persino al collo e al volto, che, una volta risolte, lasciavano cicatrici sulla pelle.

Ai genitori preoccupati, Alberto e Marta, fu riferito dal pediatra che si trattava di una dermatite atopica.

«Non è nulla, con la crescita il problema si risolverà.»

Non si risolse, invece, perché non si trattava affatto di una dermatite atopica. Le vescicole cutanee iniziavano ad assumere l'aspetto di veri e propri ascessi con materiale purulento. Le cicatrici sparse sul corpo di Giulio ne erano chiara espressione e aumentavano vistosamente di numero ed estensione, divenendo il centro di un bersaglio su cui si scagliarono, con effetti nefasti a livello psicologico, diversi coetanei e insospettabili adulti preposti alla funzione opposta.

Il suo primo giorno di scuola all'istituto religioso Ravasco a Pescara, la maestra, una suora, vide questo bambino di sei anni malconcio, con cicatrici ovunque, e, anziché mostrarsi amorevole e accogliente come il suo abito avrebbe imposto, lo escluse dalle lezioni in attesa di un certificato medico che ne accertasse la non contagiosità. Fu però in seconda e terza elementare che Giulio iniziò a subire vere e proprie vessazioni. Più i bambini crescono, più si avvicinano al modello degli adulti con cui vivono, assorbendone la parte peggiore e diventando essi stessi, per osmosi, gli adulti che i bambini dovrebbero evitare.

«Giulio, leggi. Sussidiario pagina venti» dispose l'insegnante.

Giulio, però, titubava: «Ehm... sì allora... pagina venti...».

«Giulio allora?» incalzò lei.

«Non trovo la pagina venti del diario» si giustificò il bambino, suscitando la reazione spazientita dell'insegnante:

«Sussidiario! Non sul diario. "Sussidiario" ho detto! Ma ci senti?».

No, Giulio non sentiva bene per problemi all'udito, ma qualcosa sentiva e non solo con le orecchie. Le risate corali dei compagni, a cui si univano anche quelli solitamente più rispettosi e moderati perché l'avallo della maestra le rendeva eccezionalmente non solo lecite ma addirittura doverose, gli si infilavano dentro da nuove ferite, invisibili rispetto a quelle che mostrava sulla pelle, ma più profonde.

«Te lo lascio» buttò fuori la collega di matematica che ne prendeva il posto al cambio dell'ora, vomitando una supposizione che ne traduceva lo spessore:

«Secondo me è un po' stupido».

I puffi, Candy Candy, Lady Oscar, Holly e Benji, le Tartarughe Ninja. Se si chiedesse a un ragazzo del '76 di raccontare la propria crescita con le immagini che meglio la rappresentano, probabilmente sciorinerebbe i cartoni animati più iconici della sua era. Se qualcuno, invece, l'avesse chiesto a Giulio, avrebbe fornito l'elenco delle infezioni batteriche varie, per tipo e dimensioni, quanto le esperienze di cui presero il posto, quelle che ne avrebbero dovuto accompagnare il passaggio tra le età. Il buon rendimento scolastico non gli garantiva l'immunità dalle afflizioni impostegli dai compagni di scuola, anche per via dell'immutata ipoacusia, e dal vile immobilismo degli insegnanti che le tolleravano e che al liceo sfociarono in atti di autentico bullismo.

Dopo i quattordici anni, infatti, erano maggiormente frequenti gli ascessi ai glutei che a volte durante le lezioni si rompevano spontaneamente, causando la fuoriuscita di materiale purulento giallo verdastro di cui si imbrattava il pantalone.

«Guardate» veniva additato «Giulio se l'è fatta sotto!»

«Ma cosa mangi, mozzarella radioattiva?»

«Giulio merda gialla.»

«Giulio, quando fai la cartella, devi ricordarti i libri, i quaderni e i pannolini.»

«Avete visto il nuovo film dell'orrore con Giulio? *Non aprite quella porta.*»

Era una gara di idiozia, i cui troppi contendenti si sfidavano a colpi di battute infime e indicibili offese, che talvolta venivano somatizzati dalla vittima evolvendosi in malesseri fisici. Questa era la supposta origine del forte mal di pancia che Giulio accusò una mattina di gennaio del 1992.

«Prof, sto male!» si lamentava.

«Stai tranquillo, fai due passi in corridoio» suggerì l'insegnante con risibile senso di responsabilità «magari ti passa.»

Nel pomeriggio, a casa, i dolori divennero insopportabili e il ragazzo fu portato dai genitori al Pronto Soccorso dell'ospedale di Pescara.

«Subito in chirurgia» decise il medico che lo ebbe in carico: «È una peritonite!».

Venne operato d'urgenza e solo la prontezza degli operatori e dei chirurghi in particolare scongiurò l'enorme pericolo a cui il ragazzo era giunto vicinissimo.

«Qualche minuto più tardi» spiegò ai genitori il chirurgo dopo l'intervento «e Giulio sarebbe morto.»

L'intervento richiese anche una trasfusione di sangue e l'analisi di alcuni linfonodi ingrossati, per i quali fu trasferito dal reparto di Chirurgia a quello di Ematologia. Fu qui che, per la prima volta, ricostruendo la sua storia, un ematologo sospettò un problema di deficit immunitario e ordinò il test dell'anione superossido che condusse a porre la diagnosi. Bastò infatti l'esecuzione di questo semplice esame per verificare il malfunzionamento dei neutrofili del ragazzo. In pratica i suoi neutrofili non riuscivano ad assolvere la loro funzione di fagocitare i batteri e tutte le sue infezioni erano causate da questo difetto.

Trascorse i mesi successivi nei letti di diversi ospedali: quello di Ancona, dove venne confermata la diagnosi fatta a Pescara, e quello pediatrico di Firenze, per la cura di un'epatite da virus B causata dalla trasfusione subita a seguito dell'intervento di peritonite. A giugno, per via della degenza in ospedale, i giorni di assenza di Giulio erano più di quelli in cui fu presente a scuola e per questo perse l'anno.

Più esasperanti si facevano i suoi rapporti sociali, contraddistinti da incessanti episodi di bullismo, più si faceva pressante la vocazione religiosa, l'attrazione verso quel Dio da cui si sentiva non solo accettato, ma accolto, protetto e persino amato. Così, terminato il liceo, Giulio entrò in seminario a Chieti, dove legò soprattutto con un altro giovane seminarista di Pescara, Cristiano, sulle cui spalle appoggiò il carico della sua storia dividendone il peso. Si sottopose anche a un intervento di timpanoplastica, recuperando parzialmente la capacità uditiva.

Tuttavia, i suoi anni di studio erano costantemente segnati dagli episodi di infezione che ne martirizzavano il percorso e dopo un paio d'anni, la fragilità fisica si estese allo spirito, meditando un futuro alternativo, diverso da quello monastico.

Il seminario poteva aspettare. Giulio lo capì grazie all'attenzione di un altro sacerdote, don Valentino, che gli prospettò una chiamata più laica, trovandolo pronto alla risposta. Lasciò il seminario e si iscrisse alla facoltà di Ingegneria informatica ad Ancona dove rimase fino al 2002 per poi trasferirsi all'Università La Sapienza di Roma. Qui accrebbe la propria personalità, con rapidità sufficiente a sopperire la tardiva affermazione, e aumentò di spessore anche in audacia e intraprendenza.

Davanti alla Fontana di Trevi, in un pomeriggio primaverile del 2002, fu attirato da una ragazza che ammirava la statua di Oceano a pochi passi da lui. Ne spiò le intenzioni e quando lei diede le spalle al monumento, lanciando una moneta all'indietro, fu lesto ad approfittarne:

«Scusi signorina, le è caduta questa».

Si tolse dalla tasca una moneta da un euro, la bagnò nell'acqua, e gliela porse.

«Veramente l'ho buttata apposta» spiegò ingenuamente, con un principio di stizza.

«Davvero?» continuò lui. «E perché?»

Lei non afferrò la creatività del suo corteggiatore e proseguì nella strenua difesa della tradizione.

«Come perché? Non lo sai? Se vuoi tornare a Roma devi lanciare una moneta nella fontana.»

«Ah, mi scusi» finse di capire annegando la moneta tra quelle sul fondo a cui ne aggiunse un'altra.

«Allora se torna lei, voglio tornare anch'io.»

Aveva diciassette anni e si chiamava Linda, un nome che per Giulio divenne più che familiare, perché fu proprio con lei, quattro anni dopo, che si sposò. Fu tutt'altro che semplice, per una ragazza così giovane, accettare la prospettiva del sacrificio, della sofferenza e dell'incertezza, perché comprese da subito che le condizioni del ragazzo erano più che critiche. Raramente trascorreva un'intera settimana senza febbre, senza infezioni, senza ascessi, senza la preoccupazione che il pericolo più grande non fosse alle porte.

Molte ragazze sognano il principe azzurro, l'uomo bello, forte, vigoroso e protettivo e lei non faceva eccezione. Ne trovò uno incantevole e combattivo, impavido e gentile. Le bastò guardare, come nelle favole, l'uomo che non riusciva a vedere chiunque si fermasse all'apparenza. Si affacciò nei suoi occhi per sporgersi dentro e scoprire la meraviglia del suo cuore, integro e generoso. Vide un coriaceo carattere leonino degno di un valoroso generale, perché solo una persona dall'eroica resistenza avrebbe saputo sopportare e fronteggiare prove così dure e continue, e ci si buttò con tutta l'anima.

«Se hai affrontato tutto questo da solo» gli assicurò Linda «qualunque difficoltà ci sarà in futuro sarà meno dura, perché la risolveremo in due.»

Scelsero come data del matrimonio il 31 dicembre, la giornata della Sacra Famiglia, per consacrare anche quella che si stavano accingendo a costruire, contando anche sulla benedizione divina.

Dopo il ricevimento partirono per Roma, dove il giorno dopo, davanti alla fontana in cui si erano conosciuti, di monete ne lanciarono una in più.

«Perché due?» le domandò lui vedendola raddoppiare l'investimento, mentre lui si giocava il suo euro.

«Perché mi piace sognare» rispose immersa nel disegno del suo futuro «e la prossima volta che ci torniamo, vorrei fossimo in tre.»

«Sogniamo forte» rialzò «lanciamone quattro.»

«E poi?» mi domandò Stefania interessata al racconto.

«E poi non lo so» replicai «vi svelerò il seguito quando lo saprò anch'io.»

La storia, però, non rientrava tra i principali argomenti di discussione, decisamente incentrati sulla salute del loro figlio. I primi di marzo convocai Stefania e Valerio per informarli che il donatore aveva superato tutti gli esami di idoneità, aveva rilasciato il consenso e a breve sarebbe avvenuto il prelievo del midollo destinato a Samuele.

Anche in quell'occasione dovettero aspettare fuori per qualche minuto, mentre terminavo l'incontro con la stessa coppia dell'ultima volta. Incrociandosi, si salutarono con quella confidenza accelerata dagli eventi e dalle coincidenze.

«Scusate un momento» mi rivolsi ai genitori in attesa «potete pazientare un altro minuto? Devo fare una telefonata urgente.»

Li lasciai così tutti e quattro davanti alla porta per la seconda fase della presentazione, quella in cui tutto il non detto celato dalla comune permanenza nel medesimo reparto affiorava incrociando le sofferenze:

«Siamo qui per nostro figlio Samuele» cominciarono Stefania e Valerio. «Ha solo otto mesi.»

«Mi dispiace tanto» solidarizzò Luisa sincera fino alle lacrime che le riempirono gli occhi: «Sappiamo esattamente cosa si prova. Anche noi siamo qui per nostro figlio. Facciamo avanti e indietro dall'ospedale da quando era appena nato e oggi ha quattordici anni. Si chiama Luigi».

8

C'erano giochi, disegni, palloncini. C'erano carillon e un tripudio di colori. C'erano Topolino, Dumbo, il pesciolino Nemo e un orso gigante, ma Samuele guardava sempre un uccello. Gliel'aveva regalato Luigi, che stava nella camera sterile adiacente alla sua, tramite i suoi genitori che aveva incontrato prima di essere ricoverato.

«Siamo i genitori di Samuele» si presentò Stefania.

«Mi ha detto tua mamma che anche tu hai dovuto lottare quando eri piccolo come lui.»

«Sì» scherzò lui «ma ne è valsa la pena. Vedete come sono forte ora?»

I due genitori sorrisero e, guardandosi, si domandarono dove trovasse la forza per fare battute un essere umano così lungamente provato dalla malattia. Eppure, oltre che acutamente autoironico, riusciva a essere anche profondo e generoso:

«Posso dargli una cosa?».

Luigi si piegò sul loro figlio porgendogli un'aquila di pelouche:

«Tieni, è tua. A me la regalarono quando ero poco più grande di lui e da allora non me ne sono mai separato. Ora, però, voglio darla a te, che ne hai più bisogno. Devi imparare a volare e lei ti potrà insegnare come si fa».

«E tu?» gli domandò Valerio temendo la risposta.

«Io...» tentennò «credo di averlo capito e forse tra poco lo scoprirò.»

«Ciao» fece il ragazzo muovendo il pelouche per dargli voce «giochiamo insieme? Non ti preoccupare, non ti devi preoccupare mai se ci sono, io sono con l'aquila, il più valoroso abitante del cielo, e tu sei con me.»

Samuele non capiva nulla, ma aveva gli occhi fissi su di lei.

«L'hai mai vista un'aquila vera?» gli chiese Stefania.

«No» rispose «però ho visto un nibbio reale, sul fiume Sangro. Assomiglia all'aquila, ma non sta solo sulle montagne. Trovo che mi assomigli, perché è solitario come l'aquila, ma più vicino all'uomo. L'aquila è più grande, più maestosa, più forte. È più conosciuta, rispettata e forse anche tutelata. Il nibbio reale, in pratica, è un'aquila che non ce l'ha fatta.»

Rise della propria affermazione e, forse, del proprio stato, accompagnato dai genitori di Samuele, che lo ringraziarono e portarono il suo pensiero al proprio figlio.

«Come si chiama?» si informò Stefania indicando l'aquilotto.

«Einstein. Si chiama Einstein. Almeno uno intelligente, in famiglia, ci voleva.»

Altre risate. Poi salutò il suo piccolo nuovo amico.

«Ciao Samuele. Sei forte e guarirai. Quando succederà io tornerò a trovarti, ok?»

Allontanandosi, Valerio commentò l'incontro.

«Che ragazzo speciale. Ma tu avevi mai sentito parlare del nibbio reale?»

«Io no» replicò lei «ma penso che ora saprei riconoscerlo.»

I due pazienti condivisero poi lo stesso corridoio e il più grande, Luigi, vedeva spesso l'altro dalla piccola finestra, facendo il tifo per lui e raccomandandolo al suo amico inanimato:

«Mi raccomando, Einstein, prenditi cura di lui. Insegnagli a volare».

Poi tornava a sdraiarsi, senza forze. Era pesantemente immunosoppresso e aveva non più di mille piastrine che non rispondevano a nessun trattamento e neanche alle trasfusioni.

Aveva urgentemente bisogno di un trapianto, ma non aveva

donatori compatibili, né in famiglia né nelle banche dei donatori volontari. L'unica possibile soluzione era il ricorso alle cellule di cordone ombelicale. Ne avevamo trovato un'unità con una buona quantità di cellule staminali e un grado di compatibilità non eccezionale, ma almeno sufficiente.

Fui molto schietto con i genitori, informandoli che i rischi di mortalità erano altissimi, ma non c'erano alternative. Luisa e Sebastiano lo compresero e diedero il consenso, così come avevano fatto i genitori di Samuele il giorno in cui il bambino venne ricoverato in camera sterile assieme alla madre.

«Questa è la stanza di Luigi» indicai passandoci davanti, mentre lui ci salutava dal vetro «e questa è la vostra. Accomodatevi.»

Varcarono la soglia con un profondo silenzio in sottofondo, uno di quelli che rendono rumorosi i sospiri, uno di quelli che amplificano il volume di parole altrimenti impercettibili, come quella che uscì per la prima volta dalla bocca di Samuele:

«Mamma!».

Ci guardammo stupefatti. Quella parola, in quel momento!

Grondavo di emozione e la rivelai azzardando un annuncio enfaticamente profetico:

«È un segno. Dai, dai, che il trapianto andrà bene».

Aveva solo nove mesi, Samuele. Si preparava a diventare il paziente leucemico più piccolo trapiantato a Pescara. Si prodigavano tutti per lui, sostenuti dallo stesso spirito di solidarietà. Il personale del Centro Trapianti, del reparto di Oncoematologia Pediatrica, del Centro Trasfusionale, della Banca dati dei tessuti e delle cellule staminali, quindi anche tecnici, biologi, addetti a ogni tipo di servizio. Tutti con Samuele, tutti affettivamente sugli spalti per sostenerlo nell'incontro che avrebbe deciso il suo destino, il trapianto.

Venne fissato per il 15 marzo 2007. Una settimana prima ricevette una dose sopraletale di chemioterapia destinata a distruggere il suo midollo e anche la sua malattia.

«Busulfano per endovena e ciclofosfamide» prescrissi, così come feci per Luigi tre giorni prima, preparandolo per ricevere le cellule staminali di cordone che gli furono infuse la mattina del 12 marzo.

Luigi trascorse la giornata sotto controllo, ma la notte iniziò a sentirsi male.

«Sta vomitando» segnalò ad alta voce un'infermiera: «sta vomitando sangue!».

L'emoglobina precipitò in pochi minuti a poco più di tre grammi, un valore pressoché incompatibile con la sopravvivenza.

«Presto» dispose l'ematologo di turno «occorrono tante trasfusioni di sangue e piastrine, subito!»

«Luigi, Luigiiii» gridava sua madre in un angolo della camera, mentre il padre, fuori, taceva attonito e inerme.

Quando arrivai al letto di Luigi in piena notte l'emorragia era ancora in corso, non si riusciva ad arrestarla.

Alle 10 del mattino sopraggiunse un edema polmonare devastante.

«Non respira, maledizione, non respira!»

Dodici ore. Erano passate solo dodici ore dai primi sintomi, comparsi una volta effettuato il trapianto di cellule di cordone. Dodici ore durante le quali, con grande sofferenza, Luigi prese la rincorsa, smise di essere e volò via. Aveva quindici anni.

Per tutta la notte, attraverso il vetro della camera di Samuele, Stefania assistette a quel frenetico e tormentato movimento di medici e infermieri nel corridoio, chiedendosi cosa stesse succedendo.

Lo capì il mattino dopo, quando vide passare una lettiga. La sagoma di chi c'era sopra era disegnata dal lenzuolo bianco che lo copriva.

«Dottor Di Bartolomeo!» mi chiamò tra i singhiozzi.

«Che succede, Stefania?»

«Sospenda la terapia, non lo facciamo più. Non ci sarà nessun trapianto per Samuele!»

*

Il macaone arrivò prima. Il macaone è una farfalla ed è facile vederla dove ci sono fiori ricchi di nettare da aprile a settembre, ma già un paio di settimane prima se ne poteva vedere qualcuna.

«Vieni» mi rivolsi pacatamente a Stefania avvolgendole le spalle col mio braccio «usciamo a fare due passi, prendi un po' d'aria.»

Le chiesi di lasciare la camera sterile e la portai fuori nel giardino dell'ospedale dove Valerio ci stava aspettando. Dovevo incontrarli insieme e parlare loro. Stefania era comprensibilmente sciocata. I suoi respiri erano interrotti, quando inspirava le sobbalzava il petto a intermittenza, come un'auto che sbalzella quando giri la chiave e il motore non parte. Aveva il carburatore intasato di pianto, Stefania, e ci volle quasi un intero giro del complesso perché si calmasse.

«Non voglio più che Samuele faccia il trapianto» confermò con risolutezza aggravata dalla lucidità che le stava tornando. Io non sapevo cosa dire o, meglio, non sapevo come dirglielo. Non si poteva tornare indietro, il bambino aveva già fatto il trattamento che gli aveva distrutto tutto il suo midollo, ma ne comprendevo la preoccupazione. Rimanemmo in silenzio quasi cinque minuti, poi, quando ci fermammo, venni soccorso dal macaone che le si posò sulla spalla. Era un bella giornata di primavera, il sole splendeva e l'aria era mite.

«Devi starle simpatica, di solito arrivano più tardi.»

Lei guardò la farfalla e mosse la mano nella sua direzione, ma si arrestò quando la ammonii:

«No ferma, non la toccare. Le farfalle non si toccano».

«Ah già» si ricordò «altrimenti non volano più.»

«Non è del tutto corretto» rettificai. «Sulle ali delle farfalle c'è una polvere speciale, anche se in realtà sono setole coperte da chitina, un polisaccaride, ma questo non è importante. Quello che conta è che in quella proteina o in quella polvere, chiamiamola così, c'è la sua carta di identità. È grazie a essa che si creano colori così belli, ma la chitina ha anche funzioni ben più importanti dell'estetica perché permette al macaone di tenere lontani i predatori, di mimetizzarsi e di assorbire calore, così da potersi riscaldare e sopravvivere nelle stagioni più fredde. Quando tocchiamo una farfalla, le togliamo questa polvere e lei non solo non vola più. Se la tocchiamo, la farfalla muore. Anzi, più precisamente, la condanniamo a morte certa. Non avviene subito, ma al primo freddo o col primo predatore che le si avvicina.»

«Capisco!» affermò distrattamente, con gli occhi fissi sul lepidottero.

«Sei sicura?» mi assicurai. «Noi abbiamo toccato Samuele. Togliendogli le cellule malate, la chemioterapia ha distrutto anche quelle sane e non ha più cellule né nel midollo né nel sangue. Se non gli trapiantiamo un midollo nuovo, farà la fine della farfalla. Alla prima influenza, al primo microbo che gli si avvicina, non avrà alcuno strumento di difesa. Dobbiamo trapiantarlo per forza. Dobbiamo rimettergli la polverina magica, le cellule staminali del donatore.»

Aveva capito davvero. Me lo fece capire abbracciandomi. Io ricambiai, strofinandole rassicurazioni sulla schiena:

«Guarirà. Samuele guarirà».

Il prelievo del midollo avvenne sul donatore quarantacinquenne veronese. Le sue cellule midollari arrivarono a Pescara nel primo pomeriggio del 15 marzo. Il suo gruppo sanguigno era A Rh positivo, mentre quello di Samuele era B Rh positivo, quindi bisognava «contraffare» il midollo del donatore nella nostra Banca dei tessuti e delle cellule staminali. Furono rimossi i globuli rossi, quasi totalmente, e finalmente, poco prima di mezzanotte, le preziose cellule passarono dalla sacca che le conteneva nel sangue del bambino. Il trapianto era avvenuto. Samuele dormiva beatamente, mentre Stefania era in stato d'allerta massima.

Ricordava troppo bene quanto era successo a Luigi nelle ore successive all'infusione e rimase ansiosamente vigile per tutta la notte, anche se, col passare delle ore, la possibilità di vedere il figlio guarito le faceva da calmante, bilanciando la preoccupazione con la speranza.

Valerio sembrava addirittura una guardia armata. Stazionava fuori dalla camera, non avendovi accesso per preservarne l'asetticità, aspettò l'alba marciando avanti e indietro per il corridoio, con la baionetta carica di preghiere.

Arrivò l'alba e poi anche quella del giorno dopo. Del successivo e di altri ancora. Il decorso fu privo di complicazioni e il midollo del donatore attecchì completamente sostituendo quello malato. Così, dopo quarantadue giorni di ricovero, comunicai a Stefania e a Valerio la bella notizia:

«Samuele può tornare a casa. Potete riprendervi la farfalla».

«La farfalla?» ripeté Valerio con tono interrogativo.

«Sì, poi ti spiego» sorrise la moglie.

Occorreva comunque mantenere tutte le precauzioni ed eseguire controlli periodici. Ci rivedemmo a uno di questi, sei mesi dopo il trapianto.

«Che succede?» domandarono i genitori quando mi avvicinai a loro col viso serio e tirato.

«Il test del DNA eseguito sulle cellule midollari di Samuele mostra che la percentuale di cellule appartenenti al donatore è scesa dal 100% al 22%.»

«Quanto è preoccupante?» reagì Valerio mostrando la sua propensione alla concretezza.

«Molto» valutai «questa discesa indica che la recidiva leucemica potrebbe essere alle porte. Dobbiamo vigilare e forse agire.»

Ripetemmo i controlli al nono mese e anche al dodicesimo. Entrambi continuavano a mostrare la presenza di entrambe le linee cellulari: quelle di Samuele stavano prendendo il posto di quelle del donatore. Quello che contava maggiormente, però, è che queste erano ancora tutte sorprendentemente sane. Non c'erano tracce di blasti leucemici, ma avrebbero sempre potuto comparire e, se fosse accaduto, sarebbe stato devastante per il piccolo.

«Dobbiamo in tutti i modi prevenire questa eventualità» sostenni davanti ai genitori.

«Come?» chiesero loro.

«Ne ho discusso con tutto il mio staff. Dobbiamo trattare Samuele con le cellule immunitarie per eccellenza, i linfociti del donatore.»

«Perché solo ora?» si preoccupò Stefania. «Perché non ce l'avete detto sei mesi fa, al primo controllo?»

«Ci abbiamo pensato molto a lungo» spiegai «perché questo intervento comporta dei rischi di complicanze molto serie, potenzialmente mortali. Però siamo giunti alla conclusione che non ci sono alternative. Se la recidiva dovesse ricomparire, per Samuele probabilmente sarebbe la fine.»

Per quanto scoraggiati, i due si fecero coraggio e diedero l'assenso, che, con quello del donatore, ci dava il permesso di procedere.

Samuele ricevette quattro dosi di linfociti del donatore tra il giugno del 2008 e lo stesso mese del 2009.

«Che ci dice?»

Seduti davanti a me, per l'esito del controllo dopo oltre due anni dal trapianto, Stefania e Valerio tacevano e con quel silenzio mi stavano interrogando. Non li feci aspettare:

«Il risultato della terapia è straordinario. Le cellule di Samuele sono scomparse. Tutto il midollo è interamente di proprietà del donatore, sano al 100%. Possiamo sperare nella guarigione».

L'estate successiva Valerio e Stefania si trovavano a Vasto nella provincia di Chieti.

Samuele correva dietro a una palla, con altri bambini, figli di amici con cui si trovavano in vacanza, quando si fermò attirato da una macchia che si muoveva nel cielo.

Tutti alzarono lo sguardo, attirati da alcune entusiastiche supposizioni dei presenti:

«Guardate, c'è un'aquila?».

«Dove?»

«Lassù, vedete? È un'aquila. Sì sì, è proprio un'aquila.»
«Sì, eccola. È bellissima.»
«Mamma guarda» urlò Samuele «un'aquila!»
«Non è un'aquila!» lo corresse dolcemente. «È un nibbio reale!»

9

Fiero ed elegante sfilava nell'aria con spavalda superiorità. Ammirato e rispettato, delineava i larghi confini dell'immenso spazio da cui nessuno lo avrebbe potuto togliere. Nessuno avrebbe potuto buttarlo giù. Come la nuova promessa del pugilato abruzzese di cui parlavano le pagine sportive dei giornali locali:

«*Il brutto anatroccolo diventa un cigno. E quando becca fa male*». «*KO alla sfortuna. Matteo vince il suo primo incontro ufficiale.*» «*Bulli, dove siete ora? La storia del pugile Matteo.*»

Nel bar vicino all'ospedale, sorseggiando un caffè prima di iniziare la giornata lavorativa, mi soffermavo sugli articoli dei giornali locali che raccontavano la storia di questo ragazzo dopo ogni torneo nazionale vinto.

Era un combattente nato, letteralmente, perché fu proprio appena uscito dal grembo materno che iniziò a prendere pugni dalla vita. Il primo gong suonò il 23 giugno 1994, categoria pesi polvere: un chilo e ottocento grammi. Nacque prematuro, con diverse problematiche che resero necessaria la sua permanenza nell'incubatrice neonatale per molti giorni.

I suoi genitori, Andrea e Amelia, erano sposati da due anni, ma il loro era un matrimonio tormentato. Speravano di cambiarne il corso litigioso facendolo bruscamente deviare verso l'amore con l'arrivo di un figlio, la cui difficile situazione, però, imponeva dedizione reciproca e comunione di intenti che i due non possedevano.

Non si può andare di corsa a Lourdes per chiedere il miracolo di camminare e la coppia era già uscita di casa zoppa. Faticava a stare in piedi e al primo chilometro, quando Matteo aveva due anni, dovettero fermarsi andando ognuno per la sua strada. Era il suo secondo round e il violento diretto sul lato affettivo gli incrinò le costole filiali, che vennero definitivamente danneggiate dai due successivi matrimoni della madre.

A tre anni perse la terza ripresa bersagliato da numerose infezioni delle tonsille e delle orecchie, che lo chiusero lungamente all'angolo. La sua predisposizione a svilupparle, infatti, ostacolò per molti anni la pratica degli sport all'aperto di cui era appassionato.

Quarto round. Matteo andò al tappeto a otto anni, colpito da una disfunzione ormonale che gli causò una crescita difficoltosa e rallentata di tutto l'organismo, in particolare della statura. Non cresceva in altezza e questo lo obbligò a proteggersi per tutta la quinta ripresa che durò fino alla fine delle elementari, incassando ripetutamente atti di bullismo e scherno, soprattutto a scuola.

«Sentilo» lo avevano soprannominato unendo i suoi due difetti fisici più scoperti, il problema all'udito e la bassa statura, per cui gli era stato affibbiato il nome dell'ottavo nano, come solevano spiegare durante l'intervallo per prenderlo in giro:

«Gongolo, Mammolo, Pisolo e...? Com'è che si chiama l'ottavo?» alzava un autoproclamato simpaticone.

«Sentilo!» schiacciava un altro tra le risate di altri membri del circolo degli idioti.

Al suono della campanella era ancora in piedi, ma decisamente malconcio.

Nel 2005 si sottopose a una serie di cure mediche ormonali mirate alla risoluzione della patologia e finalizzate alla crescita armoniosa di tutto il corpo. Passò in ospedale il sesto round della sua vita, uscendo rigenerato da diversi interventi, tra cui uno particolarmente decisivo, a Piacenza, che corresse il difetto del canale uditivo.

Iniziò il settimo round alle scuole superiori, quando l'incontro prese tutta un'altra piega. A settembre del 2008 praticò con dedizione e passione l'attività sportiva, frequentando la palestra Diodato di Chieti dove mise per la prima volta i guantoni da pugile, ottenendo già dai primi movimenti, perfettamente coordinati, l'attenzione dell'allenatore. Fu amore a prima vista, o al primo destro per essere precisi, e come in ogni romantica storia che si rispetti, fu il primo incontro a suggellarlo. Il primo incontro di boxe di Matteo, nella categoria pesi welter junior della Federazione pugilistica italiana.

Di fronte si trovò Bruno Scanzi, un ragazzo più esperto. Seppur coetaneo aveva combattuto diverse volte negli ultimi due anni, essendosi introdotto in questo sport a dodici anni.

Matteo cercava di inquadrarne il volto, sotto il casco obbligatorio. Gli sembrava familiare, ma non lo distingueva con precisione, dall'angolo opposto del ring.

Al gong, questo iniziò a muoversi con disinvoltura, pizzicando Matteo con dei jab di scarsa rilevanza, che avevano solo lo scopo di intimidirlo e prendere le misure. Lui rispondeva con un pregevole gioco di gambe e un rapido movimento del tronco che mandava spesso a vuoto i tentativi di attacchi di Scanzi. Bruno Scanzi, dov'è che lo aveva già sentito?

Matteo se lo chiedeva mentre scambiava colpi al corpo a distanza così ravvicinata che il suo orecchio finì sotto la bocca dell'altro, incassando la sua intimidazione:

«Sei tornato a prenderle, Sentilo?».

Bruno Scanzi!

Il bullo della E che dalla terza alla quinta elementare gli aveva reso la vita scolastica impossibile con i suoi scagnozzi.

Al suono della campana, nel voltargli le spalle diretto al suo angolo, restò con la testa girata verso di lui, ritrovando in quella sagoma ora nota la memoria in cui risiedeva quella fastidiosa familiarità.

Quando il gong annunciò la ripresa del match, si accanì contro quel passato, colpendolo sul volto in cui si ammassava con tutta la forza che aveva, fisica e mentale, e la tecnica che, per quanto acerba, era già superiore a quella dell'avversario per innata predisposizione.

Destro, destro, sinistro. Un gancio, un altro gancio. Scanzi barcollava chiedendosi cosa stesse succedendo e quando Matteo provò a spiegarglielo, con un montante che lo centrò al mento, rimbalzò sulle corde finendo al tappeto di faccia. Quella stessa faccia che lo vessava dall'alto in basso e che ora si imbarazzava nella posizione opposta.

L'ultimo dei tre round previsti per gli incontri dilettantistici iniziò trovandolo retto precariamente da due gambe tremanti. Dopo due diretti al naso e un altro montante, l'arbitro sospese l'incontro per overscore, cioè un eccessivo distacco di punti tra i due. Matteo aveva vinto. Contro Bruno Scanzi, contro tutti i bulli della scuola, contro il suo passato.

A vedere l'incontro c'era sua madre, la sorella Viviana, di dieci anni, nata dalle seconde nozze e il nuovo marito che le aveva accompagnate. Dovette però andare via prima di vederne la fine. Gli effetti del terzo matrimonio erano visibili nella pancia al nono mese di gravidanza. Perse le acque in palestra e corsero in ospedale. Mentre Matteo vinceva il suo primo incontro, stava nascendo sua sorella Franca. Che domenica indimenticabile, quel 5 aprile 2009.

Il mio letto sussultò sul pavimento tremante. Mi svegliai di soprassalto, come fossi strattonato da una forza invisibile che faceva tremare i mobili, buttando giù quello che si trovava sopra o dentro. Non esitai un attimo nel distinguere gli evidenti effetti del terremoto e, mentre lo sguardo corse fuori dalla finestra di casa mia, a Pescara, il pensiero fece altrettanto raggiungendo l'ospedale, dove quasi tutte le camere del mio reparto accoglievano malati di leucemia in attesa di un trapianto o che l'avevano appena ricevuto.

«Aiuto! Aiuto!» invocava Adelina, una bambina rumena di appena sei anni terrorizzata che era stata trapiantata da pochi giorni. Lì era scoppiato il panico. Le bottiglie con i liquidi delle flebo sbatterono tra loro, sommando il rumore del vetro alle grida che lo sovrastavano. Le camere sterili tremarono, quasi quanto facevano i ricoverati per la paura.

L'epicentro, però, doveva essere abbastanza distante, perché qui gli edifici erano integri. Era a L'Aquila, ma aveva coinvolto anche tutti i paesi limitrofi, tra cui Onna.

Chiara era paralizzata, non avvertiva neppure dolore a causa della compressione delle macerie sul suo bacino e sulla colonna vertebrale. Nel frastuono attutito dall'ampio strato di detriti che la separava dalla strada, si sforzava di cercare il suono che amava più di ogni altra cosa. Non sentiva il marito. Non sentiva i suoi figli. Poi le filtrò nitidamente un grido in lontananza:

«Mamma, prendimi!».

Alessio? Livio? Chi dei due l'aveva chiamata? Respirò per un accenno di sollievo, inalando polvere. L'amore materno le aveva fatto credere che fosse diretta a lei, ma la risposta che udì la disilluse:

«Sofia! Dove sei, Sofia!».

«Sono qui, mamma, prendimi!»

Il gas che fuoriusciva dalle tubature distrutte le impediva di respirare normalmente. Poteva far entrare l'aria solo con inspirazioni non più lunghe di un secondo e se ne liberava espirando nella stessa misura.

Avvertì un crescente dolore alla faccia, concentrato nella bocca. Il male che sentiva era moderato dalla sensazione che giudicava positiva di ritrovare un contatto sensoriale con una parte del proprio corpo. Mosse la lingua per ispezionarla e, tra sabbia e detriti, spinse sul palato qualcosa che le sembrò un dente. Due. Fece la conta percorrendo le due arcate. Gliene mancavano sette, otto. Forse di più, ma il conto venne interrotto quando perse nuovamente i sensi.

Cercò di riaprire gli occhi avvertendovi sopra uno strano calore, ma non riusciva per via di una forte luce che le puntava il viso. Un vigile del fuoco? No, non poteva essere. I Vigili del Fuoco non si vestono di bianco e non si muovono verso l'alto, dov'era diretto l'uomo che vedeva. Aveva in braccio Alessio e Livio. Suo marito Angelo si allontanava con lui.

«Chiara! Chiara!»

Non era una voce maschile quella che sentì chiamarla. Era di una donna. La conosceva.

Si ridestò dal sonno, dal coma o forse addirittura dalla morte. Qualunque cosa fosse il torpore che l'aveva rapita, ne era uscita trascinata dal suono del nome che sentiva ripetere sempre più forte.

«Chiara! Chiara!»

«Carlotta!» rispose. Ma non arrivò alla sorella. Non uscì neanche dalla sua bocca. L'aveva urlato solo nella mente. Serviva uno sforzo maggiore per riprendere possesso delle capacità psicomotoric.

«Carlotta!» le si strozzò in gola, abortendo il grido d'aiuto.

Erano le cinque e mezza del mattino. Già da un paio d'ore, i volontari della protezione civile e tutti i corpi militari si erano messi in moto, con cani al seguito, per raggiungere L'Aquila, guidati dalla convinzione che i danni maggiori fossero lì.

A Onna si dovettero aspettare le sette del mattino, prima che potessero arrivare i soccorsi chiamati da un poliziotto amico di Angelo. Dormiva in quel paese, in una delle poche case che non rimase distrutta e si diresse verso la statale, dove fermò una pattuglia di Vigili del Fuoco avvertendoli della gravità della situazione anche lì.

Iniziarono le ricerche, ma ancora senza mezzi adeguati.

Un uomo stava a carponi in cima alle macerie, con i pantaloni strappati all'altezza delle ginocchia e il sangue che usciva dai graffi che si procurava strisciando le mani sui detriti. Era Franco Papola, il direttore del laboratorio di Genetica dell'ospedale de L'Aquila. Sporco di terra e sudore, con le unghie nere e le mani tagliate, piangeva disperatamente e, scavando a mani nude, gridava:

«Mamma! Mamma!».

10

Quell'abbraccio valeva molto più di quanto ci fosse scritto nella mail arrivata alla palestra Diodato dalla Federazione pugilistica italiana. Matteo era stato convocato con la nazionale Youth per una settimana di ritiro a Formia e il padre aveva accolto la notizia stringendolo a sé come raramente aveva fatto prima.

Il ragazzo gli era rimasto molto legato e passava con lui molto tempo, anche se viveva con la madre, il nuovo marito e le due sorelle. Franca, la più piccola, non stava ferma un attimo. Del resto non lo era neppure quando, nella sua prima notte di vita, se ne andò in giro per la nursery con la culla, spostata dal terremoto.

La giovane promessa della boxe italiana stava diventando una realtà. Il suo fisico, quasi a compensare il rallentamento nello sviluppo iniziale, cresceva in altezza, muscolatura, agilità e tonicità.

«Svegliati tesoro, o perderai il treno per la nazionale. E non parlo solo di quello che va sulle rotaie.»

La mattina dell'ultimo lunedì di marzo del 2011, Matteo era stranamente recalcitrante alla sveglia della madre. Dormiva da otto ore, ma gli sembrava di essersi appena coricato da quanto era stanco. Non era pronto per l'ottavo round.

La mano sulla fronte rilevò alla genitrice un calore attribuibile alla febbre, confermata dal termometro. La nazionale doveva aspettare. La malasorte aveva eluso l'iniziativa del giovane ed era partita al contrattacco, dapprima lavorandolo ai fianchi con dei sintomi allarmanti, poi sferrandogli un gancio così forte da farlo materialmente barcollare, al reparto di Oncoematologia Pediatrica dell'ospedale di Pescara: leucemia mieloide acuta. Matteo aveva diciassette anni.

«La situazione è piuttosto grave e complicata» fu spiegato ai genitori.

L'ematologo presentò la situazione senza perifrasi edulcoranti:

«Ciò che rende subito ardua la via della guarigione è il riscontro dell'esame di citogenetica ossia l'esame dei cromosomi. La leucemia denota una serie di alterazioni cromosomiche multiple che fanno identificare quello che viene chiamato *cariotipo complesso*».

«Mi scusi dottore» lo interruppe il padre «abbiamo solo capito che sembra grave, ma non abbiamo capito quanto. Potrebbe essere più esplicito?»

«Questa alterazione è associata a una prognosi estremamente sfavorevole. In pratica, per i pazienti affetti da leucemia mieloide acuta associata a cariotipo complesso, le possibilità di guarigione con la sola chemioterapia sono scarse.»

«E dove possiamo trovarle queste possibilità di guarigione?» pressò lui.

«Nel trapianto. Solo nel trapianto di midollo osseo.»

Il medico illustrò il percorso terapeutico che si profilava per lo sfortunato diciassettenne, in cui mi imbattei con stupore nei corridoi del reparto di Oncoematologia Pediatrica. Mi ci fermai davanti, riconoscendo in quel giovane il pugile delle foto pubblicate sempre più spesso dai giornali abruzzesi.

«Ciao» mi presentai. «Sono il dottor Paolo Di Bartolomeo. Tu sei il pugile di cui si parla tanto bene, vero?»

«Forse lo ero» riconobbe lui con ammirevole maturità.

Mi presentò il suo quadro clinico con estrema precisione e concretezza. Non gli interessavano le illusioni, non c'era mai stato abituato, fin dal suo primo respiro. Non voleva le mezze verità né le bugie nascoste nell'altra metà. La voleva intera la verità, nuda e cruda, e per questo capì persino troppo presto che la carriera sportiva predettagli dai fatti e dai tecnici si era ridotta a un miraggio nel tempo di un emocromo.

Gli fissai un appuntamento nel mio ufficio, dove si presentò il giorno dopo con il padre e la sua compagna Rosa. Matteo mi chiese di essere messo al corrente di ogni dettaglio che riguardasse la prognosi e la terapia, così fui costretto a essere molto franco:

«Matteo caro, la tua leucemia richiede come primo atto l'esecuzione di almeno due cicli di chemioterapia. In misura precauzionale, per ridurre al minimo il rischio di infezioni, sarai ospitato in una camera di isolamento. Avrai sicuramente effetti collaterali importanti. Aspettati fastidi alla bocca per via della mucosite, febbre, stanchezza, nausea, vomito, emorragie cutanee e delle mucose, perdita dei capelli. Tutto ciò ha tuttavia uno scopo, quello di far regredire la leucemia dal midollo osseo e raggiungere quella che chiamiamo remissione completa, ossia l'abbattimento delle cellule leucemiche al di sotto del 5%. Questo tuttavia non significa che sarai guarito perché di certo dovrai subire un trapianto di midollo osseo allogenico. Allogenico significa che riceverai il midollo da un donatore. Io mi preoccuperò di trovarne uno idoneo. Del trapianto parleremo in un secondo tempo».

Matteo ascoltò tutto in religioso silenzio. Mi fece qualche domanda sui tempi, i farmaci e, soprattutto, mi chiese se poteva guarire.

«Certo che puoi guarire» risposi. «Le probabilità di guarigione sono di molto superiori a quelle di un fallimento.»

Mi guardò negli occhi investendomi con un sorriso che stava sul suo volto come una ginestra nel deserto. Non c'era motivo per cui stesse lì, non ce n'erano le condizioni naturali, però fiorì e me ne soffiò il profumo dandomi del tu, come gli avevo chiesto, e trasmettendomi tutta la sua energia da combattente:

«Sono pronto a picchiare. Tu e io dobbiamo vincere questo incontro. Insieme».

Poi, rivolgendosi al padre e a Rosa, aggiunse: «Oggi inizia il round più duro».

Purtroppo non si sbagliò. La chemioterapia incominciò a pestarlo forte. Furono portati a termine tre cicli di chemio che produssero effetti collaterali importanti, fra cui la comparsa di un'infezione polmonare da funghi.

I medici dell'Oncoematologia Pediatrica lo rimisero in piedi nel suo angolo, mentre io restavo concentrato sulla ricerca del donatore compatibile consultando le banche internazionali di donatori volontari di midollo osseo, perché lui, in pratica, era figlio unico, avendo due sorelle nate da padri diversi.

A luglio gli venne fatta una biopsia midollare che certificò la remissione della malattia. Aveva reagito bene agli attacchi inizialmente feroci e proseguiva il suo round stando decentemente sulle gambe, quando lo mossi al contrattacco con il colpo che avevo trovato per lui in Germania. Il donatore tedesco era compatibile al 90% e potemmo così fissare la data del trapianto: l'8 settembre.

Incontrai nuovamente Matteo nel mio studio. Come gli avevo promesso, gli parlai del trapianto in ogni minimo dettaglio presentandogli senza veli i rischi e i vantaggi. Ero intenzionato a restare al suo angolo fino alla fine dell'incontro, deciso a stringere con lui un patto di alleanza per inseguire la sua vittoria e lo volli suggellare con una canzone. Non era *Eye of the Tiger* di *Rocky*, ma un brano di Claudio Baglioni che traduceva quel preciso momento nei suoi versi:

Strada facendo, vedrai
che non sei più da solo
strada facendo troverai
un gancio in mezzo al cielo
e sentirai la strada far battere il tuo cuore
vedrai più amore, vedrai...

Alla fine del round lo accolsi tra le mie braccia, stringendolo. Io avevo quattro figli e sentivo lui come il quinto. Si sedette sullo sgabello della fiducia, aspettando la ripresa successiva, quella in cui avrebbe affrontato il trapianto e io con lui. Glielo assicurai dicendoglielo con le parole di Baglioni:

... perché domani sia migliore
perché domani tu
strada facendo vedrai...

E una canzone, neanche questa, potrà mai cambiar la vita,
ma che cos'è che ci fa andare avanti e dire che non è finita?

Trovo sempre più di una convincente risposta a questa domanda, quando si tratta dei miei pazienti, quando devo incoraggiarli, motivarli, far scattare in loro quella reazione caratteriale che fronteggi emotivamente e fisicamente la malattia per poterle resistere, ma non riuscivo a trovarne una che fosse valida per il mio matrimonio. Non era in buona salute. Da tempo mostrava lievi ma costanti sintomi di malessere, a cui se ne aggiungevano altri che rendevano i primi più pesanti di quanto lo fossero in realtà. Quando un matrimonio è malato, ci sono diverse possibili diagnosi:

a) è un problema sintomatico, naturale e passeggero, come l'influenza;

b) si è così tanto e fortemente genitori da dimenticarsi di essere coniugi, amanti;

c) uno dei due, se non entrambi, è cambiato col tempo, discostandosi troppo dalla persona che il coniuge aveva sposato;

d) c'è un terzo elemento, estraneo alla coppia, che ne mina la stabilità inducendo uno dei due in tentazione.

Esaminavo la questione applicando all'amore i principi della scienza: potevo escludere la *a*, perché durava abbastanza a lungo da poter essere scartata l'ipotesi di un malanno stagionale, e la *b*, perché i nostri figli, soprattutto nei primi anni, hanno ridotto il tempo della nostra intimità, rendendolo potenzialmente più atteso e passionale. Potenzialmente, però, non basta. Non basta se non trova effettiva concretizzazione e a noi non accadeva da anni.

Nemmeno la *c* era corretta. Eravamo entrambi gli stessi individui che avevamo sposato. Io, in particolare, dividevo ventiquattro ore al giorno tra la casa e l'ospedale. La proporzione non era cambiata, anche se le ore dedicate all'ospedale erano diventate la maggior parte. Ecco, forse l'infiammazione dei primi sintomi è stata causata proprio dall'inversione delle priorità. La *d* rischiava di essere la risposta giusta. C'era un terzo elemento che mi rapiva e appassionava più di mia moglie, ma non era un'altra donna. Si trattava del mio mestiere.

Quando sei al lavoro e non vedi l'ora di tornare a casa per stare con lei, la relazione è nel pieno del suo vigore. Quando da casa vuoi uscire, invece, e non vedi l'ora di tornare al lavoro, non è più malata, ma è diventata essa stessa la malattia.

«Buongiorno dottore, che ci fa in ospedale di sabato?»

Glissai mostrando il foglio dei casi urgenti che ne evidenziava più di uno.

«E poi devo vedere una donna» ammiccai.

«Ah, però» mi punzecchiò l'infermiera «e chi è la fortunata?»

«Una mia amica» sorrisi andando incontro a Laura, che lavorava nel nostro ospedale come impiegata, conosciuta e benvoluta da tutti. Laura voleva parlarmi del figlio Marcello, che era nato nel 1982 e aveva trent'anni. Marcello era il secondo di due figli, prima di lui era nato Antonio che di anni ne aveva trentacinque. Il loro papà, Fabio, era arruolato nell'arma dei carabinieri.

Marcello aveva seguito i suoi studi di scuola superiore e si era diplomato come perito informatico e già a vent'anni aveva iniziato a lavorare con una nota azienda di Pescara che si occupava di assistenza ai macchinari in dotazione agli ospedali di tutta la regione. La vita per Marcello passò nel migliore dei modi per diversi anni fino ai primi di ottobre del 2012 allorché Marcello si recò a casa della mamma per il solito saluto di fine giornata.

«Mamma, guarda queste macchie che mi sono venute fuori» le dice alzando la maglietta e mostrando il torace. Da alcuni giorni a Marcello erano comparse diverse macchie scure, vere e proprie ecchimosi, solo sul torace.

«Hai fatto sforzi particolari? Hai battuto da qualche parte?» chiede Laura che subito si preoccupa.

«Nulla di tutto questo, mamma, sto bene, non ho nessun sintomo particolare, vedrai che come sono venute così se ne andranno.»

Laura è una donna molto apprensiva, da tanti anni lavora in ospedale, conosce tante persone, il sospetto che possa esserci qualcosa di anomalo si insinua subito nella sua mente e la mattina seguente, un sabato, accompagna Marcello al Centro Trasfusionale dove lavora come infermiera la cognata, Gabriella, che tra l'altro aveva fatto parte dell'équipe di infermieri che fin dal 1976 partecipò alla realizzazione dei primissimi trapianti di midollo a Pescara e che era poi rimasta al Centro Trapianti fino al 1991. Gabriella conosce molto bene i malati ematologici, sa cosa possono significare le ecchimosi e sottopone Marcello a un semplice prelievo di sangue per eseguire un emocromo. Dopo pochi minuti il referto indicava che le piastrine erano diminuite di numero, intorno a cinquantamila. L'emoglobina era su valori leggermente al disotto della norma, ma Marcello è portatore di anemia mediterranea e quel valore poteva essere compatibile con questa condizione. Il numero dei globuli bianchi è normale, intorno a settemila, e la formula leucocitaria è anch'essa normale. Laura vuole conoscere subito il significato di quell'emocromo e porta il referto al direttore dell'Ematologia, il dottor Giuseppe Fioritoni, che rassicura mamma e figlio, dicendo di controllare l'emocromo il giorno successivo, la domenica mattina, e di rivolgersi al medico di turno perché lui lo avrebbe informato.

E così avvenne. Il giorno successivo Marcello ripete il prelievo di sangue per l'emocromo e viene invitato dal medico di turno a fare ritorno a casa. Lo stesso medico gli dice che entro la fine della mattinata avrebbe comunicato per telefono il risultato. Anche se era un giorno festivo, oltre all'emocromo venne eseguito un esame di citofluorimetria. I risultati furono subito chiari e destarono molta preoccupazione nel medico facendo scattare l'allarme. Il numero delle piastrine era sceso a ventinovemila, l'emoglobina a dieci grammi e la formula leucocitaria era completamente sovvertita. A casa di Marcello, tutti erano in attesa della chiamata che non tardò ad arrivare. Il medico di turno chiamò Gabriella e le disse in maniera perentoria:

«Marcello deve essere immediatamente ricoverato, oggi stesso, non c'è tempo da perdere. Il rischio di emorragie gravi è altissimo, siamo di fronte a una leucemia acuta».

Quello stesso giorno Marcello fu ricoverato in Ematologia e qui iniziarono le sue vicende. In quei giorni tutte le stanze del reparto erano occupate, non c'erano stanze disponibili e Marcello fu ospitato temporaneamente in corridoio.

Quella domenica mattina andai in ospedale per sapere di Marcello, lo salutai con una stretta di mano, lo rincuorai e gli dissi che il giorno successivo avrebbe iniziato gli accertamenti per capire quale fosse il problema. Ci lasciammo e io entrai nella stanza di Lorenzo.

Aveva trent'anni anche lui e rischiava di non arrivare ai trentuno per una leucemia mieloide acuta ad alto rischio per il numero dei globuli bianchi estremamente alto al momento della diagnosi, centocinquantottomila, e soprattutto perché dopo la chemioterapia sembrava essere andato in remissione completa, ma il test della citofluorimetria aveva scovato ancora tracce consistenti di cellule leucemiche. Queste rendevano necessario un trapianto allogenico in tempi stretti. Avevamo inoltre diagnosticato alcune anomalie nei suoi cromosomi, tanto per non farci mancare nulla. Suo fratello Marino era aploidentico, compatibile al 50%. La ricerca di un donatore compatibile al 100%

nelle banche di donatori volontari di tutto il mondo era stata un fallimento, completamente infruttuosa. Nessuno, neanche un donatore non consanguineo con un minimo di compatibilità. Nemmeno uno, uno solo su trenta milioni di possibili donatori.

Quella mattina dovetti farlo sapere anche a lui, sintetizzandone le aspettative:

«Facendo il trapianto con il midollo di tuo fratello Marino i rischi di mortalità immediata non sono inferiori al 30%».

«Vuole dire che le probabilità di successo sono del 70%?» osservò da un'altra prospettiva.

«Magari!» pensai io nella mia mente sapendo che quel 70% si sarebbe potuto dimezzare per via di una possibile ricaduta.

«Facciamo il trapianto!» affermò Lorenzo animato da grandi speranze.

«Ottima decisione» lo sostenni congratulandomi con lui per il coraggio. Poi, mentre stavo uscendo, mi fermò:

«Aspetti dottore, come sta Roberto?».

«Ci sto andando adesso.»

Non soddisfacevo la sua richiesta. Che vuol dire che ci stavo andando adesso? Sta bene o sta male?

Ancora non lo sapevo. Ecco perché gli avevo risposto così, la situazione di Roberto era delicata quanto la sua.

Come Lorenzo, Roberto era originario de L'Aquila e aveva quarantotto anni. Aveva una leucemia linfoblastica acuta caratterizzata dalla presenza del cromosoma Philadelphia, così chiamato perché scoperto, appunto, a Philadelphia nel lontano 1960. Questa associazione rappresentava un fattore di rischio che aggravava notevolmente la prognosi e che vedeva come unica soluzione il trapianto allogenico, sempre che intanto il paziente avesse raggiunto la remissione.

Purtroppo, però, anche per lui non avevamo trovato un donatore non consanguineo compatibile in tutto il globo terrestre.

I due fecero amicizia e si facevano coraggio a vicenda. Si erano conosciuti nel reparto di Ematologia nelle camere di isolamento. Qui, quando si condivide la stessa malattia, lo stesso percorso terapeutico, le stesse paure, le stesse speranze e la stessa battaglia, un solo giorno insieme vale più di un anno. L'amicizia di Lorenzo e Roberto, quindi, si datava con il quoziente di una vita. Quoziente perché era il risultato delle loro due vite, perfettamente divise a metà tra loro.

«Buongiorno» feci entrando «come stai oggi, Roberto?»

«C'è mia figlia» sorrise debolmente «mi basta per stare bene.»

«Piacere» mi presentai alla ragazza «Paolo Di Bartolomeo.»

«Franca» ricambiò stringendo la mano, che però tornò lestamente a fare ciò a cui era intenta. Scriveva su un foglietto di carta. Notai delle righe corte, incolonnate su un foglio, con molte cancellature e mi incuriosii.

«Stai scrivendo una poesia per papà?»

«Di più» intervenne il padre «mia figlia è una cantautrice. Mi sta dedicando una canzone. Dice che sarà il mio farmaco salvavita.»

«Il titolo ce l'ho io» suggerii. «*Dasatinib*.»

«Che è? Una formula magica?» scherzò. «Tipo Simsalabin?»

«Non ha niente di magico» spiegai «è un farmaco innovativo inibitore dell'enzima tirosin chinasi. Agisce bloccando le proteine che promuovono la crescita delle cellule leucemiche. È in fase sperimentale, ma dobbiamo tentare. Devi raggiungere assolutamente la remissione ematologica e molecolare, altrimenti non possiamo fare il trapianto.»

«Ci sono novità sul donatore?» sibilò senza troppe speranze.

«Purtroppo no. Non ancora.»

«Ma ci sono sempre io» irruppe Franca. «Sono la sua metà.»

In effetti, lei era l'unica alternativa al trapianto allogenico. Era aploidentica con il padre e, anche se non era compatibile al 100%, avremmo dovuto farci bastare la metà.

«Funzionerà» si sollevò Roberto in uno slancio di ottimismo. «Funzionerà, perché siamo tralci della stessa vite.»

Franca ebbe un sussulto e completò la riga che le mancava:

«Siamo tralci della stessa vite. Bravo papà, è un bel verso. L'ho finita. Vuoi sentirla?».

«Vivo per questo» rispose suscitando quel principio di emozione che sarebbe dilagata da lì a poco. Bastò sentire la figlia che, con la chitarra che si era portata, gli dedicò più di una canzone. Era un salvagente gonfio d'amore a cui lui doveva aggrapparsi:

Perché quello che c'è nelle vene
spiega dentro cos'è una famiglia
dentro me scorre tutto il tuo bene
è per questo che sono tua figlia
e ti amo, amo il tuo coraggio
la forza che questo nemico infame ha battuto già
io ti amo questo è il messaggio
che lascio nel tuo cuore per gridarti ce la fai papà
sei mio padre sei il più buono al mondo
sei mio padre l'uomo della vita
tu sei quello che se tocca il fondo
si rialza e vince la partita
sei mio padre quanto sei importante
perché un padre è l'uomo della vita
tu sei quello che ne passa tante
ma va avanti non è mai finita
sei mio padre e io ti devo tutto
siamo tralci della stessa vite
io mi aggrappo a te per dare frutto
ma tu aggrappati alle nostre vite.

Lasciai la camera per non piangere.

Proseguii il mio giro in ospedale al Centro Trapianti, poi tornai a casa. In macchina, lungo il tragitto, riflettei sulla mia situazione familiare e realizzai quale fosse l'unica possibile terapia:

«Abbiamo bisogno di un condizionamento» mi aprii a mia moglie.

«Che vuoi dire?»

«Ci serve una nuova linfa vitale e, per farle posto, dobbiamo distruggere le nostre cellule. Quelle malate, che non ci fanno stare bene da tempo e, purtroppo, anche quelle sane, sebbene siano poche. Dobbiamo essere trapiantati in un futuro senza di noi.»

Per quanto fosse triste e doloroso ammetterlo, per entrambi, il nostro matrimonio era finito e lei, seppure a malincuore, ne convenne. Perciò nei giorni seguenti avviammo le pratiche per la separazione.

Il giorno successivo, era un lunedì, il medico del reparto di Ematologia sottopose Marcello alla inevitabile biopsia midollare. La diagnosi fu chiara dopo pochi minuti: leucemia mieloide acuta varietà promielocitica. Il midollo era interamente occupato da cellule leucemiche, i famigerati blasti. La diagnosi di precisione venne confermata dal test della biologia molecolare e della FISH.

«Il test della FISH» fu spiegato a Marcello «mostra la presenza della tipica traslocazione fra il cromosoma 15 e il cromosoma 17 che si associa a questo tipo di leucemia e il test dell'immunofluorescenza fa riscontrare la presenza della proteina PML/RARalfa.»

«Non ho capito niente» si fece sentire Marcello che parlò per la prima volta.

«Te lo spiegheremo con calma» lo tranquillizzarono i medici dell'Ematologia. «Adesso ti fermi qui per un po'. Abbiamo tanto da fare.»

Nono round.

Era al tappeto. Tra i muri di metallo che delimitavano il ring della camera sterile al Centro Trapianti in cui era stato ricoverato alla fine di agosto, Matteo era stato buttato giù da tre farmaci potentissimi che l'avevano picchiato duramente per cinque giorni di fila, fino ad azzerargli completamente il midollo e le difese immunitarie, rendendolo così vulnerabile che uno starnuto l'avrebbe fatto finire KO.

L'8 settembre, il giorno fissato per il trapianto, Matteo partì al contrattacco. Dalla Germania arrivarono puntualmente le cellule staminali del donatore, un ragazzo di ventun anni, che si piazzò nel nostro angolo per mezzo di un biglietto che accompagnava la preziosa spedizione:

> Ti sono molto vicino, ti penso ogni momento e spero che le mie cellule possano farti guarire. Con affetto, il tuo donatore.

La donazione delle cellule staminali emopoietiche, prelevate al donatore dal sangue periferico mediante una procedura di aferesi, fu eccezionalmente ricca. Ne avevamo chieste cinque o sei milioni per chilogrammo di peso, come da prassi, ma il conteggio delle cellule staminali nel nostro laboratorio ne rilevò una quantità nettamente maggiore, più del triplo:

«Abbiamo tante cellule staminali» mi disse il tecnico del laboratorio di Ematologia.

«Quante di più?» mi informai.

«Molte di più. Dieci milioni, no dodici, quindici. Sono venti! Venti milioni per chilogrammo.»

Decidemmo così di dividere la dose, trapiantarne metà e congelare la parte restante, nell'ipotesi che un giorno si fossero rese indispensabili per un secondo trapianto.

Matteo rispondeva bene alle sollecitazioni della sua rigenerata linfa vitale e teneva a bada l'avversario senza complicazioni. Il decorso clinico fu eccellente e dopo venti giorni il suo nuovo midollo tedesco funzionava alla perfezione, tanto che dopo pochi altri giorni lasciò la camera sterile per tornare a casa.

Iniziava, come sempre, la fase dell'illusione, quella in cui il paziente per primo, i suoi familiari a seguire e tutti gli operatori si illudono che la malattia sia stata definitivamente abbattuta.

Come nei film con lo squalo gigante che terrorizza il litorale di un intero paese. C'è sempre la scena in cui una guardia costiera eccessivamente ottimista crede di averlo allontanato, vedendolo prendere il largo. Poi, però, quando meno ce lo si aspetta, rimette fuori il grosso e spaventoso muso, affondando i denti in un'imbarcazione o, peggio, in un bagnante.

Allo stesso modo, quando Matteo si tuffò nelle acque calme delle analisi di routine, dopo cinque mesi di quiete, venne attaccato da una recidiva con i denti aguzzi. Si era sbranato completamente il midollo e con esso globuli bianchi, emoglobina e piastrine, che risultavano scese drammaticamente di numero. La biopsia midollare confermò i nostri timori.

La bestia maledetta era tornata, più aggressiva di prima, e portava con sé tutte le alterazioni dei cromosomi che avevamo riscontrato la prima volta.

Il mio pugile barcollava. Fargli capire cosa gli stesse accadendo fu doloroso. Un medico che mette anima e corpo nella cura del paziente preferirebbe prendere un pugno in faccia da Mike Tyson piuttosto che essere egli stesso a doverlo colpire con la violenta forza della verità. Il colpo arrivò anche al padre Andrea, nella bocca dello stomaco, e gli tolse il fiato. Se ne stava lì, con la bocca mezza aperta per tirare fuori chissà quali parole che però non superavano la gola. Furono tuttavia eloquenti, nell'altra forma che assunsero in un'altra via di sfogo: le lacrime che gli inondavano il viso, piovendo dagli occhi spenti e spalancati.

Avevo la voce tremante, ma quando questa raggiunse Matteo, rimbalzò contro i muscoli di un sorriso inaspettatamente robusto.

«Non c'è da preoccuparsi» attaccò con straordinaria determinazione. «L'incontro, continua. Di fronte al nemico bisogna farsi vedere forti e coraggiosi, altrimenti lui ti distrugge.»

Poi si rivolse a me, investendomi di tutta la fiducia che un soldato ripone nel suo generale, o, meglio, che un pugile ha nel suo allenatore quando lo raggiunge ferito e dolorante:

«Paolo caro, che cosa si può fare?».

«Un altro round» gli annunciai affiancandolo. «Facciamo un altro round, ripetiamo la chemioterapia e quando avremo raggiunto la seconda remissione faremo di nuovo il trapianto, cambiando strategia. A suo tempo ti dirò cosa ho in mente per te.»

Lo accompagnai al reparto di Oncoematologia Pediatrica. Parlai con i medici e concordammo insieme il nuovo ciclo di chemioterapia. Dopo salutai Matteo, dandogli appuntamento all'estate:

«Tra tre o quattro mesi al massimo ci rivedremo al Centro Trapianti. Non mollare, dobbiamo farcela, non ci sono alternative».

«Su questo non ho dubbi» ribatté trovando persino la voglia di scherzare: «Tu e io saremo uniti per sempre da un vincolo di sangue, anzi di... midollo».

La chemioterapia ebbe successo e, dopo due mesi, il midollo era di nuovo in remissione. Si poteva affrontare un nuovo trapianto e lo pianificai con lui, dopo averne discusso a lungo in un meeting con i miei collaboratori.

«Non abbiamo necessità di cercare un nuovo donatore, anche perché non abbiamo tanto tempo a disposizione. Abbiamo congelato le cellule staminali della prima donazione e queste sono a tutti gli effetti vitali, attive. Ti faremo una terapia di condizionamento a dosaggio ridotto e, soprattutto, ti daremo pochissima terapia immunosoppressiva, giusto un minimo di ciclosporina. Questo per cercare di indurre una reazione del trapianto contro l'ospite.»

«Ma non è una reazione negativa?» mi interruppe il padre con un dubbio legittimo che mi premurai di chiarire.

«Sì, la reazione contro l'ospite generalmente lo è, ma se riusciamo a indurla in forma lieve possiamo sfruttarne l'effetto antileucemico, distruggendo le eventuali cellule leucemiche residue. Ti farò un esempio, visto che segui gli incontri di tuo figlio. È come se abbassassimo la guardia, invitando l'avversario a colpirci. Se il colpo non è più veloce del movimento del nostro tronco, riusciamo a neutralizzarlo spostandoci e, sfruttando il suo sbilanciamento, lo mandiamo giù centrandolo con un gancio sul lato opposto.»

«E bravo il nostro dottore» si complimentò per la chiarezza. «Se dopo quella medica vorrà intraprendere un'altra carriera, cercano allenatori in palestra.»

Matteo, come al solito, mi offrì il suo sorriso migliore che traduceva la sua fiducia e la rafforzava con la volontà:

«Questa volta lo buttiamo giù».

11

Aplasia sentimentale.

Nel 2009, dopo un'attenta analisi del mio stato emotivo, ero giunto a questa autodiagnosi. Avevo fatto una terapia di condizionamento del mio matrimonio, rimuovendo dentro di me tutto ciò che lo riguardava. Nel mio lavoro, per condizionamento si intende la distruzione delle cellule malate, il che implica anche l'eliminazione di quelle sane. Quando ci si separa accade qualcosa di simile. Bisogna rimuovere i brutti ricordi, le cause di acredine e incomprensione, il rancore. Per farne piazza pulita, però, viene azzerata anche la memoria dei tanti bei momenti che ci sono stati e che sono indissolubilmente legati agli altri di senso opposto. L'aplasia, in medicina, è il raggiungimento dello zero nel livello di globuli bianchi, globuli rossi e piastrine. Non esistono più cellule di alcun tipo e il risultato può dirsi raggiunto. Il paziente è pronto a ricevere quelle di un donatore, attraverso il trapianto. In amore, l'aplasia è il momento in cui ti senti realmente libero, perché non avverti più le sensazioni di piacere o sofferenza che il contatto col passato avrebbe generato prima. Io l'avevo raggiunta. Ero separato e, pur essendo vulnerabile alle infezioni della solitudine, non mi sentivo granché bene. Quello che più mi angustiava era la mancanza dei miei quattro figli, il contatto quotidiano con loro. Tutto ciò, unito anche alla consapevolezza di aver arrecato tanta sofferenza a loro e alla loro madre, pesava come un giogo insopportabile sulle mie spalle. Soffrivo certo, ma non mi piangevo addosso. Nulla potevo imputare a loro per la fine di quel legame, ero l'unico responsabile di quanto accaduto.

Lo raccontavo a Stella, la collega del Centro Trapianti con cui avevamo condiviso moltissimi casi, ma mai i nostri. Fino a quel momento, almeno, quando, davanti alla macchinetta del caffè ci scoprimmo stupiti del non sapere chi eravamo senza il camice. Chi c'era dietro quel nome, Stella, isolata dal titolo di dottoressa che la precedeva?

Forse anche lei si stava chiedendo chi fosse quel Paolo senza il cartellino dell'ospedale. Glielo presentai:

«Gioco a tennis, corro, frequento una chiesa dove seguo il cammino neocatecumenale e mi piace cucinare, soprattutto il pesce».

«Ma dai, pensa che coincidenza» notò.

«Anche a te piace cucinare il pesce?» supposi.

«Eh no» precisò. «A me piace mangiarlo, soprattutto se lo cucina qualcun altro.»

Non vedevo anelli alle sue dita, così volli indagare sulla sua vita sentimentale, ma aggirando il mio interesse, senza essere diretto:

«Tuo marito non te lo cucina?».

«Sono stata sposata, ma lui è morto molto giovane per un tumore e ora a tutti gli effetti sono vedova.»

Bingo. Avevo ottenuto l'informazione che mi interessava. Da molto tempo ammiravo e apprezzavo quella donna per l'intelligenza, l'abnegazione che infondeva a profusione nel suo lavoro, e lo slancio filantropico che aveva più volte dimostrato, a partire dalla cura dei bambini talassemici albanesi, per i quali era stato organizzato un programma di cooperazione internazionale tra il nostro ospedale e il governo di Tirana nel 2005.

Mi colpì molto la sua interpretazione della medicina, concepita non come il punto di arrivo a cui molti ambiscono per il conseguimento di uno status sociale, ma come strumento al servizio degli altri. Nella scalata alla professione medica, il lavoro non è l'ultimo piano, la destinazione, ma ogni singolo gradino su cui i malati possono salire negli anni arrivando più in alto possibile.

In virtù di quel progetto umanitario, molti bambini arrivarono in Abruzzo dall'Albania. Una di questi si chiamava Altea e verso di lei la mia collega aveva profuso tutta la propria ampia competenza ben oltre gli orari di lavoro. Passavamo interi pomeriggi e a volte anche serate in corsia, dimenticandoci di guardare l'orologio, per discutere di quel caso estremamente complicato e di tanti altri bambini albanesi. E continuavamo a farlo, perché Altea era ancora una nostra paziente e proprio di lei stavo parlando con Stella prima di fare una pausa per il caffè. Ci concentrammo nuovamente su di lei dopo aver gettato nella spazzatura i bicchierini di plastica, ma non l'amabile conversazione che ci avevamo mescolato dentro e che continuammo a sorseggiare quella sera, al termine di una cena in un ristorante sul mare.

«Tutto buono» commentò lei dopo l'ultima portata «si sente che il pesce è fresco. Però...»

«Però?» la esortai a continuare.

«Però manca qualcosa, non so... la mano di un ematologo esperto che non solo cucina, ma sceglie o addirittura pesca le specie adatte al paziente che ha in cura.»

«Quindi tu saresti la paziente?» supposi sorridendo al suo gioco.

«Hai voglia se sono paziente. Sai quanti anni sono che aspetto?»

Raccolsi l'invito e ne feci il mio:

«Allora non solo cucinerò per te, ma per te pescherò il miglior pesce dell'Adriatico, immergendomi con la muta e...».

«E la fiocina?» aggiunse lei completando il quadro eroico che stavo velleitariamente dipingendo.

«No, quale fiocina? Sono un ematologo, io uso la siringa per arpionarli.»

Ridemmo. Ridemmo insieme e ci abbracciammo teneramente.

Qualche sera dopo cucinai per lei. Una, due, decine di volte e altrettante furono quelle in cui fu lei a farlo per me. Eravamo andati a vivere insieme.

Non si può vivere a lungo senza globuli che mancano e, dopo aver raggiunto l'aplasia, fu Stella a donarmi i suoi. Cellule di fiducia, stima, rispetto, complicità, che diedero nuova linfa vitale al mio corpo, alla mia mente e al mio cuore. Per ricostruire è necessario abbattere e, qualche volta, per tornare a essere felici sono necessarie più lacrime. Questo accade quando ritrovi l'amore dopo un matrimonio andato male, quando incontri qualcuno capace di darti la gioia che la sofferenza ti aveva tolto. Mi piace pensare che ci siamo incontrati così, tra i pianti, per tornare a ridere.

Il gong risuonò il 22 giugno del 2012. Matteo fu trapiantato per la seconda volta. La prima fase si svolse anche meglio del previsto. Il decorso fu a dir poco eccellente, tanto che Matteo lasciò l'ospedale dopo soli venticinque giorni e, passati sei mesi, si materializzò lo scenario su cui avevamo puntato le nostre speranze, con i primi segni della reazione del trapianto contro l'ospite. In pratica, le cellule immunitarie del donatore attaccarono il suo organismo dapprima a livello della pelle, poi della bocca, delle ghiandole salivari, del fegato e degli occhi e la reazione si dimostrò più tenace ed estesa di quanto potessimo prevedere e sperare. La pelle di Matteo diventò rossa, eritematosa, soprattutto al tronco, al viso e agli arti inferiori. Successivamente, come spesso accade, cominciò a desquamare e a cambiare colore divenendo scura. Nella cavità orale si formò una patina biancastra, le ghiandole producevano poca saliva e questo gli comportava difficoltà nella masticazione.

Gli enzimi epatici aumentarono notevolmente a testimoniare che il fegato era coinvolto nella reazione e nello stesso periodo si delineò il quadro della sindrome dell'occhio secco. In pratica le ghiandole lacrimali non producevano lacrime e questo comportava notevoli fastidi agli occhi.

«Paolo» scherzò «non ho nessun problema fisico. È che io sono un duro, non piango mai, neanche con le cipolle.»

Purtroppo era solo una battuta e doveva ricorrere a continue instillazioni di lacrime artificiali per inumidire i bulbi oculari. Questi, tuttavia, furono gli unici lievi pugni che parò senza troppe difficoltà e poté così assestarne uno che traduceva tutto il suo desiderio di normalità: il ritorno a scuola.

Gli esami ematologici e quelli genetici mostravano che il midollo di Matteo era tutto di appartenenza del donatore, le alterazioni cromosomiche erano scomparse e non vi era traccia della leucemia. Un miracolo!

Il ragazzo sapeva che il rischio maggiore era la ricaduta, la cui probabilità, nel primo anno successivo al trapianto, non era inferiore al 40%, fino a diventare raro nei successivi tre e ancor meno probabile dopo cinque. Avevamo bisogno di guadagnare tempo per scongiurare il pericolo, tempo che scandiva quotidianamente come un carcerato che mette in fila i giorni di detenzione incidendo una riga sul muro per ciascuno di essi. Se ti concentri sull'attesa, il tempo non passa mai, quasi lo facesse apposta, al pari dell'acqua di cottura quando la guardi prima di buttare la pasta e sembra che si rifiuti di bollire finché non distogli lo sguardo. Aveva dunque bisogno di distrarsi con la routine di un diciottenne che per lui sarebbe stata eccezionalmente banale, perché per un malato di leucemia non c'è niente di più straordinario dell'ordinarietà.

Senza gli occhi puntati sul calendario, i giorni diventavano mesi e fu proprio in quella sua crescente sete di vita che Matteo sviluppò il suo sentimento della morte, descritto in un tema in classe dal titolo *Idea e sentimento della morte*. Matteo me ne donò una copia.

La morte è l'epilogo del nostro «viaggio» chiamato vita. È l'unica cosa certa che attende ognuno di noi, che spaventa l'uomo portandolo ai margini dell'inverosimile, della disperazione, della paura. Il solo pensiero della morte spaventa. Ci terrorizza pensare che un giorno non saremo più padroni della nostra vita, che non potremo più compiere le nostre azioni quotidiane, quelle azioni che distinguevano la nostra personalità, il nostro modo di essere; essere che non ci appartiene più ormai. La morte, pur sforzandoci di non rivolgerle lo sguardo della nostra mente, arriva in diversi modi. Silenziosa come una ladra che si muove furtivamente nell'ombra, che alla fine ci coglie di sorpresa.

Oppure ti punta strafottente come un meschino adolescente che sbeffeggia un povero barbone e lo fa con il più macabro e triste dei dileggiamenti: la malattia. In tal modo la morte arriva da lontano, la vedi avvicinarsi a te imponente, fiera di occuparsi di un'altra persona da aggiungere alla lista. La malattia è un tunnel, una strada piena di curve che ti impediscono di vedere se c'è la luce e tantomeno se ci sono ostacoli durante il cammino, così da non poterli evitare e quindi finirci contro. La morte è particolarmente dolorosa se colpisce in giovane età. Vedere il corpo di un figlio, di un fratello, di un parente o di un amico giacere lì immobile, nella camera mortuaria dell'obitorio, come fosse imbalsamato, è il dolore più grande che qualsiasi persona possa provare. Il dolore di una madre o di un padre è qualcosa di inimmaginabile; vedere un figlio andarsene per una malattia dopo anni e anni di sofferenze è uno scenario terrificante.

Quindi oltre ad appropriarsi delle vite che prende, porta anche un'immane sofferenza in quelle che lascia. Questo è l'unico momento in cui non si ha paura della morte; di fronte alla scomparsa di un proprio caro. È di fronte a tutto quel dolore che la si guarda in volto, la si affronta con orgoglio, senza paura, con forza, riscattando così il senso della vita che da quel giorno assume un'altra forma. Un figlio con il quale si sono condivise emozioni, attimi, momenti stupendi passati insieme; un figlio che ami più di ogni altra cosa in questo universo, che muore in giovane età senza una colpa, senza un perché. Nessuno sa dare una spiegazione alla morte e d'altronde nessuno sa dare una spiegazione alla vita, possiamo solo dire che la morte è la chiusura di una parte di un libro del quale non si conosce il numero di capitoli, né il numero di pagine, ma solo il titolo: Vita.

La sofferenza consuma il velo di benessere che abbiamo sugli occhi e ci mostra l'esistenza e ciò che la riempie nella sua reale essenza, in ordine di valore nitidamente riconoscibile. Lui la conosceva bene e ne conosceva l'impatto su chi ci sta vicino, avendo condiviso la malattia con tanti altri bambini e ragazzi nel reparto di Oncoematologia Pediatrica. Chi conosce la sofferenza, però, conosce spesso anche il coraggio e lui lo diffondeva come fa una candela con il proprio flebile calore.

Prese la patente e, con i soldi accumulati sul conto in diciotto anni di regali e risparmi, si comprò un'auto usata, attento a lasciare denaro sufficiente per un altro mezzo. Aveva ereditato dal padre la passione per i motori, soprattutto quelli che stavano sopra due ruote, così acquistò una moto di cilindrata centoventicinque, l'unica che poteva guidare con la patente B appena conseguita.

Un giorno, mentre percorreva la Strada Statale 16, visualizzò nel traffico un'allegorica riflessione: le macchine in coda erano frammenti di tempo che si incolonnavano con una lenta progressione e lui li lasciava sulla destra, superandoli uno a uno. Erano i giorni, alcuni belli, nuovi, comodi, silenziosi, altri arrugginiti, vecchi di noiose abitudini, fastidiosi da guidare e rumorosi. Piccole utilitarie che portavano un bagaglio di esperienza proporzionatamente leggero, mentre le monovolume erano settimane che testimoniavano un vissuto più ricco. Poi c'erano autobus, camion e TIR, interi mesi che si lasciava alle spalle verso la guarigione, su una strada assolata priva di gallerie. Forse ce n'era persino troppo di sole, che si infilò nel parabrezza di una giornata nera della Ford, ostacolando la vista del guidatore. Questo si spinse verso il limite della striscia bianca continua che delimitava l'unica corsia in cui si viaggiava, spingendosi alla sua sinistra di circa un metro, lo spazio in cui Matteo si stava infilando a cinquanta chilometri orari.

Ci finì contro, perdendo inevitabilmente l'equilibrio, e

cadde violentemente per terra, lasciando sull'asfalto la fine della sua riflessione. Nel secondo in cui passò dalla sella al suolo, capì che la nostra strada è così: a volte incappiamo in un giorno qualunque, insignificante, ed è proprio quello che la interrompe.

12

Sei sveglio? Fai colazione e preparati	07:45
Hai lavato i denti?	07:47
Metti tutto in cartella	07:48
Sei ancora a casa? Non fare tardi	08:06
I compiti li hai fatti? Hai preso la merenda?	08:08
Ancora a casa sei? Muoviti, vai a scuola	08:12
Tra cinque minuti suona la campanella, sbrigati!	08:25
La campanella! Corri in classe!	08:30
Sono al mio posto. Compiti, cartella, merenda ok	08:35

Una mattina tornai a scuola, lo stesso liceo che aveva frequentato uno dei miei due figli maschi e lui aveva deciso di vendicarsi per l'asfissiante pressione che gli mettevo prima di entrare. Mi bombardò di messaggi via WhatsApp e solo dopo aver preso posto in aula magna riuscii a porre fine alla sua vendetta.

Un tg locale aveva dato risonanza al caso di una bambina di nome Asia. Ricoverata all'ospedale di Pescara per una malattia del sangue, aveva suscitato la mobilitazione di tutti i compagni, con una catena di solidarietà a cui aveva aderito un nutrito numero di persone, dagli alunni agli insegnanti, creando così un bell'esempio di comunità. Mancava, però, un po' di chiarezza scientifica. Cosa aveva effettivamente questa bambina? Cos'era la talassemia? Cos'era il trapianto di midollo? Il preside, insegnante di larghe vedute, persona intelligente a cui mi legava amicizia e anche condivisione del cammino di fede, mi aveva invitato a tenere una conferenza ai ragazzi dell'ultimo anno. Così, davanti a una platea di giovani visi inizialmente sbadiglianti, cominciai aiutandomi con video e diapositive.

Le talassemie sono un gruppo di malattie ereditarie caratterizzate da anemia cronica di gravità variabile conseguente a un difetto quantitativo nella produzione di emoglobina, la molecola contenuta nei globuli rossi che è responsabile del trasporto di ossigeno e anidride carbonica dai polmoni nell'organismo umano. La forma più grave di questa malattia è la talassemia beta, conosciuta con il termine di talassemia major e anche come anemia mediterranea o morbo di Cooley. Nella talassemia major si ha una grave anemia emolitica cronica trasfusione-dipendente fin dall'età di pochi mesi, che porta precocemente alla morte se non curata in modo adeguato. All'anemia è associato un colorito giallognolo delle sclere dovuto al subittero che inevitabilmente si instaura in seguito alla rottura precoce dei globuli rossi. La malattia si accompagna a tipiche alterazioni ossee che si manifestano con ispessimento delle ossa del cranio e con zigomi sporgenti, che conferiscono al bambino la tipica facies talassemica. Molto spesso le ginocchia dei bambini affetti presentano deformità e sono frequenti le fratture delle ossa lunghe. Anche un profano di arte medica sarebbe in grado di riconoscere tali aspetti del bambino talassemico. Se la malattia non viene trattata, con l'andare del tempo si assiste a una progressiva distensione dell'addome dovuta al progressivo ingrossamento del fegato e della milza (epatosplenomegalia).

Affinché in un neonato si manifesti una talassemia major è indispensabile che entrambi i genitori siano portatori sani del gene talassemico. Da un punto di vista pratico il portatore sano è facilmente riconoscibile perché a un semplice esame dell'emocromo vengono riscontrate caratteristiche tipiche ossia un grado di anemia molto lieve associata a notevole riduzione del volume dei globuli rossi (microcitemia). Nel caso in cui due genitori siano portatori del gene talassemico la probabilità che il figlio che met-

tono al mondo sia sano è del 25%, che sia semplicemente portatore anche lui del gene talassemico è del 50% e che infine sia malato di talassemia major è del 25%. Identificare i portatori sani del gene talassemico costituisce il baluardo della prevenzione di questa malattia.

Come detto, la diagnosi di talassemia major avviene di solito già nei primi mesi di vita. Il bambino è molto pallido, l'occhio attento dei genitori intuisce subito che qualcosa non va. Un esame del sangue basato sulla determinazione dell'emocromo e dell'elettroforesi proteica consente di porre rapidamente la diagnosi. Stabilita la diagnosi, la terapia è quella di sottoporre il bambino a un regime trasfusionale continuo al fine di mantenere livelli di emoglobina adeguati. Fino alla fine degli anni Settanta i bambini talassemici ricevevano le trasfusioni di sangue in maniera irregolare e saltuariamente, solo quando il livello di emoglobina scendeva al di sotto di sette o otto grammi. Fino a quell'epoca la scienza medica ignorava anche che le continue trasfusioni di sangue comportavano un innalzamento enorme dei livelli di ferro nell'organismo con danni rilevanti agli organi, in particolare al fegato, al cuore e alle ghiandole endocrine. Inoltre non si conoscevano assolutamente i meccanismi di trasmissione dell'epatite da virus B e da virus C attraverso le trasfusioni di sangue. Tutto ciò portava inevitabilmente allo sviluppo di complicazioni cliniche talmente gravi che la maggior parte dei bambini talassemici moriva entro i quindici o vent'anni di vita. Lo scenario era davvero drammatico. Basti pensare che in Italia in quell'epoca non meno di seimila bambini erano malati di morbo di Cooley. Fu nei primi anni Settanta che la terapia di questa malattia cambiò radicalmente rotta. Diversi ricercatori in Italia e anche negli Stati Uniti intuirono che il bambino talassemico doveva costantemente mantenere livelli di emoglobina non inferiori a dieci-undici grammi. Occorreva dunque eseguire le trasfusioni di sangue regolarmente all'incirca ogni due o tre settimane. Fu inoltre scoperto un farmaco, la desferioxamina, che somministrato per via sottocutanea per almeno cinque-sei giorni a settimana per l'intera not-

te riusciva a legare il ferro in eccesso e mantenere dunque buoni livelli di ferritina. Questa nuova politica portò a risultati eccellenti nel giro di alcuni decenni. Grazie anche all'avvento di nuovi progressi in campo medico, fu subito chiaro che un bambino talassemico ben trattato con un regime trasfusionale adeguato e con farmaci capaci di eliminare il ferro aveva una aspettativa di vita pressoché sovrapponibile a quella degli individui non portatori di talassemia major. In pratica un bambino talassemico ben curato poteva tranquillamente raggiungere l'età adulta. Tutto ciò era ed è realizzabile soltanto nei paesi sviluppati. Ma nei tanti paesi cosiddetti poveri o in via di sviluppo che non possono assicurare cure così costose ancora oggi i bambini affetti da morbo di Cooley soccombono e muoiono nei primi anni di vita.

Dal fondo della sala, vidi alzarsi una mano.

«Sì? Vuoi fare una domanda? Dimmi pure.»

«Ci potrebbe raccontare una storia che spieghi in modo pratico tutto quello di cui ha parlato?»

Come obiettare? Quanto era successo alla loro compagna dimostrava che un caso, quando associato a volti, nomi e vicende, perde i connotati generici e diventa storia.

«Mettetevi comodi» lo accontentai «vi racconto quella di Altea, una bambina albanese a cui sono molto legato.»

Mosè guidò gli ebrei fuori dall'Egitto, verso la terra di Canaan, a cui giunsero dopo quarant'anni. Da questo viaggio deriva l'espressione «esodo biblico» usata talvolta impropriamente, magari solo per trovare una terminologia colorita che descriva il traffico sull'Autostrada del Sole un 31 luglio di qualunque anno. Nessun'altra definizione, però, fu altrettanto adatta per fotografare più nitidamente possibile quanto accadde l'8 agosto 1991.

Mentre tornava da Cuba carica di zucchero di canna, la nave mercantile *Vlora* approdò nel porto di Durazzo, in Albania. Qui, durante le operazioni di sbarco, venne assaltata da ventimila persone che costrinsero il comandante a salpare per l'Italia.

Nel 1980, gli albanesi residenti in Italia erano poco più di cinquecento e dieci anni dopo se ne registrarono oltre duemila. Quel giorno, in una sola volta, su un'unica nave, ne arrivarono dieci volte tanto. Non fu eccessivo paragonarli al popolo di Israele. Erano passati quasi quattromila anni, ma il progresso e la civilizzazione vennero accuratamente arginati nel paese da cui proveniva questa marea di esseri umani, che, proprio come quelli descritti nelle pagine dell'Esodo, arrivarono in condizioni disperate, affamati e disidratati.

Ci vollero quarant'anni prima che la gente di Mosè potesse raggiungere la terra promessa. Quarantacinque, invece, furono quelli impiegati dalla gente di Valona per sottrarsi alla schiavitù del regime comunista. Il loro faraone si chiamava Enver Hoxha, a capo di una delle dittature più feroci della storia, imposta dopo essersi insediato come falso profeta a capo del primo governo democratico, che di democratico, però, ebbe soltanto il nome ingannatore.

Hoxha guidò il neonato Partito comunista a sostegno dei partigiani del Movimento di liberazione nazionale, sconfiggendo le armate tedesche. Da quel momento, nel paese cessò ogni forma di fascismo e di nazismo, proprio come accadde in Italia, con la differenza, però, che da quella parte dello Ionio la fine di un incubo fu l'inizio di un altro, persino più tetro.

Hoxha abolì la proprietà privata, nazionalizzò le industrie e attuò una forzata e truce repressione verso ogni forma di libertà di espressione e di pensiero, che veniva addirittura imposta nelle scuole: gli insegnanti dovevano inculcare nei bambini la fuorviante convinzione di essere fortunati a vivere in un paese come l'Albania.

Era proibito possedere libri o oggetti religiosi e persino dare ai figli un nome che avesse un significato cristiano. Con lui, lo Stato divenne il primo e unico completamente ateo, condannato a una visione scientifico-materialista dell'esistenza ridotta ai suoi miseri e subdoli interessi, che gli attribuì una triste posizione sul podio dei paesi più poveri al mondo, dopo l'Uganda e l'Angola. Il popolo era privo dei più basilari mezzi di sostentamento. Senza lavoro, senza cibo e pure senza Dio. Questa forse fu la più sostanziale differenza tra l'Esodo di Mosè e quello della *Vlora*.

In questa desolante cornice, Ilir, un giovane venticinquenne di Poro, nei pressi di Valona, sposò nel 1979 Nadina, cercando nell'amore l'unico motivo che potesse dare un senso a quella vita, che, come avrebbe poi scritto Vasco Rossi, un senso non l'aveva.

Un alloggio popolare, seppure stretto e fatiscente, che in Italia era il diritto minimo di chi non possedeva nulla, per loro sarebbe stato un castello. Il tetto che sognavano loro non era la parte, una sineddoche, che alludeva alla casa. Era letteralmente il tetto, uno strato di materiale solido, auspicabilmente impermeabile, sopra la testa.

Ilir, infatti, si svilì regredendo civilmente al livello dei porcellini meno lungimiranti della favola, costruendo una capanna con assi di legno, paglia e fango.

Se Mosè avesse avuto la profezia di una così miserevole esistenza, l'avrebbe sbattuta in faccia al popolo che si lamentava pur ricevendo la quotidiana razione di nutrimento, segregandolo nel rispettoso silenzio dovutole.

All'interno, con una buona dose della fantasia necessaria a considerare divisori dei semplici rami d'albero, ricavarono tre stanze. Delle mattonelle trovate chissà dove, davano agli inquilini l'illusione di poter chiamare il suolo pavimento. Porte e finestre avrebbero richiesto materiali e doti ingegneristiche meno disponibili di quanto lo fosse la manna nel deserto quaranta secoli prima, quindi non era neppure immaginabile concepirle. Il bagno, in compenso, era grandissimo. Qualunque posto oltre quelle simulate pareti poteva considerarsi tale. Interi campi a disposizione.

Non c'erano, ovviamente, elettricità, gas e acqua corrente. Ci si nutriva di pane raffermo e ortaggi che Ilir otteneva in cambio di piccoli lavori nei campi o che riusciva ad acquistare con il sottopagato ricavo offerto per ore di dura e pericolosa manovalanza nell'edilizia.

Le rare occasioni in cui si poteva passare tra i denti del siero di latte venivano festeggiate come il santo Natale.

Eppure, marito e moglie che non avevano nulla ritennero di avere quanto bastava per gioire, quando nacque il loro primogenito Erion. Avrebbero voluto chiamarlo Giovanni, Andrea, Matteo o Paolo, ma la prospettiva del carcere duro per almeno dieci anni imposto come pena da Hoxha fece cadere la scelta del nome su quello senza riferimenti cattolici.

Forse per via della malnutrizione della madre o per l'accanimento del destino avverso, Erion ebbe problemi di alimentazione già dai primi mesi di vita.

L'irresponsabile riforma della sanità, basata su principi opposti all'assistenzialismo, come la corruzione e il clientelismo, limitava la cura dei malati ai soli abbienti delle città più grandi. A Poro non esistevano medici generici, tantomeno i pediatri, così i genitori portarono il bambino a Valona in un locale che veniva chiamato ospedale per la presenza dei presupposti sufficienti: una croce rossa verniciata sulla facciata esterna e delle siringhe all'interno, con le quali gli venne eseguito un rudimentale esame del sangue, a seguito del quale gli venne diagnosticata l'anemia mediterranea.

«Non preoccupatevi più di tanto» consigliò un fantomatico medico. «Il bambino può sopravvivere e magari migliorare con l'andare del tempo.»

«Ma è sicuro?» si impensierì Ilir, facendo notare che il figlio era molto sofferente.

«Certo» ammise l'altro «ci vorrebbero delle trasfusioni di sangue, ma non è possibile.»

«Perché?» chiesero quasi in coro i genitori.

«Perché sangue da trasfondere non ce n'è.»

Dovevano accontentarsi di questa spiegazione e accettare le conseguenze che, crescendo, produssero nel piccolo una fragilità ossea resa evidente dalle numerose fratture anche a seguito di irrilevanti cadute.

Quattro anni dopo, Nadina rimase nuovamente incinta.

«Dottore, può essere rischioso?»

I due erano giustamente preoccupati che la malattia del figlio potesse implicare un pericolo anche per il successivo, ma il cialtrone, ingenuamente insignito del titolo di medico, lo allontanò facendo ampio sfoggio della propria incompetenza:

«Ma va, nessun pericolo. Al massimo potrà essere un semplice portatore di anemia mediterranea».

Dritana, così si chiamò la neonata, aveva invece gli stessi sintomi del fratello. Era pallida, inappetente, cresceva poco e male. Ilir e Nadina erano disorientati e soli. Non sapevano a chi rivolgersi e dovettero distribuire attenzioni e i risibili mezzi che riuscivano a procurarsi in ordine di priorità che fece slittare la cura della piccolina per fronteggiare l'urgenza che li investì quando Erion aveva sei anni. Le sue condizioni erano drammaticamente peggiorate. Bastava appoggiare una mano sulla superficie dell'addome per riscontrare uno smisurato ingrossamento di fegato e milza. L'avrebbe capito persino un calzolaio e, infatti, se ne accorsero anche all'ospedale di Valona.

«Dobbiamo praticare una splenectomia» annunciarono ai genitori. Se il loro scopo era di mostrare, se non padronanza, almeno conoscenza dei termini medici, riuscirono nell'intento, perché i genitori dovettero chiedere una traduzione.

«Che significa?»

«Dobbiamo togliere la milza.»

13

«Quante sono?»

Nessuna risposta usciva dalla bocca di Matteo, sebbene i suoi occhi fossero aperti e accecati dalla luce che il medico del Pronto Soccorso di Pescara gli aveva ficcato dentro per controllargli la reattività pupillare e valutare così la sua condizione neurologica.

Io ero sceso dal Centro Trapianti, chiamato da un'infermiera che, riconosciuto il paziente arrivato in codice rosso, sapeva quanto ci tenessi.

«Matteo» insisteva il medico «vedi le mie dita? Quante sono?»

Lui muoveva le pupille, lasciandole libere di perquisire i presenti per capire dove si trovasse, e quando si fermarono su di me si tolsero di dosso le palpebre che le coprivano per metà e che si spalancarono per la scoperta.

«Permetti?» mi intromisi chiedendo spazio al collega.

«Matteo, quanti round ci sono in un incontro di pesi massimi valido per la corona mondiale?»

«Dodici.»

Il fiato che riuscì a concentrare la risposta in una fioca parola dimostrò la sua reattività neurologica e io ne approfittai per stimolare anche quella del suo spirito.

«Dodici, esatto. Tu devi ancora iniziare l'undicesimo. Devi ribaltare questo incontro. Alza i guantoni e combatti, Matteo.»

A parte la perdita dei sensi e lo spavento che ci fece passare, l'incidente in moto lasciò come unica conseguenza una frattura al braccio. Una frattura al braccio non è troppo diversa da un diretto sul naso, per esprimere il concetto nel linguaggio del pugilato. Se sei fragile, se sei salito sul ring per la prima volta, se non hai mai combattuto prima, lo senti, eccome. Fa male, ti scombussola la quotidianità.

Se sei Muhammad Ali e per giunta all'apice della carriera, ti fa il solletico.

Matteo era il Cassius Clay delle sventure e quella frattura non gli diede più problemi di una puntura di zanzara. Da allora gestì il suo incontro con forza ed entusiasmo, per tre anni, un periodo sufficientemente lungo per assaporare la vittoria. I mesi passarono facendo tutto il giro per tre volte, fino al 2015. La leucemia era andata giù alla decima ripresa e l'arbitro aveva iniziato il conteggio nel 2012.

Cinque, sei, sette.

Ancora al tappeto.

Otto.

Ci guardavamo speranzosi.

«Nove.»

Esclamavamo all'unisono leggendo i risultati dell'ultimo emocromo.

Poi si mosse. Strisciò fino alle corde e si ritirò su.

La campana dell'undicesimo round suonò sul mio cellulare, una mattina di novembre.

«Paolo, devo parlarti, subito.»

Mezz'ora dopo Matteo entrò nella mia stanza. I suoi occhi erano spenti e vagavano inquieti tradendo una preoccupazione insolita che dallo sguardo si estese alla voce.

«Paolo, mi fa male un testicolo, sento qualcosa di strano. Ho brutti presentimenti.»

«Fammi vedere» reagii con tono pacato per infondergli calma. «Voglio capire.»

Nel testicolo destro si era sviluppata una tumefazione grande come una nocciola e fu tristemente facile tracciare una diagnosi. Le cellule leucemiche hanno una spiccata predilezione a svilupparsi in questa parte del corpo, che viene comunemente definita dagli ematologi di tutto il mondo un *santuario*, insieme alle meningi. Nell'istante in cui mi si rivelò al tatto, la mia schiena fu attraversata da un brivido di terrore, ma il ruolo che ricoprivo mi impose di mantenere quella calma a cui potei attingere solo grazie a quarant'anni di esperienza determinante nei rapporti umani, oltre che nella professione medica.

«Dobbiamo agire subito e togliere questo nodulo. Tu non preoccuparti più di tanto, probabilmente si tratta di una infiammazione. L'esame istologico ce lo confermerà.»

Mi accorsi di aver mentito. Credo che i papi morti da quando ero nato fossero più delle falsità raccontate ai pazienti, anche se il termine più giusto credo fosse «verità auspicate senza basi scientifiche», visto che non avevo la certezza del contrario dall'esame istologico. Vi fui indotto dall'amore che provavo per quel ragazzo. Gonfiò la mia preghiera e la mia speranza al punto da farmi dubitare delle mie stesse competenze, ma il desiderio si sgonfiò come la bugia che lo conteneva.

«Ci vediamo dopo» lo salutai mentre si addormentava con l'anestesia che lo preparava all'intervento chirurgico. Gli vennero asportati il testicolo e il funicolo destro, che furono immediatamente analizzati.

La mia mente non si era sbagliata. La mia bocca, purtroppo, sì. Recidiva di leucemia mieloide acuta.

Dovevo dirglielo. Mi sentivo un giudice che deve annunciare la condanna a un innocente e peggio della pena, c'è solo la pena stessa inflitta a chi aveva appena assaporato la libertà e aveva accarezzato l'illusione di poterne godere a lungo.

Non mi diede neanche il tempo di battere il martello della parola, l'aveva già capito dal mio sguardo che, quando gli fui davanti, mi cadde sul pavimento. Matteo afferrò una penna dalla mia scrivania e la impugnò come un microfono, per cantarmi la sua reazione con dei versi di Vasco Rossi:

Vivere
e sperare di stare meglio
vivere
e non essere mai contento
vivere
come stare sempre al vento
vivere, come ridere
vivere
anche se sei morto dentro
vivere
e devi essere sempre contento
vivere
è come un comandamento
vivere e sorridere dei guai
così come non ho fatto mai
e poi pensare che domani sarà sempre meglio...

«Sai qual è il significato di questa canzone, caro dottore, amico mio?» mi spiegò interrompendo il canto «la vita a volte ci riserva momenti molto difficili, guarda cosa sta succedendo a me. Ma io dico che non bisogna mai mollare, mai perdersi d'animo, occorre reagire e lottare a muso duro pensando...» concluse tornando a intonare quel pezzo «che *domani sarà sempre meglio.*»

Poi se ne andò a casa, dove si sarebbe tolto quella spessa corazza caratteriale e avrebbe affrontato la propria sofferenza in solitudine. Questo, almeno, intuii dai suoi versi di congedo:

Oggi non ho tempo
oggi voglio stare spento.

Era andato al tappeto e forse si chiedeva se non valesse la pena restarci. Io lo esortai ad alzarsi, c'era ancora un round.

«Matteo, tieni su i guantoni, ti prego. Fino alla fine.»

«Fino alla fine.»

Ci abbracciammo con tenerezza, in piedi, perché lui continuava a stare con la schiena dritta e a sfruttare il suo tempo nelle campagne di sensibilizzazione organizzate da associazioni come ADMO, AGBE e AIL, per far conoscere le problematiche legate alla leucemia e alle malattie del sangue in generale e per sostenere le donazioni di sangue e di midollo, partecipando a manifestazioni pubbliche dove raccontava la propria esperienza.

Una sera, in un grande albergo di Pescara, partecipò insieme a me e a Stella a una raccolta fondi a favore dell'AIL assieme al cantante Piero Mazzocchetti, fresco di podio al Festival di Sanremo, il quale si emozionò più di quanto fece sul palco dell'Ariston nell'ascoltare la commovente testimonianza che Matteo diede a tutti i partecipanti.

La tipica traslocazione tra il cromosoma 15 e il cromosoma 17? I medici del reparto Ematologia lo spiegarono a Marcello, assecondando la sua legittima richiesta di conoscere per bene la malattia che lo aveva colpito.

«Vedi come sono fatti i cromosomi?» lo indottrinò l'ematologo mostrandogli un'immagine sul suo cellulare.

«Sono delle specie di X, con questi bracci che partono dal centro. Dal cromosoma 15 se n'è staccato uno che è finito sul cromosoma 17, al posto di un altro che, viceversa, è andato al 15. In pratica la traslocazione è lo scambio di un pezzo tra due cromosomi. Analizzando poi questa situazione con le tecniche di biologia molecolare, si vede chiaramente la mutazione PML/RARalfa che è tipica della leucemia promielocitica acuta.

Non solo aveva compreso senza dubbio che aveva un tumore del sangue, ma che questo era anche di un tipo particolarmente aggressivo, perché allora, nella sua fase iniziale, era causa di emorragie spesso mortali.

Proprio il giorno prima, documentandosi sui tumori del sangue, si era imbattuto in un video su YouTube che forniva una vera e propria lezione di scienza su questo tipo di leucemia:

Il promielocita è una cellula che si sviluppa durante il processo di maturazione che nel midollo osseo porta alla formazione dei globuli bianchi. Purtroppo, in alcuni rari casi, la maturazione del promielocita avviene in modo anomalo e genera una forma di leucemia acuta caratterizzata da imponenti e violentissime emorragie spesso incontrastabili.

La malattia fu riconosciuta nella sua specificità e nella sua gravità per la prima volta nel 1957. A quel tempo la stragrande maggioranza dei pazienti che ne erano affetti morivano nell'arco di pochi giorni a causa delle emorragie che si instauravano. Negli anni successivi iniziarono i primi tentativi di cura di questa malattia impiegando come chemioterapia la daunoblastina. Nel 1983 il GIMEMA, fondazione che promuove, gestisce e coordina la ricerca delle malattie del sangue in Italia, si fece promotore di un protocollo clinico in cui venivano studiati gli effetti della daunoblastina sulla leucemia promielocitica acuta. I risultati furono molto deludenti perché solo l'11% dei pazienti guariva. In quegli stessi anni una delle più importanti aziende farmaceutiche italiane metteva a punto l'utilizzo di un nuovo chemioterapico, l'idarubicina. Fu così che nel 1989 il GIMEMA progettò un nuovo protocollo di studio basato sull'impiego di questo nuovo farmaco.

I risultati cominciarono a essere incoraggianti, perché l'idarubicina portava a guarigione il 35% dei pazienti. Contestualmente il GIMEMA si adoperava per promuovere la ricerca di base su questa leucemia. Furono due ricercatori italiani, Francesco Lo Coco e Pier Luigi Pellicci, che identificarono la proteina che deriva dal difetto cromosomico, la traslocazione fra il cromosoma 15 e il cromosoma 17, che è alla base della leucemia promielocitica acuta e che è responsabile della malattia: la proteina PML/RARalfa.

Intanto in Cina i ricercatori dell'Università di Shanghai scoprirono che l'acido all-trans retinoico (ATRA), un derivato della vitamina A, era in grado di bloccare lo sviluppo della leucemia promielocitica acuta favorendo la maturazione del promielocita. Questa importante scoperta fu poi confermata da altri ricercatori nel mondo, Italia compresa. Lo sbocco naturale di questa scoperta fu il lancio di un nuovo protocollo di studio clinico che il GIMEMA promosse nel 1993. Questo protocollo, coordinato dal professor Giuseppe Avvisati, prevedeva l'impiego contestuale di idarubicina e ATRA. Il tasso di guarigione era salito all'80%.

Il protocollo divenne il trattamento di riferimento a livello mondiale. Ulteriori studi promossi sempre dal GIMEMA e basati sulla categorizzazione del rischio di ogni singolo paziente portarono nel 2000 a innalzare ulteriormente le percentuali di guarigione al 90%. Nel frattempo sempre dalla Cina giungevano all'attenzione del mondo accademico scientifico internazionale informazioni sulla validità di un vecchio farmaco, già anticamente usato per curare empiricamente alcuni tipi di tumore, il triossido di arsenico, abbreviato con la sigla ATO, da non annoverare fra i chemioterapici, che dimostrava una certa efficacia nel contrastare la leucemia promielocitica acuta a livelli anche superiori a quelli prodotti dall'ATRA.

Sulla base di queste importanti scoperte, il GIMEMA aveva promosso uno studio internazionale in cui, per la prima volta al mondo, una malattia tumorale grave come la leucemia promielocitica acuta veniva curata con due farmaci non chemioterapici, l'associazione ATRA-ATO. I risultati di questo studio furono portati all'attenzione mondiale nel Congresso di ematologia più importante in campo internazionale che si tiene annualmente negli Stati Uniti.

Il tasso di guarigione aveva raggiunto il 97%. Un risultato a dir poco stupefacente se si considera che fino a qualche decennio prima i pazienti con questa malattia morivano nella pressoché totalità dei casi entro pochi giorni dalla diagnosi. Lo studio fu premiato come uno dei primi tre migliori studi clinici a livello mondiale.

Quello che abbiamo imparato nel corso degli anni è che la leucemia promielocitica acuta, che rappresenta circa il 10% di tutte le leucemie mieloidi acute, configura una vera e propria emergenza medica nel campo dell'ematologia. Per la spiccata tendenza allo sviluppo di emorragie che in molti casi risultano fatali già nei primissimi giorni, questa forma di leucemia deve essere trattata con estrema rapidità una volta posta la diagnosi. Il test dell'immunofluorescenza per evidenziare la proteina PML/RARalfa è estre-

mamente utile nel monitoraggio della malattia perché fornisce informazioni sia da un punto di vista qualitativo che quantitativo. Per stabilire l'efficacia della terapia occorre quindi non solo azzerare il numero dei blasti nel midollo ma anche annullare il segnale PML/RARalfa.

Marcello si era informato ed era intelligente. Sapeva fin troppo bene di cosa si trattava. Per quanto fossero confortanti le percentuali di letalità e i progressi della medicina rispetto al passato, ne era comunque terrorizzato. Reagì restando in silenzio, un atteggiamento che, però, non aveva nulla a che fare con la compostezza, la calma e l'autocontrollo. Era un grido di dolore serrato nel mutismo in cui si trincerò per oltre un mese, nascondendo la chiave anche al figlio Luca di nove anni, e alla moglie Arianna, una bellissima argentina che nei tratti ricordava molto l'attrice Penelope Cruz.

Si conobbero a una festa, durante la quale, essendosi attratti reciprocamente, lei promise di insegnargli il tango se lui l'avesse trasformata in un'esperta del computer, visto che Marcello era un perito informatico.

Tra un adorno in cambio di qualche megabyte, e una mirada barattata per una webcam, finirono per scambiarsi anche le fedi. Nemmeno l'eco di una milonga, però, lo trascinava fuori da sé stesso.

Avrebbe volentieri preferito restare temporaneamente nella barella in corridoio, piuttosto che nella singola stanza di isolamento nella quale soggiornò stabilmente per un mese.

Fu arruolato nel protocollo GIMEMA denominato AIDA, che prevedeva la somministrazione di ATRA (acido all-trans retinoico) e idarubicina, un agente chemioterapico. Lo stesso giorno della diagnosi, il 7 ottobre 2012, la terapia prese avvio. La tolleranza fu ottima. Non si manifestarono emorragie di alcun genere e i valori ematologici migliorarono rapidamente.

Dopo quattro settimane di terapia, gli ematologi fecero una nuova biopsia midollare per verificare lo stato della malattia.

L'esito era eccellente. La malattia era scomparsa sia a livello ematologico, perché non c'erano più blasti nel sangue e nel midollo, sia a livello molecolare, visto che della PML/RARalfa non c'era più traccia. La prima remissione completa era stata raggiunta, non si poteva aspirare a un risultato migliore.

Arianna, allora, ci chiese di poter diffondere una musica argentina, in modo che il marito potesse svegliarsi dopo il riposino pomeridiano col tango in sottofondo e così accadde.

Marcello aprì gli occhi, ma ancora intontito per l'effetto della dormita e per la strana colonna sonora in sottofondo, ebbe una reazione inattesa:

«Sono morto?».

«Ah» commentai «dici che nell'aldilà si balla il tango?»

Si misero tutti a ridere, medici, infermieri e Arianna, che si chinò su di lui abbracciandolo delicatamente:

«*Mi amor, que miedo*».

Già, che paura si presero. L'ansia di Marcello si era estesa a tutta la famiglia, ma quando ricominciò ad aprirsi e a parlare, tutto sembrò tornare alla normalità. Sembrò.

Marcello fu sottoposto a tre cicli di chemioterapia di consolidamento e alla fine fu avviato alla terapia di mantenimento. Ma il nemico non era stato sconfitto e bussava nuovamente alla porta. Dopo sette mesi di persistenza della remissione, cioè in totale assenza di cellule leucemiche, a maggio 2013 queste ricomparvero negli esami di controllo. L'ormai famigerato segnale PML/RARalfa si era riacceso. A nostro modo di vedere, occorreva un trapianto di midollo osseo allogenico.

Via alla tipizzazione HLA del nucleo familiare. Serviva un donatore e trovammo che il fratello Antonio era compatibile al 100%.

«Marcello» cercai di tranquillizzarlo ricorrendo al gergo militare, visto che suo padre era stato un carabiniere «nel nostro armamentario abbiamo un Barret M82, il fucile più potente al mondo. Dobbiamo maneggiarlo e sfruttarlo nel modo giusto. Abbiamo in mano due armi molto potenti, il triossido di arsenico e il trapianto di midollo, e dobbiamo usare entrambe nel migliore dei modi e al momento giusto per farti guarire.»

Bum. Il triossido di arsenico venne sparato attraverso due cicli di terapia e colpì la malattia in pieno. Due mesi dopo il midollo di Marcello era di nuovo in remissione ematologica e molecolare.

Il suo caso venne esaminato in una riunione congiunta di ematologi e trapiantologi, i quali giunsero alla conclusione che il trapianto allogenico rappresentava in quel momento la terapia di prima scelta visto che la recidiva era stata molto precoce e si era manifestata in corso di terapia e che il midollo era di nuovo in remissione. Il paziente doveva essere informato su tutte le possibili alternative terapeutiche affinché desse il suo consenso per quello che noi proponevamo.

Ne discutemmo anche con il professor Francesco Lo Coco, collega e amico carissimo, coordinatore del protocollo AIDA. Anche lui si mostrò assolutamente concorde con le nostre vedute.

Invitai pertanto Marcello nel mio studio insieme a sua moglie Arianna e a sua madre Laura. Antonio da parte sua andò a fare il colloquio con le dottoresse del Centro Trasfusionale che avevano il compito di illustrare ogni dettaglio sulla donazione delle cellule staminali emopoietiche.

Il mio colloquio con Marcello fu improntato a totale franchezza e chiarezza.

Le due donne avevano lo sguardo attento, per aggrapparsi a ogni parola o frase che ispirasse fiducia. In mezzo al loro, il viso di Marcello appariva ancora più triste e spento di quanto potesse esserlo. Mi sentivo un venditore d'auto che decanta le prestazioni di una Ferrari, esponendo minuziosamente le caratteristiche tecniche a un potenziale compratore che, però, ancora deve prendere la patente. Sembrava lontanissimo dal centro della mia franca trattazione, come se riguardasse un ipotetico e remoto caso, come se io fossi Luciano Onder e mi rivolgessi a una platea televisiva di sconosciuti e non il medico che parlava delle sue possibilità di salvezza. Mi sforzai, così, di essere ancora più chiaro e diretto:

«Marcello, credo che tu sappia molto bene come si sono succeduti gli eventi. Hai avuto una ricaduta leucemica a livello molecolare e ora la leucemia fortunatamente è in remissione. L'aspetto preoccupante è che questa ricaduta è stata molto precoce e si è manifestata in corso di terapia, sette mesi dopo l'esordio. L'aspetto da tenere in seria considerazione è che per te sono stati utilizzati i principali farmaci efficaci per la tua malattia, ossia idarubicina, ATRA e ATO».

Niente. Parlavo a un fantasma.

Si era fatto una cultura scientifica. Poteva sostenere un esame di chimica sull'acido all-trans retinoico, l'ATRA, e il triossido d'arsenico, l'ATO. Sono certo che ne conoscesse anche le formule chimiche, ma mi stava davanti come un bambino che sa contare solo fino a dieci a una lezione sui logaritmi.

Quando terminai, trascinò il silenzio per una ventina di secondi, poi mi parlò e lo fece prima con gli occhi, che d'improvviso si inondarono di lacrime.

Lo sforzo per trattenerle toglieva forza alle parole, affidate al filo di voce che gli restava:

«Che possiamo fare? Io voglio guarire, voglio tornare dalla mia famiglia».

«Abbiamo tre possibili alternative» lo rincuorai. Non le aveva ancora sentite, ma il fatto che ci fossero potenziali soluzioni riduceva la prospettiva funerea che si era creata, sgravandolo dall'angoscia.

«Tu devi decidere insieme a me quale via seguire» continuai. «Io sono qui per schiarirti le idee. Immagina di essere in auto mentre piove a dirotto. Immagino tu non veda bene, giusto? Ecco, io, in questo momento, sono il tuo tergicristallo. Sono qui per toglierti l'acqua dal parabrezza della comprensione. Se poi me lo consentirai, ti farò anche da navigatore per indicarti la strada.»

Colsi in lui un certo sbigottimento, ma non avevo altra scelta: dovevo essere chiaro e sincero fino in fondo. Gli spiegai che avevamo discusso del suo caso con il professor Lo Coco, eminenza nel campo della leucemia promielocitica acuta a livello mondiale.

«Noi» raccontai «pensiamo che la terapia di prima scelta per te in questo momento sia l'esecuzione del trapianto di midollo osseo allogenico utilizzando tuo fratello Antonio come donatore, visto che è identico a te dal punto di vista genetico ossia dei geni HLA.»

«In che senso?» chiese.

Gli illustrai in cosa consisteva il trapianto di midollo osseo con dovizia di particolari, mentre il suo sguardo accompagnava ogni fase della spiegazione incupendosi progressivamente fino a irrigidire il busto toccando il culmine della preoccupazione quando gli dissi che il trapianto era potenzialmente rischioso per la vita.

Non concepiva di poter morire per quella malattia o forse, addirittura, non concepiva la fugacità della vita e ciò che non aveva mai considerato prima era proprio l'idea della morte, quindi lessi nel suo sguardo la volontà di fuggire da qualunque possibile terapia potesse ipotizzarla anche se con minime probabilità.

Gli avevo illustrato come viene eseguito il trapianto ed era tempo di tirare le somme.

«Quello che sto per dirti» premisi «non è frutto della mia fantasia ma dell'esperienza maturata sul campo con oltre mille trapianti portati a termine dei quali circa quattrocento nella leucemia mieloide acuta. Facendo il trapianto, ora che la tua malattia è in prima remissione completa ematologica e molecolare, i rischi di complicanze mortali sono del 10-15%. Questi rischi sono dovuti a tutte le possibili complicanze che ti ho appena descritto e sono concentrati soprattutto nei primi sei mesi dopo il trapianto. È possibile che tu riesca a superare senza problemi questa fase così delicata, ma quando sarai convinto di avercela fatta la malattia potrebbe ripresentarsi. Nel primo anno accade nel 20% dei casi, nel secondo anno nel 10% e nel terzo nel 5%. Difficilmente la malattia ricade dopo tre anni e ancora più raramente dopo cinque anni. In caso di ricaduta dobbiamo ricominciare tutto da capo. A fronte di questi che sono gli aspetti negativi, le tue probabilità di guarigione definitiva sono almeno del 60%.»

Rimase attonito. Cercava risposte e conforto negli occhi della moglie e della madre, che però non riuscì a trovare, e mi espresse il suo timore:

«Non ti nascondo che adesso ho paura. Ho paura di morire. Che altro possiamo fare?».

«La seconda opzione» ripresi «è quella di eseguire un trapianto di cellule staminali di tipo autologo. In pratica dobbiamo prelevare le tue cellule staminali emopoietiche mediante una procedura di leucaferesi. Tua zia Gabriella è un'infermiera esperta di queste procedure, potrà spiegarti in cosa consiste anche a casa. Una volta eseguito il prelievo, dobbiamo congelare le cellule staminali e fare su di esse i necessari esami di biologia molecolare. Se questi esami dimostreranno che le tue cellule staminali sono negative per PML/RARalfa vorrà dire che la malattia apparentemente non è attiva, quindi potremo fare il trapianto, sapendo che riceverai egualmente una megadose di chemioterapia.»

«Megadose?» si allarmò.

«Sì, megadose significa che comunque ti dobbiamo condizionare a ricevere il trapianto sottoponendoti a una chemioterapia spinta ai livelli massimi di dosaggio dei farmaci a cui farà seguito la reinfusione delle tue stesse cellule staminali scongelate.»

«Rischi?» intervenne Arianna.

«I rischi di complicanze mortali relativi al trapianto autologo sono estremamente bassi» sintetizzai.

«Il 3-5%, mentre le probabilità di ricaduta sono alte, 50-60%, perché sono le tue stesse cellule staminali a essere utilizzate per il trapianto. Le probabilità di guarigione di conseguenza sono sì e no del 30-35%. Inoltre, un'eventuale ricaduta dopo il trapianto autologo potrebbe compromettere seriamente le possibilità future di guarigione.»

Marcello restava molto pensieroso, chiuso in sé stesso.

«Abbiamo altre possibilità di terapia?» sperò ad alta voce.

«C'è una terza opzione: quella di non fare alcun tipo di trapianto. Continui a fare le terapie convenzionali per molto altro tempo, un paio di anni circa, e in questo caso devi sperare e pregare, se ci credi, che la malattia non torni più. Prima o poi sospenderai ogni cura e rimarrai in attesa degli eventi. Se passeranno almeno quattro o cinque anni senza che la malattia si manifesti di nuovo, potrai cominciare a pensare di avercela fatta e che sei sulla via della guarigione definitiva.»

«E se si ripresentasse?»

Mi porse una pistola verbale carica, invitandomi a premere il grilletto.

«Si ricomincia tutto da capo e se ottieni una nuova remissione ti aspetta per forza di cose un trapianto allogenico.»

Tirò un sospiro al solo scopo di riprendere il fiato che gli avevo tolto mio malgrado, ma apprezzò la franchezza e mi lasciò con un abbraccio.

«Dottore, ho capito ogni cosa, molto bene e per la prima volta. Ho bisogno di qualche giorno di tempo per metabolizzare e decidere. Presto ti farò sapere cosa decido.»

Ero convinto scegliesse subito una delle tre alternative e, addirittura, la prima che gli avevo suggerito, ma era troppo scosso e disorientato per prendere una decisione lucida. Questa implicava l'accettazione di una realtà che si rifiutava ancora di accettare. Mi aveva ricordato Paola, una nostra infermiera.

Solitamente allegra ed estroversa, a un certo punto Paola perse l'alone di allegria dietro una maschera di tristezza. Suo marito aveva avuto un flirt con una collega e l'aveva scoperto prima che venisse consumato nel fuoco della passione. Era ancora allo stato embrionale, fatto di messaggi e un solo bacio, quando lei ne trovò tracce sul suo cellulare. Lui si scusò, promettendo che avrebbe interrotto subito la relazione e che mai e poi mai l'avrebbe rifatto.

Paola, però, veniva al lavoro con delle occhiaie vistose nonostante il trucco massiccio. Talvolta, addirittura, si addormentava su una sedia, perché la notte non dormiva, logorata dai dubbi e dai pensieri. Temeva che la relazione extraconiugale non fosse finita. Anna, la sua migliore amica e psicologa, le aveva assicurato che i suoi sospetti erano più che fondati, ma lei rifiutava di crederci e, con l'idea di entrare in terapia, chiese consulenza ad altri due analisti.

«Assolutamente no!»

«Si è solo fatta un film mentale che proietta le sue insicurezze.»

L'avevano convinta di avere ingigantito un sospetto al punto da subirne gli effetti come se fosse una certezza e proseguì faticosamente nel suo matrimonio, consumata dai timori e dal malessere, per due anni.

Poi scoprì che lui utilizzava un indirizzo di posta elettronica con un nome fittizio, preso da un personaggio di una serie TV e nonostante questo, per altri mesi, non aprì la porta del dubbio, lasciandola socchiusa, finché lui mentì inopinabilmente.

Lei doveva creare un account con Google, lo stesso provider utilizzato dal marito nel suo indirizzo segreto.

«Non so come si fa, tu hai mai avuto un indirizzo Google?» gli chiese.

«No, mai.»

Paola, a quel punto, eluse le sue password ed entrò in quell'account di posta elettronica, leggendo la storia di un tradimento lungo due anni, fatto di segreti e sotterfugi per ingannare i rispettivi coniugi, di complicità e incontri segreti. Ogni parola che le passava davanti agli occhi le affondava il cuore, tagliandoglielo, finché non rimase più niente da trafiggere.

Lasciò il marito, con il forte rammarico di non averlo fatto due anni prima. Forse, allora, ci sarebbero state le condizioni per recuperare il rapporto, risanarlo e riviverlo in una nuova forma, ma a quel punto era troppo tardi. Il male subito le aveva divorato la capacità di amarlo.

Marcello, in modo simile, volle chiedere altri pareri e prese appuntamento in un altro centro con un illustre ematologo.

Questo collega esaminò tutta la documentazione che avevo rilasciato e gli disse quello che lui voleva in realtà ascoltare:

«Non c'è indicazione a fare alcun tipo di trapianto. È vero che hai avuto una ricaduta molecolare precoce, ma tutto si può ancora aggiustare, puoi guarire anche senza trapianto».

Marcello uscì dal colloquio molto rinfrancato e fiducioso. I pareri erano discordanti. Da una parte a Pescara si sosteneva che il trapianto allogenico era la scelta consigliata, dall'altra l'ematologo consultato sosteneva che di trapianto non si doveva neanche parlare.

Decise che occorreva una terza opinione e qualcuno lo indirizzò in un altro centro al Nord Italia. Qui fu ricevuto da un altro luminare dell'ematologia italiana che fu dello stesso parere del primo collega consultato, giustificando la sua opinione contraria al trapianto:

«La persistenza della positività molecolare PML/RARalfa è dovuta a cellule leucemiche ormai morte che non sono state ancora eliminate dall'organismo, non c'è nulla di cui preoccuparsi». Non ho mai capito come questo ematologo abbia fatto a dare questa incomprensibile spiegazione.

Due a uno. Aveva ottenuto la rassicurazione che voleva ostinatamente sentire e ne fece la sua decisione:

«Dottore, non voglio fare il trapianto, né quello allogenico né quello autologo. Voglio continuare le cure convenzionali e vedere gli esiti».

Fu dunque sottoposto a chemioterapia di consolidamento con triossido di arsenico e un chemioterapico molto usato in questi casi, la citosina arabinoside. Questa terapia reindusse una nuova remissione che ebbe tuttavia una breve durata. Passarono infatti pochi mesi e a febbraio del 2014 la leucemia si riaccese nel midollo e sempre a livello molecolare con PML/RARalfa su livelli elevati. Si trattava della seconda ricaduta, eravamo andati oltre ogni aspettativa. Fu inevitabile tentare di ottenere una nuova remissione utilizzando tutto l'armamentario a nostra disposizione, chemioterapici e non chemioterapici. La terapia ebbe successo.

Era obbligatorio e urgente a quel punto ricorrere al trapianto allogenico, quello da cui era scappato mesi prima e che diventava la sua unica possibilità di salvezza, fortemente compromessa, però, dalla tardiva decisione.

A volte la paura della verità ci porta più facilmente a credere in verosimili bugie.

14

Il fascismo faceva vittime con le armi. Il regime totalitario di Hoxha uccideva in silenzio. L'unico fragore che echeggiava in quella valle di solitudine e abbandono era il singhiozzare di madri e padri che perdevano figli piccoli a causa di un intervento chirurgico che sarebbe stato banale in ogni altro luogo del mondo, eccetto forse l'Uganda, l'Angola e certamente l'Albania, dove Erion ebbe la sfortuna di atterrare piovendo su una vita di passaggio.

Togliere la milza al bambino era l'unica cosa da fare, ma in quella struttura e con quel personale inadeguato venne eseguita senza le minime precauzioni del caso. Le complicanze che sopraggiunsero pochi giorni dopo l'intervento furono mortali.

«Non voglio perdere anche Dritana» supplicava Nadina a un destinatario ancora da trovare.

Il più vicino ospedale degno di tale nome si trovava a Tirana, cento chilometri lontano da loro e avrebbero dovuto raggiungerlo senza auto, senza soldi, senza collegamenti stradali diretti, ma è quando più nulla sembra possibile che si trova il coraggio di raggiungere l'impossibile. Così, si incamminarono portandosi dietro tutto quello che avevano e cioè solo la loro bambina malata.

Si inerpicarono per sentieri angusti che immettevano su strade dissestate dove salivano su mezzi furgonati di autisti che riuscivano a trovar loro spazio tra animali, mangimi, sacchi di cemento o attrezzature edili. Venti chilometri su uno, dieci su un altro, alcuni a piedi e poi ancora su una vecchia Fiat 126 che tossiva fumo nero, accartocciati sui sedili di dietro, tra scatole e valigie maleodoranti di un ambulante. Dopo cinque ore, riuscirono nell'impresa di far visitare Dritana nell'unico ospedale di tutta l'Albania decentemente attrezzato, dove per la prima volta riuscirono ad avere una diagnosi fatta da un vero medico:

«Ha il morbo di Cooley. La stessa malattia che probabilmente ha causato la morte di vostro figlio».

Dritana, come Erion, era malata di talassemia major. Aveva bisogno di trasfusioni per continuare a vivere, ma i due non potevano permettersi di rimanere a Tirana e dovettero tornare indietro, nel Far West sanitario di Valona, dove sceriffi senza scrupoli in camice bianco imponevano la tassa per la sopravvivenza.

In tutta la nazione, in quegli anni, le donazioni di sangue erano pressoché inesistenti, anche perché mancavano gli strumenti basilari per raccoglierlo e conservarlo. Non c'erano sacche sterili, né anticoagulanti, di conseguenza mancavano donatori, mentre cresceva esponenzialmente il numero di chi ne aveva bisogno, favorendo così un vero e proprio mercato nero del prezioso liquido vitale. Diverse centinaia erano i bambini affetti da morbo di Cooley e molti di essi morivano senza sapere neanche il perché. Senza trasfusioni di sangue.

Dritana riceveva giusto qualche centilitro di sangue con una siringa, quello che si riusciva a prelevare dai genitori o dai più stretti familiari. Giusto lo stretto necessario per aggiungere un po' di tempo che i suoi avrebbero impiegato per recuperare risorse da poter estorcere dietro scuse criminose.

«Siamo arrivati in tempo» affermò Ilir levandosi il sudore dalla fronte e guardando l'orologio. Dopo due ore di cammino con la bambina in braccio, era riuscito ad arrivare al centro di Valona per le nove, l'orario che gli era stato raccomandato.

Ne passarono però altrettante, senza che nessuno si rivolgesse a loro, finché da uno studio uscì un uomo con abilità teatrali, che si scusò con costernazione volutamente simulata:

«Mi dispiace molto, oggi non abbiamo sangue. Dovete tornare a casa. Riprovate domani».

Altre due ore per rientrare a Poro e ritentare la fortuna il giorno seguente, con lo stesso risultato.

«Sono davvero desolato, ma anche oggi niente sangue. Ci vediamo domani.»

Ogni domani cambiava la battuta, ma la scenografia era sempre la stessa e, soprattutto, restava immutata la trama, che si dipanava giorno dopo giorno. L'assenza di istruzione e di malizia fece sì che i due impiegassero più del dovuto per riuscire a comprenderla e a interpretare il loro ruolo nel dramma:

«Dottore, lei crede che il sangue potrà esserci domani, se portassimo del denaro?».

«Penso proprio di sì» asserì levandosi la maschera.

Ilir contrasse debiti senza sapere quanto tempo avrebbe impiegato per ripagarli e, dopo essersi informato sull'entità del riscatto, tornò nel saloon della medicina locale, dove porse il malloppo al bandito coperto da una mascherina chirurgica.

«Buongiorno» lo accolse il dottoraccio «è arrivato al momento giusto. È appena entrata una sacca di sangue.»

Quanto dura un minuto?

Un attimo o un'infinità, dipende da che facciamo mentre scorre. Se lo guardiamo passare dal finestrino di un treno in corsa, cercando di catturare con lo sguardo tutto ciò che ci stiamo lasciando alle spalle, è finito mentre ancora ci stiamo ponendo la domanda. Se invece fissiamo un punto fermo dell'orizzonte, come il sole, una nuvola o una stella, abbiamo la sensazione di stare fermi e che il tempo faccia lo stesso con noi. Se osserviamo il passato ci rendiamo conto che un minuto, un'ora, un anno o una vita, non durano niente, ma se guardiamo lontano, possiamo catturarne la bellezza fermandone l'essenza.

Quei sessanta secondi durarono per Matteo quanto un colossal cinematografico di quattro ore. Era seduto davanti a un latte macchiato, una domenica mattina di settembre, all'esterno di un bar, e si chiedeva chi ci fosse dietro la cascata di capelli castani che copriva il viso di una ragazza, china su un cappuccino. Ci fece un intero film, cercando di immaginare da dove venisse e dov'era diretta, chi frequentava e chi avrebbe frequentato, cosa diceva e cosa avrebbe detto. Anzi, questa è la prima cosa che gli venne svelata:

«Ti serve qualcosa?».

Intento a fantasticare, non aveva realizzato che lei, sorseggiando la sua bevanda, aveva sollevato la testa percependo la sua insistente osservazione.

«Sì, scusa» rimediò salvandosi in calcio d'angolo con eccellenti doti di improvvisatore teatrale. «Il miele.»

«Scusa?» fece lei non afferrando.

«Il miele» sparò Matteo, puntando sull'unico oggetto presente sul tavolino della ragazza solitaria quanto lui.

«Ah sì, tieni.»

Glielo porse mantenendo gli occhi su di lui che, sentendone tutto il peso, esagerò nella pressione del contenitore di plastica, facendone uscire una quantità quasi maggiore del latte che andava a addolcire.

«Però» constatò sorridendogli «vedo che ti piace molto. Sei un orso travestito da motociclista?»

«Ecco, lo sapevo» replicò cogliendo l'occasione per attaccare discorso «dovevo depilarmi di più stamattina. Si vede molto?»

La ragazza commentò con una risata che le illuminava il viso, fulminando il ragazzo già trafitto dalle frecce di Cupido.

Lei aspettava un'amica, lui suo padre. Quando quest'ultimo arrivò, dovette alzarsi e andargli incontro. Avrebbe voluto dirle milioni di parole, se solo le avesse trovate, ma non gli venne in mente nient'altro che un rispettoso congedo che, in realtà, era un desiderio:

«Arrivederci!».

«Arrivederci» lo salutò lei, che poi lo colse di sorpresa, quando le sfilò davanti: «Comunque io sono Giulietta».

«Piacere» replicò inebetito «Romeo. No, scusa, Matteo. Volevo dire Matteo.»

Un'altra sua risata lo seppellì nelle sue sabbie mobili. Non pensò ad altro per tutta la mattina, mentre costeggiava l'Adriatico sulla sua nuova moto, affiancato dal genitore in sella alla propria.

Si era comprato una Yamaha MT-07, seicento di cilindrata. Cinquecento centimetri cubici più di quanti lui potesse guidarne senza la patente A, ma lo faceva ugualmente.

«Sto imparando da mio padre» avrebbe detto ai vigili se lo avessero fermato. Era leggero e sereno, un po' per effetto delle nuove due ruote, un po' per quello più inebriante dell'incontro al bar. La ripresa contro il suo instancabile avversario era iniziata con una fase di studio, quella in cui nessuno dei due pugili si scopre portando il suo colpo migliore. La recidiva c'era, ma era isolata. Non aveva intaccato il midollo e questo era confortante. Lo attaccammo con una radioterapia localizzata nella sola zona testicolare, associata a un breve ciclo di chemioterapia che non gli diede grossi problemi, anche per via dei precedenti carichi di terapie che aveva sopportato in passato e che, per confronto, riducevano questo a un trattamento leggero.

Nei giorni seguenti, l'orso andò a caccia del miele. Non di quello che stava sopra, ma davanti al tavolino. Passava da quel bar, vicino casa sua, più volte al giorno, finché una sera non la trovò e, fingendo di aspettare qualcuno, non si sedette nel tavolo vicino. Lei era lì con un'amica e lui si avvicinò:

«Ciao Giulietta».

«Hey, orso» lo accolse lei «ciao! Se sei venuto per il miele dovresti chiedere al banco, oggi non ce l'ho.»

«Non costringermi ad annusarti» scherzò lui.

«Ancora solo?» gli chiese Giulietta «allora sei davvero un orso.»

«No. Sto aspettando un amico» mentì passandole la palla per una proposta: «Be', aspettalo con noi».

Rimasero un'oretta in tre, poi l'amica se ne andò e rimasero soli. Era scesa la sera e lei glielo fece notare:

«Hai visto che bella luna?».

«Sì. Non l'ho mai vista così bella.»

«Guarda che la luna è alle tue spalle.»

«Ah, quella? Scusa, pensavo parlassi di te.»

Seguirono secondi di silenzio, macinati dal battito dei cuori che acceleravano man mano che i due si avvicinavano, fino a incontrarsi nel loro tumultuoso contatto. L'orso e la luna si baciarono.

Quando si scostarono, Matteo interruppe la poesia del momento scoppiando a ridere e lei lo punse con sagace sarcasmo:

«Ti ho fatto il solletico?».

«No, scusa» si discolpò «pensavo all'orso e alla luna della Disney. L'hai mai sentita la canzone dell'arrivederci?»

«Chiunque faccia zapping alle nove di sera la conosce» confermò lei. «E quando ci capiti sopra non puoi fare a meno di sentirla tutta.»

La canzone dell'arrivederci è un motivetto che un orso affacciato sul balcone canta con una luna dotata di occhi, naso e bocca, per salutare i piccoli spettatori di un canale televisivo per bambini. Fu con i suoi primi versi che Matteo le diede la buonanotte, sotto il portone di casa sua:

«*È stato divertente giocare in allegria…*».

«*… c'è un solo inconveniente: che il tempo vola via*» duettò lei.

«Senti» si ricordò Giulietta «ma il tuo amico? Ti ha bidonato?»

«Mi sa di sì» ammise «devo inventarmene uno più puntuale.»

Non ci fu una sola sera, da allora, vicini o uniti dal telefono, senza che i due chiudessero la giornata salutandosi cantando la canzone dell'arrivederci.

Era un uomo così antipatico che dopo la sua morte i parenti chiesero il bis. Avrebbe certamente citato Totò un qualunque cittadino albanese, se fosse stato chiamato a porgere l'ultimo saluto al capo di Stato che nel 1985 morì, come un qualunque altro uomo. O, meglio, come un qualunque altro uomo non albanese, perché seimila suoi connazionali se ne andarono in un modo meno ordinario. Il ciclo della vita, infatti, termina spontaneamente per cause naturali, in cui non rientrano fucilazione e impiccagione adottati dal dittatore per liberarsi dei cittadini più scomodi. Quelli che lo erano meno, circa trentacinquemila, passarono lustri o addirittura decenni chiusi in carcere, mentre agli anonimi silenziosi veniva concessa la grazia di morire di stenti. Sull'ultimo gradino di questa gerarchia maledetta c'erano quelli come Ilir e Nadina, che ogni mattina giravano la roulette dell'esistenza, sperando di incassare un altro giorno per una fortunata combinazione.

Quel giorno la slot machine dei poveri regalò a tutti loro un jackpot, perché Enver Hoxha se n'era andato.

Nessun albanese, però, poté parafrasare il comico napoletano, per il semplice fatto che nessuno lo conosceva. Hoxha era ossessionato dall'Occidente e aveva sempre voluto evitare ogni possibile contaminazione da esso, proibendo persino la visione dei canali televisivi stranieri. Qualcuno, però, iniziò segretamente a diffondere la scoperta che permetteva di vedere prima la RAI e più tardi anche Mediaset, spostando l'antenna in una determinata posizione. Fu così che gli albanesi, imparando l'italiano un po' da Pippo Baudo e un po' da Mike Bongiorno, scoprirono che si può dare di più.

Nel 1987, Morandi, Ruggeri e Tozzi vincevano il Festival di Sanremo con questa canzone, i cui versi sembravano sollecitare quel moto di opposizione che aveva iniziato a ribollire nelle scuole, propagandosi anche fuori.

Perché la guerra e la carestia non sono scene viste in tv
e non puoi dire lascia che sia
perché ne avresti un po' colpa anche tu.

Gli albanesi iniziarono a essere stanchi di lasciare che fosse e la fine del tiranno offrì loro più spazio per farsi sentire, tanto che il governo comunista, comunque ancora in carica, dovette concedere alcune liberalizzazioni, tra cui la possibilità di oltrepassare il confine del paese.

Ilir non riusciva ad arrivare neppure a Tirana, dunque la tentazione non lo sfiorò neppure, ma almeno percepiva un barlume di speranza per il futuro che rendeva meno insopportabile il pizzo per il sangue della figlia, per cui doveva essere Nadina ad acquistare gli aghi di infusione, detti «butterfly», le farfalline usate per i bambini che, altrimenti, ricevevano la trasfusione per mezzo di comuni, scomodi e dolorosi aghi da siringa.

Aveva tre anni Dritana, quando ricevette la prima vera ma costosa trasfusione di sangue. Mentre in Italia era Toto Cutugno a parlare, con un'altra canzone al Festival, dei *figli della povera gente*, sulla costa opposta alla nostra ne venivano al mondo altri. Nadina aspettava il terzo. Temeva che anche a questo toccasse la sorte degli altri, almeno dal punto di vista medico, e fu tentata dall'idea di interrompere la gravidanza per non condannare alla sofferenza la creatura che portava in grembo e che già amava. Per questo, incoraggiata dal marito, non abortì e a novembre nacque Raisa, in buona salute. Non aveva nulla di cui preoccuparsi, almeno per quanto riguardava il suo organismo. La situazione sociale e politica restava ancora un grosso problema, ma le voci che circolavano in Europa aprivano una finestra di speranza anche in Albania.

In Romania era crollato il comunismo. La televisione di Stato, caduta sotto il controllo dei ribelli insorti, aveva trasmesso le immagini dell'esecuzione del dittatore Ceausescu e della moglie Elena.

La storia stava cambiando, la libertà e i diritti fino a quel momento violati come la dignità, la salute e il lavoro, sembravano meno lontani dell'utopia in cui erano chiusi prima.

Alle elezioni del 1992, i comunisti furono sconfitti dal Partito democratico dell'Albania di Sali Berisha, nel mezzo del collasso economico e dei disordini sociali in cui versava il paese, e la situazione iniziò a migliorare.

Alle famiglie nullatenenti furono assegnati degli appezzamenti agricoli. A Ilir ne spettarono due, perché, nel frattempo, la famiglia si era allargata, con la nascita di Mira, anche lei indenne dal temibile morbo di Cooley. Fu per loro, apparentemente, un'altra vita rispetto a quella che avevano prima. L'uomo di casa, una casa che restava comunque fatta di legno e paglia, riusciva a sfamare tutte le bocche e le vene di Dritana. Acquistò una mucca, un vitellino, qualche maiale e diverse pecore, potendosi così permettere il lusso di qualche trasfusione a Tirana, in condizioni migliori, dove le farfalline per l'infusione erano addirittura comprese nella tangente, perché se le cattive abitudini sono dure a morire, quelle pessime, ancorate all'egoismo e alla cupidigia dell'uomo, sono immortali. Potevano crollare il fascismo, il comunismo, il liberismo e tutti i santi dal paradiso, ma i medici albanesi avrebbero sempre e comunque preteso un pagamento. L'avidità, e non è un maldestro gioco di parole, ce l'avevano nel sangue.

Cemento, travi, tubature, tegole, infissi e tutto ciò che compone una casa erano ancora troppo per Ilir, che però rese stabile la sua capanna sostituendo la paglia con pannelli di legno che facevano da pareti e poté persino allargarla con una «stanza» in più. Ce n'era bisogno, perché, rispettando la sua cadenza di procreazione tri o quadriennale, Nadina diede a Dritana, Raisa e Mira una sorellina: Altea.

Certo, sarebbe bastata una scossa a fare crollare la loro casa, ma questo succedeva anche anni dopo in molte parti del mondo, anni dopo, come in Abruzzo.

15

«Vieni mamma, tuffati. Andiamo a prendere il tesoro!»

«Ma è profondo.»

«Non ti preoccupare, ti insegno io a stare sotto, devi solo trattenere il respiro.»

Alessio amava il mare e lo vedeva ovunque, anche nel letto dei suoi genitori. La domenica mattina nascondeva sotto le coperte giocattoli e oggetti reputati preziosi, tra cui la collana di coralli che Angelo aveva regalato a Chiara quando era nato lui, facendo di quel dono, di fatto, un gingillo premonitore della sua passione marina. Poi si riempiva d'aria i polmoni e si immergeva tra le lenzuola, trattenendo il fiato. Quando riemergeva mostrava trionfante i preziosi ritrovamenti nella mano destra, scuotendo anche i capelli impregnati di acqua immaginaria che annaffiava la famiglia di euforia.

Livio aveva le branchie. Non sapeva trattenere il respiro o non aveva capito il gioco, quindi si inabissava nel letto mantenendo inalterata l'attività polmonare, come un cetaceo.

«Dai, Alessio» lo richiamava il papà, assecondandone la fantasia «asciugati, metti al sicuro il tesoro e preparati che andiamo in montagna a fare una gita con i cuginetti.»

Nell'acqua Alessio si sentiva più a casa che sulla terraferma. A un anno, quando faceva il bagnetto, trasferiva la sua cameretta nella vasca, buttandoci dentro tutti i giocattoli che c'entravano, compresi quelli deperibili, come cigni e cavalli di origami che si dissolvevano nell'impatto. La prima volta che vide il mare, a San Vito Chietino, aveva un anno e mezzo e i genitori ebbero il loro gran bel da fare a toglierlo dall'acqua e, una volta sulla spiaggia, urgeva un servizio di vigilanza sempre attivo, perché veniva riattratto dalle onde come una piuma dall'aspirapolvere con totale incoscienza del pericolo, visto che ancora non sapeva nuotare.

Una mattina violò il divieto di rientrare in mare dopo neanche cinque minuti che ne era uscito, sfuggì allo sguardo del padre e corse incontro alla battigia. Chiara, nonostante stesse giocando con Livio sotto l'ombrellone, non lo perse mai di vista e lo scortò con gli occhi. Affidò il piccolo ad Angelo e lo seguì. Alessio mantenne l'equilibrio finché il livello dell'acqua gli superò le spalle. Chiara lo osservò muovere braccia e gambe per restare a galla rispondendo al suo istinto naturale che però non bastò e intervenne solo dopo averlo visto bere.

Lo sollevò tenendolo per le ascelle e lo portò al suo petto, impartendogli la sua prima lezione di catechismo:

«Sai amore, Dio fa così con i suoi figli. A volte permette che vadano con la testa sott'acqua perché imparino a nuotare. Permette che vadano a fondo solo per poterli portare in alto. Oggi forse sei troppo piccolo» gli assicurò «ma un giorno lo capirai».

Starà cercando il suo tesoro nascosto? Più che una domanda era una speranza, che si insinuava nella mente di Chiara, tra l'incoscienza e la lucidità, relegata a pochi minuti, tra uno svenimento e un risveglio in stato di shock. Il corpo era fortemente compresso da sabbia, pietre e cemento, non aveva alcuna capacità di movimento. Era immobilizzata sotto terra da più di quattro ore e se provava a gridare la voce si fermava alla gola, come uno scalatore che giunge a fatica a un passo dalla cima, ma poi si lascia andare giù, stremato, nel vuoto del silenzio.

«Dov'è mio marito? Dove sono i miei figli?» Non ne sentiva le voci, poteva solo immaginarli e, nei pensieri che la tenevano sveglia, in uno stato vagamente somigliante alla ragione, vedeva il suo bambino più grande trattenere il fiato per cercare qualche tesoro sommerso.

Sopra di lei, sul nuovo suolo che altri calpestavano alla ricerca di chi ce l'aveva sulla testa, aumentava il numero di persone e quello dei mezzi di soccorso, si infoltiva la lista dei morti e dei feriti che venivano estratti, arrivavano giornalisti a cui i sopravvissuti raccontavano l'accaduto, condito di straziante disperazione:

«Ho perso amici, parenti, la casa, tutto, ma basta guardarsi attorno per capire che cosa è successo».

Erano le persone del posto, impiegati, operai, medici, commercianti, che, con l'aiuto degli uomini della protezione civile, soccorrevano i residenti estraendoli vivi dai punti in cui solo loro sapevano dove cercare, perché li conoscevano. Fu proprio grazie ad alcuni giovani residenti che vennero soccorsi alcuni disabili imprigionati nelle rovine delle loro case. Qualcuno, nonostante il prodigarsi di tanti volontari, percepiva l'abbandono delle istituzioni:

«Non abbiamo referenti. Non sappiamo a chi chiedere qualcosa, qui non c'è un responsabile. Siamo abbandonati a noi stessi, le nostre case non ci sono più, i nostri...».

Non si sa chi o cos'altro volesse includere nell'elenco dei mancanti, perché scoppiò a piangere prima di finire la frase. Il suo appello fu raccolto, a distanza, dalla rappresentante dello Stato evocata, la presidente della Provincia de L'Aquila che descriveva ai media lo scenario sempre più agghiacciante:

«Ci sono cadaveri avvolti in lenzuola, nel loro sudario, stesi su un prato. Fa molto caldo, sembra uno scenario di guerra. Mi dicono di moltissime persone sotto le macerie».

Una di queste respirava ancora a fatica, con la gola raschiata dalla terra e il naso occluso dalla sabbia. Chiara si chiedeva se avrebbe mai più rivisto la luce del sole, almeno senza doversi sporgere da una nuvola e, soprattutto, se avrebbe mai più rivisto chi amava.

«Dov'è mio marito? Dove sono i miei figli?» Continuava a

ripeterselo sforzandosi di sentirne testimonianza dalla voce dei soccorritori, che, però, si perdevano nel frastuono del giorno. Se non ci fossero stati i mezzi meccanici, i cani che abbaiavano e le strazianti grida di chi rinveniva parenti senza vita, forse avrebbe udito la voce del vigile del fuoco che aveva trovato un bambino:

«Anzi no, sono due. Sono abbracciati».

16

Si era coperto bene, Matteo. Aveva tenuto la guardia alta, affondando qualche colpo di felicità, ma quello che aveva davanti era un picchiatore capace di cambiare l'andamento del match con un solo pugno, come quello che lo scaraventò contro le corde all'inizio di gennaio del 2017. La leucemia si era diffusa a livello delle ossa, sotto forma di vere e proprie metastasi, tipiche dei tumori solidi. Colpì femore, tibie, osso sacro e scapole, provocando lesioni molto dolorose.

Matteo non riusciva ad alzarsi dal letto e l'unica distrazione dalla sofferenza era la presenza di Giulietta che veniva a trovarlo quotidianamente in ospedale. Passava con lui intere giornate, cercando di lenire le sue pene con la dolcezza di carezze e attenzioni. Era solo, però, la notte in cui avvertì un nuovo dolore, così intenso da piegarlo in due e togliergli il fiato. Non riusciva a chiamare l'infermiera e doveva ricorrere al pulsante che avrebbe rilevato la richiesta di soccorso all'infermiera di turno, ma per premerlo doveva muovere il braccio sollecitando le scapole ed era per lui un'impresa titanica.

Ci arrivò come un naufrago che tocca la riva dopo aver rischiato di annegare, stremato da un'intera notte a nuotare in un mare infestato dagli squali.

Lo portarono subito in chirurgia. Aveva un blocco intestinale. La leucemia può essere definita un tumore liquido, che circola nel sangue con le sue cellule malate. Può però accadere che queste si raggruppino, assumendo una forma solida. È ciò che era accaduto a Matteo. Le cellule avevano formato una specie di manicotto, infilandosi tra il duodeno e l'ileo, ostruendone il passaggio, un vero e proprio blocco intestinale. Ancora una volta era al tappeto, ma sembrava volerci restare. Non riusciva a tirarsi su, aveva chiuso gli occhi e l'arbitro aveva iniziato il conteggio. Arrivò quasi a completarlo e solo un intervento chirurgico urgente riuscì a farglieli riaprire, terminato l'effetto dell'anestesia.

«Ti abbiamo fatto una ileostomia» gli spiegò il chirurgo.

«Una che?» chiese pur non essendo più molto interessato a conoscere i dettagli dei trattamenti che riceveva o, visti gli effetti prodotti, che doveva subire.

«Una tasca esterna, impermeabilizzata, collegata all'intestino con un tubicino di pochi centimetri sopra l'occlusione. In questo modo viene fatto defluire il materiale intestinale che altrimenti, accumulandosi, ti porterebbe guai seri.»

«Io, però, sto ancora male» lamentò. «È normale?»

«No» ammise il medico. «A parte i sintomi postoperatori, non dovrebbe essere così. Oggi farai un nuovo esame dell'emocromo in reparto e vediamo che dice il dottor Di Bartolomeo.»

Il dottor Di Bartolomeo terminò di leggere il referto con le mani nei capelli. I globuli bianchi erano saliti a centomila. Un'enormità, rispetto al livello normale compreso tra quattro e diecimila. Emoglobina e piastrine, al contrario, precipitati. La recidiva leucemica era arrivata al midollo osseo. Il disastro era totale.

Tentammo di arginare l'avanzata leucemica con cicli di chemioterapia, il che era come cercare di fronteggiare un carro armato con la fionda. Tentammo anche una terapia sperimentale con un farmaco innovativo, più che altro per dare al ragazzo la sensazione che non ci arrendevamo, cercando di infondere anche in lui la stessa reazione. Matteo era molto forte, ma altrettanto intelligente e raccolse in una lettera per i genitori e una sorella la consapevolezza che il match stava per concludersi:

Iniziare questa lettera non è per niente facile...
Sono tantissime le cose che vorrei dire a ognuno di voi, per questo non voglio saltare neanche un minimo tassello della mia vita.
Mamma, sei stata la persona che mi ha donato la vita e non potrò mai smettere di ringraziarti per questo. Anche se hai commesso degli errori, io ti ho perdonato e mi pento di averlo capito troppo tardi, perché ti ho voluto sempre un mondo di bene dentro di me, mi dispiace per tutte quelle volte che ti ho respinta e allontanata e ti chiedo scusa per tutto questo. Io so che tu mi hai sempre amato da vera Mamma quale sei e ti prego di non far mancare mai niente a quei due angioletti che ti rimangono, so che questo lo farai senz'altro. Volevo solo dirti che ti ho sempre voluto bene anche se questo già l'ho detto, però lo ripeto perché mi sembra sempre poco per te.
Papà, non ci sono parole per descrivere il legame che ci legava, sei il Papà che ogni figlio avrebbe desiderato, non mi hai mai fatto mancare nulla e mi hai fatto girare il mondo in lungo e in largo per come hai potuto e sempre a modo tuo, che era la cosa che più mi piaceva. Ti ricordi quando in vacanza a Sharm mi lasciasti dormire in camera e mi venne a svegliare l'egiziano e io sono corso subito da te piangendo e tu che ridevi? Quanti abbracci ci siamo dati per svariati motivi, impossibile ricordarmeli tutti, però riesco a sentirli dentro di me e penso che me li porterò sempre con me, ovunque io vada. Come hai detto tu, forse un giorno ci rivedremo e lì nessuno potrà più impedire di abbracciarci.
Viviana, vederti crescere è stato lo spettacolo più bello della mia vita, anche se questo già te l'ho detto. Per me eri più di una sorella, eri una spalla su cui piangere, un'amica, una compagna di giochi (che se quel gamecube potesse parlare... ahahah), quanto ci divertivamo a casa dei nonni, correndo a destra e sinistra per tutto il giardino facendoli impazzire, poverini. Ti ho voluto un mondo di bene e rimarrai sempre in un pezzetto del mio cuore.

Restò in ospedale per tutta l'estate. Dovevamo fare uso di grosse dosi di morfina per lenire i suoi dolori.

Un giorno mi chiese: «Paolo caro, mi spieghi perché devo soffrire così tanto?».

Mi feci coraggio e gli parlai apertamente:

«Matteo, la tua domanda è legittima e non ti nascondo che è anche la mia. Da tempo mi interrogo sul senso della vita e sul senso più profondo delle tante sofferenze che ormai da anni stai vivendo. Non voglio farti un sermone, non sono la persona adatta, ma voglio dirti molto semplicemente che vi sono due modi di leggere i fatti che ti stanno succedendo. Se leggiamo la storia che Dio ha fatto con te da un punto di vista umano o laico che dir si voglia, la risposta è semplice. Dio non c'è, non esiste e ammesso che ci sia è un Dio che non ama gli uomini visto che fa soffrire in questo modo assurdo un giovane così pieno di vita come Matteo. Da questo punto di vista, Dio è stato un vero e proprio fallimento, anzi un mostro. Ma c'è un altro modo di interpretare la storia ed è quello spirituale o divino che dir si voglia. Nel discorso più rivoluzionario della storia, il discorso sul monte delle beatitudini, il *poema dell'amore divino* come lo definì un noto santo, Gesù Cristo disse: "*Beati quelli che sono nel pianto perché saranno consolati*". E allora io penso che Dio ti sta provando duramente perché ti sta preparando all'incontro più importante della tua vita, l'incontro con Lui. Ognuno di noi nasce con una missione, un compito da svolgere e tu la tua missione l'hai compiuta pienamente perché sei stato una luce splendente per tante persone a partire dai tuoi genitori, dalle tue sorelle, dalle tante persone che hai incontrato, me compreso. La tua bellezza, quella che hai dentro di te e che si sprigiona di fuori e inonda chiunque ti veda, mi ha inebriato. Dio ti ama profondamente e non vuole il tuo male. Non ti dimenticherò mai, Matteo mio».

Mentre ascoltava, Matteo mi strinse fortemente le mani e pregammo insieme a voce alta. Non sapevo quanto tempo sarebbe rimasto ancora in piedi, poteva crollare da un momento all'altro e io sentii il bisogno di comunicargli i miei sentimenti:

«Matteo, amico e fratello mio carissimo, ti ringrazio dal profondo del cuore perché l'amore per la vita che manifestano i tuoi occhi ha arricchito la mia esistenza e la mia professione. Sarai con me, sempre».

«Sono commosso» replicò senza perdere l'umorismo «vorrei poter piangere, ma sai, le mie ghiandole lacrimali sono asciutte e non producono nulla. Ora, però, ci penso io.» Prese il suo inseparabile collirio, mise lacrime artificiali in abbondanza nei suoi occhi e fummo pari:

«Mi hai fatto commuovere, vedi? Ora piango anch'io».

Matteo era diventato molto debole. La campana era suonata. La dodicesima e ultima ripresa era terminata. Matteo aveva combattuto come un leone dal primo secondo della prima e se ci fosse stato un briciolo di umanità nella bestia che lo aveva affrontato, gli avrebbe stretto la mano dicendogli che avrebbe dovuto vincere lui, sarebbe stato più giusto così. La vita, però, non è sempre giusta, almeno non questa, non quaggiù. L'arbitro disse che era finita. Si aspettava solo il verdetto del Giudice e il ragazzo lo attese a casa, in compagnia dei suoi cari e, soprattutto, di Giulietta, che gli fu sempre accanto, facendo sì che il sole non tramontasse mai, nemmeno nei giorni peggiori, senza che almeno un sorriso gli partisse da dentro per andare ad abbracciarla. Riusciva a provare gratitudine dove avrebbero dovuto esserci solo lamenti, riusciva a provare persino allegria dove c'era solo dolore. Riusciva a sentire la vita dove stava arrivando la morte.

Con un eccezionale ribaltamento del cuore, un giorno prese il telefonino e volle registrare un videosaluto per gli amici, accanto alla fidanzata. Tornò nei panni dell'orso, vicino alla sua luna, e cantò come loro:

È stato divertente giocare in allegria
c'è un solo inconveniente: che il tempo vola via.

Poi aggiunse il resto dei versi che non aveva mai intonato con lei, lasciando la speranza di un arrivederci, chissà quando, chissà dove:

Addio, addio, amici addio
noi ci dobbiamo lasciare

ma hey io dico che è ok
io non vedo l'ora di tornare
voglio ritornare
addio addio, amici addio, ma venite domani da noi
la luna e l'orso della casa blu torneranno per giocare con voi,
ciao ciao, Luna

«Ciao Orso. Ciao amore mio.»

Lei glielo disse piangendo, la mattina del 27 agosto. Due giorni prima comparve una difficoltà respiratoria ingravescente. I suoi polmoni faticavano dannatamente a fornire ossigeno agli organi. Una macchina respirava al posto suo e pompava ossigeno a tutta manetta nei suoi polmoni.

Matteo era salito in sella alla sua moto e si allontanò verso il cielo. Senza più tunnel, senza più strade buie. Erano tutte illuminate dall'amore che aveva dato e da quello di chi lo aveva conosciuto. Chissà se almeno per andare lassù avrà preso la patente giusta.

Il giorno dopo me ne stavo nel mio studio in ospedale e ripensando alla vita di Matteo, mi veniva in mente un personaggio del Vecchio Testamento che mi ha sempre affascinato: Giobbe. La fede incrollabile di quest'uomo, definito giusto nel libro biblico che porta il suo nome, fu messa duramente alla prova con una serie interminabile di sofferenze di ogni tipo, di fronte alle quali lui non reagì mai bestemmiando Dio ossia parlando male di lui. E alla fine Giobbe viene premiato perché Dio lo reintegra nella salute e nella fortuna economica e familiare donandogli nuovi figli e ogni benessere, il che equivale a dire che Giobbe entra nella vita eterna. Matteo in fondo aveva agito allo stesso modo, non si era mai ribellato alla storia, alla volontà di Dio nella sua vita. Euripide, che era vissuto circa quattrocento anni prima di Cristo, in uno dei suoi celebri drammi disse: *chi può sapere se il vivere non sia morire e il morire non sia vivere?* Facevo mio questo interrogativo chiedendomi: chi può dire se Matteo ora che è morto ha iniziato la sua vera vita? Nessuno mai è tornato dal mondo dell'aldilà per darcene certezza e testimonianza. Per togliermi ogni dubbio, dicevo tra me e me, dovrei mettermi alla prova e sperimentare di morire, ma non è il caso che lo faccia adesso, vorrei attendere ancora del tempo.

17

Resta di stucco, è un barbatrucco.

Livio poteva piangere, strepitare, lamentarsi e fare capricci, ma con questa formula magica si placava istantaneamente e ti arpionava con occhi curiosi che aspettavano il seguito. Era incantato dai Barbapapà, un cartone animato degli anni Settanta che ha resistito alla concorrenza delle immagini computerizzate imperanti del ventunesimo secolo. I personaggi, una famiglia piriforme di composizione ignota, anticipava le trasformazioni con questo annuncio assumendo qualunque forma e dimensione volesse, da uno strumento musicale al ponte sullo stretto di Messina.

Quando Livio doveva fare le vaccinazioni o i prelievi del sangue, scalciava come un purosangue finché la mamma non faceva partire una puntata da YouTube mostrandogliela sul telefonino. A quel punto lo si poteva anche operare di appendicite senza anestesia perché non se ne sarebbe accorto.

Angelo prese in mano una candela accesa sedendosi sul comodino della camera da letto e chiese di indovinare:

«Cosa sono?».

«Una lampada» indovinò il bambino rilanciando: «Adesso mamma?».

«Resta di stucco» obbedì Chiara «è un barbatrucco.»

Bisbigliò qualcosa nell'orecchio del marito e del figlio più grande, poi si mise a carponi. Alessio le si sedette sulla sua schiena, con le gambe che pendevano da un lato, Angelo, invece, finse soltanto di fare lo stesso dall'altro lato.

«Bip biiiiip» rumoreggiò Chiara, porgendo al piccolo la soluzione: «Sei una macchina».

Alessio fece una capriola verso i piedi del papà, che finse di calciarlo facendogliene fare un'altra verso la mamma.

«Sei un pallone!» e rideva.

I Barbapapà abitavano l'universo parallelo in cui il bambino si chiudeva con la fantasia, trovando riparo dalle paure, anche quando non si trattava di una puntura.

In famiglia c'era un'aria tesa quando Chiara scoprì di avere la leucemia. Angelo fu sorpreso a piangere dai figli quando era in casa solo con loro e confessò la preoccupazione per la mamma, spiegando solo che non stava bene.

«Non può fare una puntura?» domandò Alessio.

«No amore» gli fece sapere il padre «non è sufficiente.»

«E cosa ci vuole?» intervenne Livio.

Angelo non aveva idea di quanto potesse far sapere loro, né tantomeno come, così semplificò il più possibile:

«Le serve un nuovo midollo. Un tessuto del nostro corpo che contiene milioni di cellule che stanno alla base della vita. Glielo darà lo zio, così poi mamma starà bene».

Non appariva troppo convinto di quest'ultima parte e i bambini, per quanto avessero solo tre e quattro anni, compresero che si trattava più di una speranza che di una certezza, ma il più piccolo dei due pensò di risolvere la situazione sorprendendo la mamma appena rincasata.

«Mamma, mamma!» le andò incontro.

«Ho una cosa per te che ti farà guarire. Resta di stucco, è un barbatrucco.»

Le si aggrappò al petto come un koala all'eucalipto, e con la bocca vicino al suo orecchio le sussurrò la spiegazione:

«Sono un midollo, un midollo nuovo».

Fortunatamente non ce n'era bisogno. Quello del fratello Dario Emilio bastò a restituire a Chiara i valori ottimali e le trasformazioni dei Barbabapà di Onna si poterono quindi limitare a riflettere le immagini della loro creatività, come quella domenica delle Palme in cui tornarono dalla gita in montagna.

«Resta di stucco, è un barbatrucco» fece Alessio piegandosi con le ginocchia per terra e la schiena che faceva da tetto.

Livio gli stava alle spalle, dritto e completamente irrigidito, tranne il braccio destro che restava teso in avanti e si muoveva con la rotazione del busto, appoggiando oggetti sul dorso del fratello.

«Resta di stucco mamma, cosa siamo?»

«Siete due bambini che devono fare la doccia e andare a nanna» dichiarò Chiara col sorriso.

«La casa e la gru la fate domani» commentò Angelo.

Lavato e profumato, Livio stava nel letto accanto a sua mamma con i suoi personaggi preferiti sul pigiama. Sul petto c'era disegnata tutta la famiglia dei Barbapapà.

«Trasformati, amore mio» sperava Chiara sotto le macerie. Con il corpo immobile, muoveva i pensieri e faceva loro prendere la forma delle sue preghiere.

«Diventa la gru che facevi ieri sera, prendi la forma di qualunque cosa ti tenga sveglio. Prendi la forma di qualunque cosa ti tenga vivo.»

Niente, però, aveva più una forma riconoscibile a Onna.

Le macchine erano sepolte sotto montagne di detriti. Dove prima c'erano dei palazzi, si ergevano montagne di cemento, sabbia, travi di legno. Era un luogo spettrale ridotto in pietre. Ai soccorritori che arrivavano da fuori parve di trovarsi tra i resti di un'antica civiltà greca o romana, nella migliore delle prospettive. Per tutti gli altri, invece, non era più di una grande discarica a cielo aperto, un cielo impietoso che l'aveva sommersa di polvere e di morte.

A una ventina di metri da Chiara, un uomo intento a scavare chiamò i volontari sanitari che accorsero con una barella:

«C'è un bambino, venite!».

«Anzi no» si corresse «sono due. Sono abbracciati.»

Indossavano il pigiama. Su uno, c'erano disegnati i Barbapapà.

18

«Dottore, si ricorda che un giorno, prima di entrare in camera sterile, mi raccontò la storia di quel ragazzo al cui matrimonio aveva partecipato? Quelli che si erano conosciuti alla Fontana di Trevi... come si chiamavano...»

Stefania e Valerio portarono Samuele a fare un controllo e, rinfrancati dai responsi positivi, divagarono sguinzagliando la memoria che fiutò una storia rimasta in sospeso e che io, su invito della donna, raccolsi:

«Giulio» indovinai al primo tentativo.

«Sì, Giulio» rammentò anche lei, rivolgendomi lo stesso quesito di allora: «E poi? L'ha più visto? Ora me lo può dire com'è proseguita la sua storia?».

Le riportai quello che sapevo:

«Giulio ha smesso di soffrire».

Dopo il matrimonio, le condizioni cliniche di Giulio si aggravarono. Sopravvennero prima nuove infezioni batteriche e micotiche, poi altre di tipo virale che tenevano in bilico la sua permanenza sulla terra, spingendola più volte verso la fine. Nel 2009 fu ricoverato d'urgenza per una polmonite da micobatteriosi e una setticemia da stafilococco che fecero temere il peggio, ma era solo una delle esperienze aggiunte al già ricco curriculum di malattie che comprendeva due infezioni da citomegalovirus, due da virus erpetico e una progressione del virus B dell'epatite con alti livelli di replicazione, che aveva provocato un'epatite cronica severa. Un palmarès di tutto rispetto se si voleva ambire al Nobel della sfortuna, ma Giulio si sarebbe accontentato di un'esistenza eccezionalmente ordinaria, fatta di famiglia e lavoro. Se la fede gli faceva vivere la prima con pienezza e speranza, per il secondo non bastavano l'amore e la preghiera. Non poteva avere un'occupazione stabile per via dei lunghi periodi di ricovero, delle inoperose degenze domestiche su cui gravava il consumo di farmaci anche debilitanti. Gli uomini che invidiava, alla sua età, controllavano l'agenda durante la giornata. Lui faceva la spunta delle medicine da assumere: antibiotici presi, antimicotici ok, antivirali dopo. Questo, ovviamente, aveva delle ripercussioni sul piano economico, perché anche Linda, che doveva accompagnarlo in ospedale e assisterlo nelle terapie, poteva portare uno scarso apporto al bilancio di casa.

«C'è da pagare il bollo» osservavano con mestizia e calcolatrice in mano.

«Sì, ma anche l'affitto e la bolletta della luce.»

«Pensiamo alle utenze e prendiamo tempo per il bollo.»

I bolli divennero due e poi tre. Un agitato pomeriggio in codice rosso fece dimenticare l'auto in sosta, oltre l'orario per cui era stata pagata, e all'uscita dall'ospedale, quando Linda aveva appena finito di asciugarsi le lacrime, dovette rimettere mano ai fazzoletti per un bentornata da sessanta euro trovato sotto il tergicristallo.

Gli amici, la comunità cristiana di cui facevano parte e i parenti, sopperivano spesso alle loro carenze materiali con donazioni di vario genere ed entità, da soldi contenuti in buste anonime a buoni spesa lasciati nella casella della posta. La coppia, tuttavia, non fondava la propria serenità sull'avere, ma sulla fiducia in Dio. Erano certi che Lui avrebbe provveduto al loro sostentamento e al loro futuro, insieme. Ne ebbero un segno tangibile nel febbraio del 2009.

«Linda, tesoro» la chiamò lui dalla camera da letto «mi porti la pastiglia e da bere per favore?»

«Arrivo» gli annunciò lei, presentandosi poco dopo con un vassoio su cui era appoggiata la pillola e l'acqua, ma contenuta in due flûte.

«E questi bicchieri?» fece Giulio stupito e preparandosi a esserlo ancora di più.

«Dobbiamo festeggiare. Aspetto un bambino.»

La gratitudine dello sposo raggiunse livelli celestiali, letteralmente, perché durante la gravidanza della moglie completò gli studi di scienze religiose, grazie ai quali ottenne il grado di accolito nella propria comunità parrocchiale, divenne cioè un ministro di culto che può accompagnare il sacerdote nelle funzioni. Furono mesi di insolita tranquillità, fatta eccezione per qualche raccomandata in busta verde inviata dall'Agenzia delle Entrate che intimava il pagamento dei bolli arretrati e della multa, per non incorrere nel fermo amministrativo preannunciato. Con le spese istruttorie e gli interessi di mora, il debito era di quasi cinquecento euro.

«Stavolta dobbiamo pagare» consigliò lei.

«Sì» ragionò lui «hai ragione. Ma sono tutti i soldi che abbiamo e ci dovremmo pagare l'affitto. Siamo già indietro di due mensilità e un terzo insoluto farebbe scattare lo sfratto.»

«E che succede se, invece, scatta il fermo amministrativo?» si informò Linda preoccupata.

«Non possiamo usare l'auto» dedusse anticipando il seguito con un sospiro. «Altrimenti, se ci fermano, viene sequestrata.»

«Dunque che si fa?»

Bisognava fare una scelta e le possibilità, viste le risorse, erano solo due: pagare il bollettino dell'Agenzia delle Entrate o l'affitto. Linda optava per una decisione basata sulle priorità temporali:

«L'intimazione dell'Agenzia delle Entrate è già arrivata. Quella per l'affitto no e magari riusciamo a evitarla. Io dico di pagare la cartella esattoriale».

Giulio, invece, assegnava le priorità in base alla gravità delle conseguenze:

«Se non paghiamo l'affitto ci sbattono fuori di casa. Se non paghiamo la cartella non succede niente, useremo i mezzi pubblici. E se fossimo costretti a usare comunque la macchina, dovremmo comunque essere fermati da una pattuglia dei vigili».

«D'accordo» convenne lei per praticità, pur sapendo che uno qualunque dei due debiti non saldati avrebbe potuto creare problemi pratici, oltre a quelli morali che le causavano profondo disagio. Erano persone corrette che assolvevano i propri obblighi, ma se spremi un limone secco non esce nemmeno una goccia e le loro finanze erano agrumi ormai privi di polpa.

Riuscirono comunque a racimolare abbastanza per pagare l'affitto in scadenza e quello dei tre mesi successivi, oltre che le bollette, le medicine e i generi alimentari di prima necessità, arrivando così tranquillamente alla metà di novembre, quando Linda, un pomeriggio, perse le acque in casa.

«Dobbiamo andare in ospedale, di corsa.»

Giulio era emozionato e agitato nello stesso tempo. Seguì da manuale i consigli del corso preparto, sforzandosi di mantenere la calma, quindi prese la borsa per il ricovero già preparata dalla moglie e la sostenne con il braccio attorno alla vita scendendo le scale, fino alla fermata dell'autobus.

La macchina era inutilizzabile per il fermo amministrativo che nel frattempo era stato loro notificato e l'ipotesi di un taxi non era neppure stata presa in considerazione per via del costo.

Dopo quindici minuti alla fermata, però, nessun mezzo pubblico si affacciava all'orizzonte e Linda continuava a storcere la bocca, toccandosi la pancia, per le contrazioni. Poi furono raggiunti da una notizia inattesa che arrivò per bocca di un'anziana signora che si lamentava, davanti a loro, con due pesanti buste della spesa tra le mani:

«Dannato sciopero dei mezzi».

«Chiamiamo un'ambulanza» suggerì lei tra i denti stretti dal dolore.

«Sì» commentò lui «chissà quando arriva.» Poi, con coraggio, trovò una soluzione:

«Vieni tesoro, prendiamo l'auto».

«E il fermo?» obiettò lei timidamente.

«Chi vuoi che ci fermi con questo traffico? Respira amore, respira.»

Giulio alternava la vista della strada a quella della moglie, muovendo ripetutamente il capo e pregando ad alta voce:

«Signore, ti prego, apri il traffico come facesti con il Mar Rosso. In fondo siamo figli tuoi, come lo era Mosè».

Giulio, però, non aveva il bastone della guida di Israele. Non era Mosè e il muro che aveva davanti non era fatto d'acqua, ma di tante lamiere a motore tutte accodate. Dopo dieci minuti di immobilità, Giulio sterzò leggermente sulla destra, occupando una pista ciclabile per valutarne la percorribilità, incorrendo nell'attenzione di una pattuglia di vigili, senza accorgersene.

«La polizia!» notò Linda «dev'essere successo qualcosa.»

Giulio inquadrò la macchina coi lampeggianti accesi nello specchietto retrovisore e corresse la moglie:

«Non è la polizia. Sono i vigili e ce l'hanno con noi».

«Figlioli, questa è l'ultima ora. Come avete udito che deve venire l'anticristo, di fatto ora molti anticristi sono apparsi. Poiché molti sono i seduttori che sono apparsi nel mondo.»

Una domenica, in chiesa, il parroco lesse questi versi dalla prima e dalla seconda lettera di Giovanni facendo riflettere i fedeli sulla figura dell'anticristo e su come si presenterebbe: una persona perbene, in apparenza filantropo, capace di ammaliare con una prospettiva di pace che, invece, si trasforma in resa all'iniquità.

Pensai che di figure così è davvero pieno il mondo, anche senza spessore spirituale. Sono capaci di sedurre con la verità che le persone in difficoltà bramano di sentire, ma una volta assuefatte, quando la assecondano, vengono proiettate nella fase più cruenta della guerra che stanno combattendo e finiscono per soccombere.

Il mondo è pieno di Gatti e Volpi che offrono ricchezza e popolarità a sventurati Pinocchio, finiti poi bruciati nel camino della droga. È colmo di lotterie legalizzate che invitano disperati in difficoltà economiche a giocarsi i pochi soldi che hanno per comprare un sogno di benessere, dal quale si risvegliano socialmente rovinati. È zeppo di onorabili figure professionali che vendono incoscientemente pericolose bugie, per leggerezza o incompetenza, acquistate per duecento euro a visita da malati gravi affamati di speranza.

Diagnosi inesatte, completamente sbagliate, che finiscono per andare di traverso agli sventurati che se ne ingozzano attratti dal profumo inebriante della guarigione agognata.

Era questo il caso di Marcello. Due rispettabili e riconosciuti professionisti gli avevano suggerito quello che lui voleva sentire: non fare niente, passerà.

Invece non era passato affatto e la situazione fu compromessa. Comunque sia Marcello era in terza remissione e bisognava fare il trapianto con urgenza. Marcello fu ricoverato al Centro Trapianti in camera sterile. Una volta completata la chemioterapia di condizionamento ad alte dosi con thiotepa, busulfano e fludarabina, Marcello fu trapiantato con le cellule staminali periferiche del fratello Antonio il 19 giugno del 2014. Il decorso post-trapianto fu assolutamente privo di complicazioni al punto che la dimissione avvenne dopo appena quattro settimane. Tutto si era svolto in assoluta tranquillità. Passarono tuttavia solo quattro mesi e al controllo routinario di ottobre di nuovo e per l'ennesima volta, la terza dall'inizio della malattia, la leucemia si riaccese a livello molecolare. Fu una notizia terribile per Marcello che aveva riposto ogni speranza nel trapianto.

«Ce la facciamo» si ripeté più volte davanti allo specchio, una mattina di novembre in cui erano fissati gli esami di controllo. «Ce la facciamo, forse ce la facciamo davvero.»

«Non ce l'abbiamo fatta» osservai sconfortato leggendo le analisi. «La leucemia si è riaccesa a livello molecolare.»

Si accasciò sulla sedia, abbattuto dalla notizia.

Corremmo ai ripari con una terapia a base di ATRA e ATO, ma fu del tutto inutile. I famigerati blasti leucemici ripopolarono il midollo. Era in atto una vera e propria recidiva ematologica, la situazione era disperata e lo fu ancora di più quando la successiva terapia, con triossido di arsenico e idarubicina, non sortì alcun effetto. La bestia era ormai refrattaria e resistente a ogni terapia.

Lo invitai nel mio studio per parlargli:

«Hai fatto una cazzata e adesso ti restano pochi giorni di vita».

Questo avrei voluto dirgli, arrabbiato più con gli altri che con lui, con chi aveva l'autorità e la posizione per convincerlo a fare il trapianto e non lo fece, scaraventandolo in quest'incubo.

Fui però meno istintivo e forse anche meno sincero. Più che la sua guarigione ormai seriamente improbabile, mi premeva offrirgli una speranza che rendesse meno amaro il tempo che lo separava dall'inevitabile. Inoltre, mi rimproverai, chi ero io per non credere anche a una sola misera briciola di probabilità di successo?

«La situazione è piuttosto complicata, ma non dobbiamo arrenderci, possiamo farcela» gli dissi per dargli coraggio. E poi aggiunsi:

«Ti faremo un trapianto che viene definito sequenziale. In pratica ti faremo un ciclo di chemioterapia e, quando il midollo sarà distrutto, ti daremo una nuova chemioterapia di condizionamento, a cui farà seguito il trapianto con le cellule midollari di tuo fratello Antonio. Lui è ben contento di aiutarti di nuovo e noi tutti siamo qui a sostenere la tua causa».

Si alzò, mi strinse la mano e con mansuetudine mi affidò le chiavi della sua cura:

«Facciamo quello che ritiene giusto, dottore. Mi fido di lei. Stavolta solo di lei. Spero davvero non sia troppo tardi. Sono pronto ad affrontare questa nuova battaglia. Il mio pensiero fisso è per mio figlio e per tutti i miei cari. Per loro desidero lottare».

Parlai con Arianna, con la mamma e con il fratello di Marcello e con loro fui molto esplicito, non potevo fare diversamente.

«Questo è un tentativo che va oltre la disperazione. In casi come questo ossia di malattia resistente alla chemioterapia solo il 2% dei pazienti trae beneficio dal trapianto. Ma non abbiamo altre risorse.»

Seneca disse a Nerone: «Il tuo potere ha origine dalla mia paura. Se io non ho paura, tu perdi il potere».

Marcello era il filosofo e aveva offerto un enorme potere all'imperatore della malattia con la sua paura. Scaricandosene in quel momento, la forza della leucemia non sarebbe diminuita, ma gli avrebbe comunque ossigenato il cuore.

Le sue preoccupazioni, infatti, erano tutte per il figlio e per la moglie. Chi avrebbe accompagnato Luca all'età adulta? Chi lo avrebbe sostenuto con i consigli e l'appoggio paterno nella sua graduale metamorfosi da bambino a uomo? Erano tutte per Arianna. Chi avrebbe ballato il tango con lei? Chi l'avrebbe fatta volteggiare tra le braccia, accompagnandola nel conclusivo casqué della vita? Il suo pensiero era per i suoi cari, per suo fratello, per i suoi genitori.

Terminata senza problemi la preparazione con la chemioterapia, Marcello aveva sviluppato una resistenza inaspettata sia fisica che mentale che gli permise di arrivare serenamente al secondo trapianto, all'inizio di maggio. Come da protocollo, era previsto l'espianto delle cellule midollari dal donatore. Alle 8 del mattino Antonio fu prelevato nella sua camera di degenza e caricato su una barella per essere portato in sala operatoria. Passando davanti alla camera sterile dove era ricoverato Marcello, in isolamento, chiese di poterlo salutare.

Gli operatori accolsero la richiesta, intuendo che aveva in serbo una sorpresa. Tirò fuori dalle lenzuola una foto in cui lui che aveva sei anni teneva in braccio il fratello che di anni ne aveva uno e gliela porse:

«In braccio ti tenevo quando avevi un anno e in braccio ti tengo ora che ne hai trentadue. Dai, che insieme ne usciremo vincitori, fratello mio. Ti voglio un bene immenso».

L'espianto fu rimandato di qualche minuto. Lasciando galleggiare Marcello nel suo mare di lacrime, noi tutti dovemmo asciugare le nostre.

Nel pomeriggio, il nostro paziente fu trapiantato per la seconda volta.

«Buongiorno. Ben svegliato!»

Aveva appena aperto gli occhi e il pensiero andò subito al donatore delle nuove cellule che gli circolavano da poche ore:

«Come sta mio fratello?».

«Sta bene. Marino sta molto bene» lo rasserenarono le infermiere, che spostarono prontamente l'attenzione sul suo stato: «Tu, piuttosto, come stai?».

«Ho un po' di mal di testa.»

A parte questa lieve e naturale conseguenza dell'infusione del nuovo midollo, Lorenzo era tranquillo e i parametri erano tutti nella norma. Bisognava solo aspettare e sperare che attecchisse il midollo compatibile solo per metà e nei primi due mesi il decorso fu soddisfacente, a eccezione di una lieve reazione del trapianto contro l'ospite a livello cutaneo che non impedì la dimissione.

Qualche tempo dopo, una mattina andò al supermercato, nonostante avvertisse qualche sintomo influenzale. Pensava di avere un po' di febbre, ma neppure la provò, considerandola di poco conto. Mentre era in fila al bancone dei salumi, però, sentì accelerare il suo battito cardiaco e il respiro si fece affannato.

«Buongiorno» gli si rivolse il salumiere «cosa le do?»

«Cinque» fece lui, avviando un dialogo surreale.

«Cinque etti?» suppose l'altro. «Di cosa?»

«Verde.»

«Verde? Signore, si sente bene?»

«Sì, ma dov'è la Mesopotamia?»

Lorenzo era in stato confusionale. Vagò qualche minuto tra

i reparti con lo sguardo perso, poi cadde sulle casse d'acqua, provocando uno sconquasso avvertito da tutto il personale che, accorso, chiamò l'ambulanza.

Trasportato all'ospedale di Pescara a sirene spiegate, gli fu riscontrato uno shock settico e le analisi successive rivelarono che era causato dallo *Pseudomonas aeruginosa*, uno dei batteri più temibili.

Fu ricoverato d'urgenza con una grave difficoltà respiratoria e cardiocircolatoria. La pressione arteriosa era così bassa da non poter neppure essere rilevata.

Fu necessario applicargli un supporto respiratorio.

«La TAC del torace mostra la presenza di grossolane aree di infiammazione associata a un massivo versamento pleurico» spiegò frettolosamente il medico rianimatore ai familiari sopraggiunti immediatamente.

«Oltre allo shock settico da *Pseudomonas aeruginosa*, è presente anche un'infezione da virus HHV6» precisò, ma quel che arrivò ai presenti fu il seguito:

«La situazione è molto grave. Potrebbe morire da un momento all'altro».

Fu ricoverato in terapia intensiva, dove gli fece visita il suo amico e compagno di sventure Roberto, che avrebbe dovuto ricevere il trapianto dalla figlia una settimana dopo. Gli si avvicinò all'orecchio, implorandolo di restare con lui:

«Stai con me amico, non andare via, stai con me. Tu sei con me. Sei con me sempre e ci devi rimanere. La settimana prossima farò anch'io il trapianto e tu devi essere il mio testimone di vita. Io sarò il tuo e poi lo sarò anche delle tue nozze. Mi hai promesso che sarei stato il tuo testimone, non puoi tirarti indietro proprio ora. Ho già comprato l'abito».

Trovò anche la forza di scherzare, come facevano abitualmente tra loro per sostenersi a vicenda, tra battute e dimostrazioni di grande affetto, che Roberto continuò a dargli:

«Tu sei con me, Lorenzo. Resta con me, amico, resta con me».

*

«Buongiorno. Ben svegliato.»

«Come sta mio fratello?»

Chissà perché, si chiese l'infermiere, tutti quelli che ricevono il midollo dal fratello hanno lui come primo pensiero, forse ancora prodotto dal subconscio. Dev'essere l'effetto di un legame naturale inspiegabile scientificamente.

«Suo fratello Antonio sta bene» gli fecero sapere con un paio di passaggi tra camici bianchi.

Il controllo del midollo nelle settimane successive stava dando risultati sorprendentemente eccellenti. Ci illudemmo che in quel ristretto 2% di casi positivi da trapianti rientrasse anche Marcello.

L'illusione, però, durò soltanto un mese, perché il nemico era tornato nel suo midollo.

Una volta, su un canale televisivo chiamato Real Time, vidi un'auto che precipitava in un dirupo e nella sua discesa in aria si videro accendersi le luci dei freni, azionati dal conducente.

Un'azione disperata dettata dall'istinto che governa il nostro attaccamento alla vita.

A noi medici, talvolta, accade la stessa cosa. Premetti il pedale di un protocollo di immunoterapia sperimentale. Prelevammo ad Antonio i linfociti, li manipolammo in laboratorio al fine di renderli competitivi contro le cellule leucemiche e li infondemmo a Marcello. I freni, però, non arrestarono il suo destino e un'emorragia cerebrale interruppe le sue sofferenze.

Non potevamo sapere cosa sarebbe successo se avesse accettato di fare il trapianto quando c'era il 60% di probabilità di guarire. Di sicuro, però, sapevamo che in quel modo non avremmo avuto rimpianti e non ci sarebbe rimasta l'amarezza per quell'inganno letale di alcuni dei tanti aspiranti anticristo di cui il mondo si sta crescentemente popolando. Quelli che spacciano illusioni in probabilità fittizie, interessi in scatole di filantropia, inganni dentro pacchi speranze. Quelli che vendono la morte incartata nella luce.

*

«C'è un tempo per piangere e un tempo per ridere, un tempo per far cordoglio e un tempo per ballare.»

Dal terzo capitolo del libro dell'Ecclesiaste, il parroco estrasse questo primo verso che si conciliava perfettamente con gli stati d'animo che in quella stessa chiesa avevo provato. Le lacrime al funerale di Marcello avevano la stessa consistenza di quelle che stavo versando quel giorno, ma l'origine era diametralmente opposta. Quel pianto non era di cordoglio, ma di gioia. Ero festosamente emozionato per quell'evento a cui sentivo di aver dato il mio modesto contributo, grato di averlo offerto a Colui davanti al quale si ritrovarono i due ragazzi per cui Franca, la figlia di Roberto, stava intonando l'*Ave Maria* in sottofondo.

Suo padre fece quanto gli aveva richiesto con i versi della canzone che aveva scritto per lui e che gli cantò il giorno del trapianto, mentre era diretta in sala operatoria:

Sei mio padre e io ti devo tutto
siamo tralci della stessa vite
io mi aggrappo a te per dare frutto
ma tu aggrappati alle nostre vite.

Roberto ci aveva affondato le unghie e non le aveva più tolte. Sebbene quel tipo di leucemia avesse delle complicanze di notevole entità, sebbene la donatrice fosse compatibile solo al 50%, il trapianto riuscì alla perfezione, come quello dell'uomo che stava per fare la sua promessa:

«Vuoi tu, Lorenzo, prendere Claudia come tua sposa e promettere di esserle fedele sempre, in salute e in malattia, finché morte non vi separi?».

«Sì, lo voglio.»

19

«Patente e libretto per favore.»

Giulio scese dall'auto fornendo all'agente i documenti richiesti, poi tentò di giustificarsi per la manovra azzardata, pur sapendo che il pericolo maggiore veniva da quanto avrebbe scoperto dopo aver dettato i suoi dati alla centrale:

«Mi scusi agente, ma mia moglie ha le doglie. Dobbiamo raggiungere l'ospedale prima possibile».

L'uomo in divisa diede un'occhiata all'interno dell'abitacolo per verificare che non fosse un misero tentativo per scampare a una sanzione certa e ne accertò la veridicità. Poi, con i suoi documenti in mano, tornò nell'auto di servizio per fare una comunicazione via radio:

«Aspetti un attimo».

Tornò un minuto dopo con l'ordine che si aspettava:

«Accosti e spenga il motore. Non potete continuare con questa macchina».

Giulio tolse le chiavi dal quadro comunicando alla moglie il proprio sgomento, con lo sguardo che poi rivolse al cielo chiedendo al Suo proprietario perché stesse accadendo tutto questo. L'identikit di Dio, nell'immaginario collettivo, è di un uomo con la barba vestito di bianco. La divisa non si confà a una così alta autorità spirituale, eppure fu proprio con quella, secondo le sue convinzioni, che la sua richiesta fu soddisfatta:

«Salite sulla nostra vettura» proseguì l'agente «vi accompagniamo noi in ospedale».

Raggiunsero l'ospedale a sirene spiegate e, scortati dagli uomini della Polizia Municipale, fecero ingresso nel reparto maternità, dove poco dopo in sala parto nacque Samuele.

«Giuri!» mi sfidò Stefania. «Come nostro figlio?»

«Proprio così» asserii con un sorriso stupefatto. Non avevo mai riflettuto su questo dettaglio comune ai miei pazienti.

«Vuoi vedere» continuai «che diventa anche lui un genio della matematica?»

A causa delle terapie immunitarie, Samuele non poté ricevere le vaccinazioni obbligatorie per l'ammissione a scuola, così non frequentò mai la scuola materna. La mancata socializzazione del bambino ebbe su di lui l'effetto contrario della maggiore autostimolazione. Inventare costantemente nuovi giochi, trovare nuovi interessi, assecondare la fantasia e alimentare la curiosità ne accelerò e intensificò lo sviluppo neuropsichico, rendendo evidente la sua eccezionalità fin dai primi anni alle elementari, in particolare nell'area della matematica.

Un giorno, in quarta elementare, la maestra assegnò un consistente numero di operazioni e problemi, concedendo due ore di tempo per eseguirli.

«Dimmi, Samuele» si rivolse al bambino che si era avvicinato alla cattedra col suo foglio protocollo «cos'è che non hai capito?»

«Niente» si meravigliò lui «volevo solo consegnare il compito. Ho finito.»

Erano passati solo venticinque minuti. Quello che terminò dopo di lui, il primo tra gli altri, impiegò un'ora e quarantacinque.

«È tutto giusto» si complimentò l'insegnante sbalordita. Le bastarono pochi minuti per verificare i risultati e comprendere che si trovava di fronte a un bambino straordinariamente dotato e sensibile. Anche l'elaborazione e l'espressione del pensiero denotavano infatti un'acutezza fuori dal comune, tanto che la maestra di italiano custodì personalmente un suo tema di quinta, come esempio di rara profondità a cui, a suo dire, persino pochi adulti arrivano:

Alanno, 13 febbraio 2017
Sono nato il 9 giugno 2006, alle 13:45, nell'ospedale di Pescara. Mio padre aveva trentanove anni, mia madre trentatré. La mia infanzia non è stata piacevole, perché purtroppo all'età di tre mesi mi sono ammalato di una grave malattia: la leucemia mieloide acuta, una delle forme più gravi, e quindi ho vissuto fino a nove mesi in ospedale, in Ematologia, chiusi io e la mia mamma in isolamento senza mai uscire. A nove mesi poi ho fatto il trapianto di midollo osseo, ho trascorso altri cinquanta giorni in un altro reparto dove il mio papà non è mai potuto entrare, poi gli altri anni era un continuo di ricoveri, però devo dire che sia i miei genitori sia tutti i dottori e gli infermieri mi hanno sempre coccolato, mi riempivano anche di regali.
Ricordo anche che quando ero in isolamento, la mia mamma aveva tappezzato di disegni la mia cameretta e aveva incollato tantissime farfalle colorate alla finestra.
Venivano molti bambini alla vetrata e mi attaccavano i pelouche con le ventose, ne ho tantissimi, mi hanno scritto tante letterine, tanti disegni, che la mia mamma mi ha conservato in un bel bauletto.
Una cosa che mi piaceva molto è che due volte a settimana venivano i clown e mi facevano ridere tantissimo.
Quello che mi rendeva triste è che fino ai primi cinque anni di età non ho mai potuto giocare con altri bambini, è capitato pochissime volte però soltanto all'aperto e con la mascherina.
Ricordo benissimo il giorno che sono andato a fare una visita e il dottore disse alla mia mamma che finalmente potevo togliere la mascherina e potevo giocare in libertà con altri bambini, non riuscivo a crederci.
La prima cosa che fecero i miei genitori fu organizzare una mega festa con tutti i cuginetti, amici, piena di festoni, palloncini di tanti colori, ricordo che mi sono emozionato tanto e mi sembrava un sogno.

> A cinque anni ho iniziato una vita normale, soprattutto senza la mascherina, e poi finalmente ho potuto cominciare la scuola.
> Devo dire che quando nella vita accadono questi brutti episodi e si riesce a superarli ci rendiamo conto di quanto è bella e preziosa la vita.

Un bambino di undici anni che già sa riconoscere l'incommensurabile valore della vita, dopo aver maturato anche l'esperienza della sofferenza e del sacrificio, è davvero qualcosa che solo la vita stessa, nella sua ineffabile meraviglia, può spiegare. O forse, se parlasse, potrebbe farlo anche Einstein, l'aquila di pelouche da cui Samuele non si separa mai e che durante le prove staziona sui banchi con lui come elemento indispensabile al pari dei fogli e della penna, persino durante le Olimpiadi internazionali di matematica a cui ha partecipato. Nelle liste dei trenta migliori partecipanti, c'era anche il suo nome. Era abituato alle operazioni, ma l'ospedale non c'entrava più.

20

«Guardami, Regina!»

«Masha, per favore, pensa a nuotare.»

«Regina, guardami.»

«Masha, smettila. Sei qui per fare nuoto non per chiacchierare.»

Presa a discutere di home style con altre signore e a difendere la dignità di un soggiorno meritevole di un divano in vera pelle, la mamma di Masha aveva rivolto un'occhiata alla figlia di sei anni nella vasca della piscina, riprendendola per le divagazioni che annullavano l'utilità del corso. In realtà, però, ciò che le dava un fastidio tale da interrompere il suo chiacchiericcio non era tanto il fatto che la figlia parlasse invece di nuotare, ma con chi lo stava facendo e non ne fece mistero con le occasionali confidenti:

«Che poi non capisco, ma non ci sono dei corsi apposta per loro. O, meglio, delle piscine apposta? Io non sono razzista, eh, per l'amor di Dio, ma non nascondiamo il fatto che mettono a disagio. E poi mi distraggono la bambina».

Due delle tre donne con cui colloquiava si alzarono e se ne andarono con un'espressione che ne avrebbe dichiarato il giudizio se non fosse stata coperta da un velo di condivisibile pietà.

Regina era un'adolescente con la sindrome di Down, con una forte predisposizione per le attività sportive, in particolare per il nuoto. Nella vasca si sentiva come tutte le altre e spesso vi stazionava ai bordi anche dopo la sua ora di lezione, indossando l'accappatoio, come accadde un paio di settimane dopo.

Nelle sei corsie c'erano le bambine più piccole, tra cui Masha che annaspava al centro della terza. Aprì la bocca, forse per chiedere aiuto, ma vi entrò dell'acqua, agitandola ulteriormente.

Regina la stava guardando e quando la piccola andò sotto con la testa fu lesta a togliersi l'accappatoio e a tuffarsi per soccorrerla. Il momento di chiara confusione attirò l'attenzione di tutti i genitori ed Eleonora, la madre di Masha, si precipitò giù dalle gradinate. Quando arrivò a bordo vasca, si mise una mano sul petto, accompagnando il sospiro di sollievo che le era uscito quando Regina porse sua figlia all'istruttrice.

Si levò un applauso che, sotto la copertura dell'impianto, sembrò decuplicato di intensità, con molti sonori complimenti.

Eleonora, dopo averla presa in braccio, volle ringraziare la ragazza che l'aveva prontamente soccorsa. Nell'attimo in cui Regina si tolse la cuffia e gli occhialini, la donna ingoiò tutti i suoi preconcetti, vergognandosene, e iniziò a documentarsi sull'argomento. Forse lesse anche un interessante articolo pubblicato qualche settimana dopo, il 3 dicembre, in occasione della Giornata mondiale delle persone con disabilità, su cui mi soffermai anch'io:

Sindrome di Down

La sindrome di Down è la più comune causa genetica di disabilità intellettiva ed è dovuta alla presenza, parziale o totale, di un cromosoma 21 in sovrannumero (trisomia 21). Si stima che nella popolazione generale la prevalenza della sindrome di Down sia compresa tra 1:1000 e 1:2000 nuovi nati.

Molti soggetti riescono a raggiungere l'età adulta e superare i sessanta-settant'anni.

Nel corso della gravidanza, la sindrome di Down può essere diagnosticata mediante il prelievo dei villi coriali o in alternativa me-

diante l'amniocentesi per eseguire la mappa genetica. Dopo la nascita, la diagnosi è suggerita dall'aspetto fisico del bambino ed è confermata dall'individuazione di una terza copia del cromosoma 21 mediante l'analisi di un semplice campione di sangue utilizzato per eseguire l'esame citogenetico ossia il cariotipo.

Il quadro clinico dei bambini e adolescenti con sindrome di Down è nella maggior parte dei casi piuttosto complesso. I bambini affetti da sindrome di Down presentano spesso bassa statura associata a un ritardo dello sviluppo fisico e mentale e a caratteristiche specifiche del cranio e del volto. I soggetti tendono a essere calmi e passivi e piangono meno del normale. Già dopo poche settimane o mesi di vita in molti bambini vengono documentati difetti cardiaci e gastrointestinali e problemi muscolari più o meno gravi. La maggior parte dei bambini con sindrome di Down mostra già alla nascita caratteristici tratti somatici quali testa piccola, volto ampio e piatto con occhi inclinati e naso corto. Tali anomalie si sviluppano in alcuni casi in seguito, nel corso dell'infanzia. Talvolta, la lingua è grande. Tale difetto associato a un tono muscolare del volto ridotto comporta che i bambini spesso mantengano la bocca aperta. Nella parte posteriore del collo può essere presente un eccesso di cute (pieghe nucali). Le orecchie sono piccole e arrotondate e hanno un impianto basso nella testa. Di solito le mani sono corte e larghe, con un'unica piega palmare. Le dita di solito sono corte. Il dito mignolo, che spesso ha due falangi invece di tre, è flesso. Inoltre lo spazio tra l'alluce e il secondo dito del piede può essere ampio (segno del sandalo). Tipica di questi bambini è la tendenza all'obesità che si manifesta fin dall'adolescenza. Frequente è la riduzione della capacità uditiva che spesso si associa a episodi ricorrenti di otite. I soggetti con sindrome di Down sono particolarmente soggetti a problemi della vista e a sviluppare cataratta. Le articolazioni del collo possono essere instabili, determinando una compressione del midollo spinale, che può portare a cambiamenti nell'andatura, nell'uso delle braccia e delle mani, nella funzione intestinale e vescicale o debolezza. Molte persone con sindrome di Down sviluppano malattie della tiroide (ipotiroidismo) e il diabete. Sintomi simili all'Alzheimer, quali demenza, amnesia, peggioramento delle capacità intellettive e alterazioni della personalità possono svilupparsi già in età giovanile.

Il quoziente intellettivo nei bambini con sindrome di Down è variabile, ma raggiunge in media un valore pari a 50, paragonato a quello dei bambini normali, il cui quoziente intellettivo mediamente è pari a 100. I bambini con sindrome di Down spesso presentano ritardi nello sviluppo del linguaggio e nelle abilità motorie, ma questa non è una costante. Nel corso dell'infanzia si riscontra spesso un comportamento che indica disturbi da deficit di attenzione e iperattività e talora comportamenti autistici.

Non esiste una cura per la sindrome di Down. Tuttavia, alcuni sintomi e problemi specifici causati dalla sindrome possono essere trattati. I medici possono riparare chirurgicamente alcuni difetti cardiaci e gastrointestinali e somministrare una terapia di sostituzione dell'ormone della crescita ai pazienti con ipotiroidismo. L'assistenza dei pazienti con sindrome di Down deve includere anche consulenza genetica per la famiglia, assistenza sociale e programmi scolastici appropriati al livello delle funzioni intellettive.

Quello che da tanti anni è emerso in modo chiaro è che i bambini con sindrome di Down hanno una probabilità venti volte maggiore di sviluppare una leucemia acuta rispetto ai coetanei con un numero normale di cromosomi. Sia la leucemia mieloide acuta sia la leucemia linfoblastica acuta possono colpire questi bambini sia nella prima infanzia sia negli adolescenti e nei giovani adulti. Tuttavia, non si tratta di un'evenienza frequente. Solo l'1% dei bambini con sindrome di Down svilupperà una leucemia acuta. Il meccanismo attraverso cui la copia in più del cromosoma 21 predispone a questa patologia rimane ancora poco conosciuto.

Regina era la terza dei tre figli di Bruno e Carmen, una coppia di Lanciano, in provincia di Chieti. Carola e Fulvio, i primi due, non avevano mai manifestato problemi di salute e questo fece crescere l'ansia e la paura di inadeguatezza dei genitori, quando ne fu accertata la diagnosi, colti anche da un forte senso di colpa per averla concepita dopo aver entrambi superato i quarant'anni.

I primi anni furono particolarmente difficili per la coppia, senza la minima esperienza per affrontare difficoltà così gravose e priva di qualunque supporto offerto alle coppie con figli Down. Col tempo, però, i sorrisi, la vivacità e l'affettuosità della bambina spazzarono via vittimismo e divergenze, solidificando il rapporto dei due nel comune smisurato amore per la figlia. Chiunque la conoscesse, l'adorava e fui irretito anch'io da tanta dolcezza, anche se mi sarebbe piaciuto conoscerla in circostanze diverse. Per la sua abilità nel nuoto, per la sua simpatia, per la sua esuberanza. Non certo per la leucemia mieloide acuta che le fu riscontrata quando aveva vent'anni.

In un'assolata mattina di metà maggio, entrò nel mio studio, al Centro Trapianti, accompagnata dai genitori, dalla sorella e dal fratello. Aveva già fatto due cicli di chemioterapia, superando una polmonite bilaterale che ne aveva messo in pericolo la vita, e doveva ricevere il trapianto dal fratello Fulvio, risultato perfettamente compatibile.

«Sono certo che guarirai» le annunciai ammirandole il sorriso «ma questo ti costerà.»

Aggrottò le sopracciglia, ma mi lasciò proseguire:

«Tutti i bambini e tutti i ragazzi che fanno il trapianto mi devono lasciare un loro ricordo, che io metto lì, vedi? Si tratta di riscuotere il pizzo che ogni bambino mi deve necessariamente concedere».

Mostrai la parete opposta, piena di disegni, pelouche, robot e tanti oggetti infantili che custodivano storie di piccoli pazienti e che esibivo per tutti quelli nuovi, affinché trovassero coraggio nella consapevolezza che non erano i primi ad affrontare una situazione così difficile, non erano gli unici, non erano soli.

«Un giorno» continuai «mostrerò quello che tu mi lascerai ad altri bambini e racconterò la tua storia. Dirò: questo me l'ha dato Regina, una nuotatrice bravissima e coraggiosissima.»

Lei allargò le estremità del sorriso tanto da lambirmi il cuore e farmi desiderare un contatto affettuoso:

«Ora dovresti darmi un anticipo. Un bacetto. Me lo potresti dare?».

Lei fece il giro della scrivania arrivandomi alle spalle. Mi cinse da dietro e mi lasciò la sua commovente caparra.

Ci vollero un paio di mesi per avere il saldo: un pelouche di dalmata che aveva abitato nella sua camera sterile per tutta la durata del ricovero. Il trapianto era andato splendidamente, Regina era destinata a guarire dalla leucemia e anche suo padre volle darmi un contributo non richiesto:

«Dottore, deve sapere che ho un fratello che nell'altopiano di Navelli, un piccolo paese vicino L'Aquila, ha una piantagione di zafferano. Lo zafferano di questa terra è un prodotto pregiato, considerato da alcuni intenditori il migliore al mondo, al punto che viene chiamato "l'oro rosso di Navelli". Queste bustine contengono l'oro rosso che lui produce nella sua piccola azienda. È un dono che viene dalla terra e dal cuore. Per lei, in cambio di tutto l'oro del mondo, perché tanto vale la nostra Regina».

Rivissi questa storia un paio di anni dopo, quando si aggiunse un altro caso di un ragazzo Down che temevo di non riuscire a gestire con lo stesso trasporto, sommerso da un numero di pazienti piuttosto rilevante. Oltre alla responsabilità del Centro Trapianti, mi era stata assegnata anche quella dell'Ematologia e dell'Oncoematologia Pediatrica, per un totale di sessantadue pazienti ematologici ricoverati più day hospital e ambulatori vari e in più anche tutto il dipartimento di Ematologia e Medicina Trasfusionale. Dovevo prendere il posto del mio amico, collega e compagno di viaggio per quarant'anni, il dottor Giuseppe Fioritoni che andava in pensione. Ammetto che quando il lavoro si faceva estenuante e la tensione tendeva l'umore per tante ore al giorno, provavo un po' di invidia immaginandolo sprofondato placidamente sulla poltrona di casa sua, a muovere torri e alfieri sulla scacchiera che gli avevamo regalato per la cerimonia del suo pensionamento. Era un amante degli scacchi, come oggetto artistico più che come gioco di tattica e intelligenza. Ne aveva più di trenta, tutte artigianali, fatte e dipinte a mano. Le aveva collezionate acquistandole in varie parti del mondo, persino in Cina, in India e in Persia, considerate la patria di questo gioco. Quella che però lo aveva colpito maggiormente era anche il suo maggiore rimpianto, perché non era riuscito ad averla pur trovandosi a due passi da casa sua. Un giorno, passando da un piccolo negozietto di Onna, la vide in vetrina e ne rimase folgorato. Entrò per acquistarla, ma l'artigiano che l'aveva intagliata gli disse che apparteneva già a qualcun altro.

21

Sedici pezzi in carpino nero ne fronteggiavano altrettanti intagliati manualmente da un sicomoro egiziano, sopra una tavola di betulla stagionata divisa in sessantaquattro quadrati beige e noce alternati, separati da un canale di due millimetri scavato a delimitare le case. Ai bordi delle colonne erano dipinte le lettere dalla A alla H e i numeri da 1 a 8 ai margini delle traverse avevano gli stessi colori e lo stesso carattere. Tutti usciti dallo stesso piccolo pennello.

Angelo stava soffiando su un cavallo per togliere la parte della superficie polverosa uscita dall'ultima limata e lo mise a confronto con lo stesso altro pezzo dello schieramento. Pur essendo uguali nel legno, nelle misure e negli intagli presentavano differenze per le venature del legno non identiche. Non era un difetto, ma, al contrario, un segno di qualità che è possibile ammirare solo quando i legni utilizzati sono duri e massicci anziché di materiale sintetico.

«Quanto viene?»

Preceduto dal suono di due campanellini posizionati sulla parte superiore delle porte che vibrarono alla sua apertura, l'uomo aveva gli occhi luccicanti per quel gioiello di artigianato.

«Mi dispiace» lo deluse Angelo «è già stata venduta.»

«Peccato» si dispiacque l'altro, e salutò complimentandosi per il lavoro: «Chissà come sarà contento chi l'avrà!».

«Speriamo» apprezzò l'artigiano, che quella sera chiuse il

negozio dieci minuti prima del solito per andare a prendere Chiara in auto e portarla in un ristorante de L'Aquila. Era il 14 febbraio e i due approfittarono del giorno dedicato agli innamorati per festeggiare il secondo mese insieme. Lui, però, sperava di poter aggiungere un motivo che valesse l'eleganza del locale, davanti alla quale la ragazza, appena entrata, sbarrò gli occhi per lo stupore.

Non aveva mai immaginato si potessero mangiare certe prelibatezze. Dopo le fettuccine con porcini e tartufo e una tagliata, affidò a un sospiro di sazietà il commento più che positivo di una serata che il giovane si apprestava a rendere indimenticabile.

Ordinò il dolce e due calici di spumante con cui brindarono al loro amore. Poi lui si alzò scusandosi:

«Ho dimenticato una cosa in macchina, torno subito».

Uscì dal ristorante e quando rientrò, due minuti dopo, teneva in mano una scatola coperta da una carta regalo. Si sedette e gliela porse.

«È per me?» reagì Chiara imbarazzata.

«È per te» confermò. «Aprilo.»

I suoi occhi investirono Angelo come gli abbaglianti di un'auto di notte, nella carreggiata opposta.

Prima ne accarezzò la superficie, annusandone l'odore, poi la girò, la aprì e ne estrasse i pezzi.

«Giochiamo» lo sfidò «chi perde paga il conto.»

«Sì» rise lui «così usciamo da qui domani mattina. Però» continuò «possiamo fare che paga il primo che mangia un pezzo dell'altro.»

Lei non sapeva neppure dove mettere le torri e gli alfieri, ma fu guidata dal fidanzato che l'aiutò a sistemare quindici dei sedici pezzi chiari, come aveva fatto lui coi suoi scuri.

«Ma...» obiettò lei «a te manca la regina.»

«È vero» confermò fingendo di stupirsi. «E a te manca il re.»

Poi estrasse i due pezzi mancanti dalla tasca e, esibendoglieli sul palmo, spiegò il suo gesto:

«Vuoi sposarmi?».

Lei prese la regina e la mise accanto al suo re. Rispose così, poi si baciarono e proseguirono la serata fantasticando sulle nozze e sulla loro vita insieme:

«Avremo due figli» annunciò Chiara.

«Solo? Io ne voglio almeno quattro» scherzò lui.

Favoleggiarono anche nei mesi successivi e continuarono a farlo pure dopo essersi sposati, davanti a quegli scacchi con cui, sebbene molto amatorialmente, Angelo le aveva insegnato a giocare.

«Chi perde sparecchia, chi perde lava i bambini, chi perde cucina domani.» A ogni partita si giocavano una mansione domestica e, a seconda dell'onerosità che richiedeva, lui faceva terminare le partite. Quando c'erano di mezzo i figli, faceva apposta le mosse sbagliate per farla vincere, mentre quando la minaccia era lavare i piatti, il re della moglie era spacciato in tre mosse, come la sera in cui tornarono dalla loro gita nella domenica delle Palme: pedone in E4, mangia il suo in F5 e regina in H5.

«Scacco matto.»

«Uffa» si lamentò lei «non è giusto. Non ho voglia di pulire i vetri. Ma tanto non abbiamo detto quando» trovò una scappatoia «quindi lo farò, ma un giorno, un giorno lontano.»

Il re di Chiara rimase sdraiato sulla scacchiera. Lì lo colse il terremoto qualche ora dopo.

Il re di Chiara, quello vero, era sdraiato sotto la scacchiera. Un pastore tedesco della protezione civile lo spostò con il muso e iniziò ad agitare le zampe contro ferro e cemento. Il re di Chiara era coperto da metri di macerie.

Erano passate le sette quando arrivarono i soccorritori. Centinaia di persone vagavano per le strade in stato di shock, con le coperte sulle spalle o addirittura in pigiama. L'ospedale de L'Aquila era senz'acqua e inagibile al 90%, quindi i feriti più gravi venivano dirottati a Pescara e in altri centri dell'Abruzzo, ma non solo. E di feriti se ne trovavano ogni minuto di più. Ai residenti e ai volontari si unirono i Vigili del Fuoco, in numero sempre crescente col passare dei minuti, esattamente come il numero delle vittime. A Onna era arrivato a diciassette. Si lavorava freneticamente affinché questo numero non crescesse o, almeno, per estrarre vivo chi lo era fino a quel momento.

Le forze dell'ordine comunicavano con le sedi centrali, tenendole aggiornate sui numeri che assumevano entità belliche. Si diceva che solo a L'Aquila gli sfollati fossero quaranta o cinquantamila. Uno degli edifici maggiormente devastati era la Casa dello Studente e si temeva che nessuno dei ragazzi che lo abitavano fosse sopravvissuto. Oltre a Onna, diversi comuni limitrofi subirono gravi danni e perdite. A Villa Sant'Angelo, gli edifici crollati furono stimati attorno al 90%.

Tutti quelli senza casa che non necessitavano di immediato soccorso medico venivano mandati nelle vicine stazioni, dove Trenitalia aveva messo a disposizione interi convogli per accoglierli.

Il dottor Papola, straziato, fu costretto a lasciare la madre a cui era rimasto attaccato finché la protezione civile non se ne prese carico, portandone via il corpo con quello della badante. Vicino a lui, a pochi metri dalla scacchiera in cui aveva inciampato nelle concitate fasi della ricerca, un vigile fu attirato dalla frenesia del cane.

«Ha trovato qualcuno!» urlò chinandosi sulle macerie per levarne il più possibile.

«C'è qualcuno qui sotto» segnalò a un gruppo nelle vicinanze per chiamarli ad aiutarlo.

«È un uomo!»

Tolsero quanto bastava per vederne interamente il viso.

«Signore, mi sente?»

22

«Questa bambina è una bambolina. Una bambolina di vetro.»

In quel complimento del medico di Tirana c'era anche la radiografia di Altea. Nadina rivide in lei ogni sintomo di Erion prima e Dritana poi. Conosceva la diagnosi prima ancora che gliela comunicassero i dottori. La piccola aveva il morbo di Cooley e come la sorella, per sopravvivere, doveva ricevere le trasfusioni di sangue che si facevano sempre più difficili da fare e per di più costose. Per questo il sangue le veniva infuso solo saltuariamente, quando la situazione si faceva critica ossia quando l'emoglobina scendeva fino a cinque-sei grammi. Assurdo, anzi criminale!!

«L'emoglobina è scesa sotto i sette grammi» rendevano noto i medici, aggiungendo una prognosi o, considerandone il prezzo, una minaccia:

«Senza una trasfusione non ce la farà».

Fu un vitellino a salvarle la vita quando aveva due anni.

«Ti do diecimila lek» offrì per lui un compratore, incontrando l'opposizione di Ilir.

«Diecimila? Ma sei matto? Ne vale centomila.»

L'affarista sapeva che la mazzetta di una trasfusione era di diecimila lek, poco meno degli attuali cento euro, quindi forzò su quel bisogno per ottenere l'animale al 10% del suo reale valore.

«Dammene almeno cinquantamila» rilanciò il venditore.

«Venti. Più di ventimila non posso. Prendere o lasciare» dichiarò l'altro.

Lasciare non voleva dire lasciare l'affare, ma lasciare morire la figlia.

«Va bene» dovette accettare remissivo «dammi ventimila.»

Una trasfusione per Altea e una per Dritana che continuava ad averne bisogno, anche se il suo stato era meno grave della sorella più piccola. L'impossibilità di assumere i farmaci per eliminare il ferro in eccesso, praticamente indisponibili in tutto il territorio albanese, e l'inadeguatezza della terapia, causarono comunque una grave osteoporosi alla più piccola. Le sue ossa erano fragili come il vetro.

Caviglie, ginocchia e femori si rompevano con una semplicità spaventosa. Bastava un lieve colpo o una caduta mentre camminava sulle piastrelle disconnesse della sua capanna. A due anni aveva già collezionato sette fratture. Solo la prima, però, poté essere curata nell'ospedale di Tirana, perché a Valona, e tantomeno a Poro, non c'era un solo ortopedico.

Il costo e la durata del viaggio imponevano a Ilir una scelta drammatica: curare una figlia all'ospedale o farle mangiare tutte lavorando?

Non poteva mettere da parte un lek e doveva lavorare ogni giorno per poter raccogliere o acquistare quanto bastava per arrivare a quello successivo. Le fratture di Altea, dunque, dovevano essere curate da un praticone abusivo, un pericoloso soggetto che esercitava la professione medica senza averne alcun titolo.

«È arrivato il dottore» esagerava Nadina per tranquillizzare la bambina che gridava dal dolore dopo essere inciampata. Il finto medico offriva anche il servizio a domicilio, che si rivelava non essere più di uno scarso palliativo.

«Fammi vedere il braccino» diceva alla bambina che però non riusciva a muoverlo e reagiva piangendo:

«Male! Male! Mamma male!».

«Vediamo un po'...» fingeva di valutare con l'arto tra le sue mani, prima di tirarlo violentemente da entrambe le parti, per riallineare i due pezzi di ossa fratturati.

Le urla che uscirono dalla capanna strinsero i cuori di chiunque si trovasse in un raggio decisamente ampio. La nonna doveva scappare nel bosco vicino con le altre tre nipotine, per metterle al riparo da un così traumatico ricordo sonoro. Nessun anestetico, nemmeno un suo rudimentalmente surrogato ottenuto con del banalissimo ghiaccio. L'*orcopedico* (neologismo fin troppo lusinghiero per definirlo) terminava il lavoro applicando un cartone attorno all'arto e un pezzo di legno su ciascun lato, legando il tutto con uno spago.

«Ecco fatto, l'abbiamo ingessato» concludeva soddisfatto.

Un cartone, due pezzi di legno e dello spago. Quello per lui era il gesso.

Il supplizio di una bambina, il suo dolore percepito a centinaia di metri, i danni collaterali di una pratica barbaramente improvvisata e cinquemila lek di compenso erano quanto di meglio poteva definire l'assistenza sanitaria in Albania.

L'inevitabile conseguenza di tutte queste fratture, anche associate a una condizione di alterata funzione della tiroide dovuta all'eccesso di ferro, fu il blocco della crescita.

A dodici anni Altea superava di poco i centoventi centimetri, pesava trenta chili e mostrava vistose deformità ossee. Gli arti inferiori erano fortemente distorti, il bacino in completo disequilibrio, la colonna vertebrale deviata e squilibrata, le ossa del cranio deformate e gli zigomi alterati. La bambina aveva i tratti tipici della facies talassemica: attacco basso della linea dei capelli, ipertelorismo con anomala distanza tra i bulbi oculari, naso piccolo, rivolto all'insù, con il ponte piatto e labbro inferiore estroverso.

Tutte queste malformazioni erano parzialmente bilanciate da una straordinaria intelligenza, che Altea consumava sui libri. Era desiderosa di studiare, assetata di sapere. Aveva letto tutti i pochi libri di cui disponeva la scarna biblioteca della sua scuola e faceva un sogno ricorrente. Chiudeva gli occhi circondata da pannelli di compensato e quando li riapriva, nell'incoscienza onirica, si ritrovava in mezzo a scaffali strabordanti di libri. Dal pavimento al soffitto, da destra a sinistra, ogni centimetro era occupato da volumi ordinatamente disposti. Posava gli occhi su uno scaffale più alto del limite a cui poteva arrivare in punta di piedi. Allora, da un punto più basso, prendeva due libri, si toglieva le scarpe per non sporcarne le copertine, e ci appoggiava sopra i piedi, usandoli come elevatori. I libri la facevano letteralmente volare per la stanza, issandola fino al punto più alto della capanna, divenuta un grande salone con soffitto affrescato, dandole accesso a tutto il sapere che desiderava.

Quando si svegliava sbatteva il muso contro la povera realtà, ma le restava la convinzione che la conoscenza l'avrebbe sollevata davvero, portandola ovunque lei desiderasse.

Questo le lasciava un sorriso che si apriva come le ali di un gabbiano, planando con incantevole dolcezza sui volti che lo incrociavano. Nella primavera del 2005 si posò sul mio.

Avevo ricevuto una telefonata da un amico collega di Matera, il dottor Carlo Gaudiano, che da un po' di tempo aveva costituito un'associazione di volontariato con l'obiettivo di aiutare i bambini talassemici albanesi, e non mi feci pregare. Aderii con entusiasmo all'iniziativa e mi imbarcai la settimana stessa per Tirana, per poi raggiungere Valona in auto, con due dottoresse e un'infermiera del mio staff.

Avviammo un progetto umanitario che prevedeva l'esecuzione a Pescara del trapianto di midollo osseo allogenico per i piccoli talassemici con un donatore familiare compatibile.

Gaudiano, che aveva iniziato già da tempo a effettuare lo screening talassemico della gente di Valona e dintorni, oltre alle tipizzazioni HLA, mi sottopose il caso di Altea:

«Che ne dici di questa? Una delle sue sorelle, Raisa, è perfettamente compatibile».

«E l'altra sorella talassemica?» mi informai.

«Dritana» mi spiegò «non ha questa opportunità. Le due sorelle sane non sono compatibili con lei.»

Incontrai la famiglia di Ilir e Nadina a Valona. Mi stupì la loro genuina e serena umiltà. Erano molto uniti e trasudavano amore l'uno per l'altra. La situazione economica e sociale oltre i limiti dell'immaginabile, un figlio perso e due seriamente malate non scalfiva la speranza nei loro occhi piccoli e consumati. Ne conobbi anche altre come la loro, con figli affetti dal morbo di Cooley e mi scambiarono per il Messia quando offrii loro la prospettiva della vita che il trapianto avrebbe garantito ai bambini e delle condizioni in cui sarebbe stato eseguito.

«No, no» dovetti precisare davanti a padri inizialmente terrorizzati «niente lek. Non dovete pagare nulla. Ci faremo carico noi di tutte le spese. Verrete in Italia e sarete ospiti delle associazioni che appoggiano il progetto. Mangerete dell'ottimo cibo italiano e dormirete su comodi letti, con un vero tetto sulla testa e delle pareti di cemento attorno. Il trapianto per il paziente e la donazione del midollo per il donatore saranno totalmente gratuiti.»

«Ci sono i libri?» mi chiese Altea illuminandosi.

«Tutti quelli che vuoi.»

I vagiti di Samuele erano fasci di luce che attraversavano le finestre dei giorni di Giulio e Linda, su cui, però, si abbattevano anche i frequenti temporali della malattia. Il soffocante smog delle preoccupazioni, poi, anneriva sempre di più i vetri degli occhi velati da lacrime di sofferenza e autentico dolore.

Il direttore del reparto di Malattie Infettive dell'ospedale di Pescara sospettò che oltre alla chemiotassi granulocitaria ci fosse dell'altro e suggerì a Giulio il ricovero in un reparto altamente specializzato nella diagnosi e cura dei deficit immunologici presso l'ospedale di Brescia. Qui, sofisticati test immunologici dimostrarono che le cellule immunitarie del paziente, in particolare i linfociti, mostravano difetti in almeno tre delle proteine cosiddette Toll-simili, espressione derivante dal termine anglosassone *Toll Like receptor*.

«Lei ha una sindrome particolare» gli rivelò il direttore del reparto.

«Che sindrome?» domandò lui.

«La sindrome di Giulio» rispose il dottore giustificando la

non eccessiva ironia. «Il tuo quadro clinico è talmente raro che potremmo affermare di aver scoperto una nuova malattia. L'unica possibile cura e purtroppo, sottolineo possibile, non certa, è l'assunzione di un certo numero di farmaci di profilassi secondaria e quindi non guaritivi. Antibiotici, antivirali, antimicotici e cortisone.»

«Quanti?» volle sapere il paziente che non era nuovo a questo trattamento, ma che pure, nonostante li prendesse dalla nascita, fu impressionato dal dosaggio annunciatogli.

«Otto. Almeno otto farmaci diversi. Dobbiamo prevenire il più possibile l'instaurarsi di episodi infettivi.»

Se la prognosi fu severa, il seguito fu addirittura spietato:

«Giulio, la tua aspettativa di vita è di pochi anni, forse cinque o dieci al massimo, se non subentrano complicazioni improvvise e impreviste».

Aveva trentatré anni il giorno che seppe che non sarebbe arrivato a più di quarantatré, al meglio. Avrebbe visto fiorire il proprio figlio andandosene prima che potesse sbocciare. Il suo bambino sarebbe rimasto tale per sempre, per lui. Non lo avrebbe mai visto ragazzo, non lo avrebbe mai visto uomo. Fu questo, più che la prospettiva di morire, a togliergli il fiato, come fosse stato colpito da Tyson alla bocca dello stomaco.

Il direttore di Brescia che ne esaminava il caso, lo portò all'attenzione di ventitré esperti di malattie infettive e altri tre competenti a livello internazionale in materia di immunologia.

«Se c'è una possibile via d'uscita, se c'è, possiamo cercarla solo nel trapianto di midollo osseo.»

Questa fu l'opinione condivisa da tutti, anche da me quando mi fu presentata la sua relazione clinica:

«Per concludere, l'analisi collegiale del quadro clinico esposto, altamente critico, e il cui precario equilibrio viene mantenuto da multiple profilassi farmacologiche, renderebbe ragione del fatto che quest'ultima opzione, non scevra da un alto rischio di fallimento, rappresenti comunque l'ipotesi terapeutica più plausibile, sotto il punto di vista rischi-benefici.

In particolare, nella seduta collegiale del 10.10.11 tutti i ventitré infettivologi convenuti hanno espresso all'unanimità il giudizio di ineluttabilità della proposta del trapianto di midollo osseo. In particolare l'immunologo del gruppo e il virologo di riferimento internazionale hanno espresso pieno consenso. Un board aggiuntivo di due colleghi esperti in immunologia ha confermato il proprio assenso alla procedura. Infine, tutti i membri del panel hanno confermato la terapia in essere quale la migliore per la prevenzione della riattivazione dei patogeni opportunistici implicati per tutta la procedura peritrapiantologica».

Ordinai immediatamente di far eseguire la tipizzazione HLA al nucleo familiare di Giulio. Aveva una sorella, Monica, più giovane di appena dieci mesi. Erano nati nello stesso anno, il 1976, uno a febbraio e l'altra a dicembre. Così vicini anagraficamente, quasi quanto lo erano geneticamente. Identici, compatibili al 100%.

Ricevetti Giulio nel mio ufficio e quando lo vidi entrare, con Samuele tra le braccia della mamma, ebbi un tremito di gioia evocato dal ricordo di loro due che uscivano dalla chiesa il giorno del matrimonio, ma istantaneamente repressa dal motivo della visita:

«Che bello vedervi, anche se vorrei farlo lontano da queste mura, in ben altre circostanze».

Ripercorremmo tutto il suo calvario e illustrai loro tutte le fasi del trapianto. Poi mi tolsi il camice, fisicamente e dialetticamente. Avevamo la stessa esperienza di pellegrinaggi, nutrivamo la stessa fede con trasporto comune, potevamo capirci con lo stesso linguaggio, così scollegai la mente e amplificai il volume del cuore:

«Io penso che Dio voglia fare della vostra una storia d'amore che rimarrà impressa nella mente di molti. Lui vuole fare di voi lo strumento per dimostrare all'umanità intera che vuole bene agli uomini al di là di ogni barriera».

Avevo toccato le corde della loro sensibilità facendole vibrare nell'emozione che lasciavano trasparire guardandomi con occhi lucidi, dandomi così ulteriore stimolo a proseguire:

«Per portare a compimento il Suo piano, Dio farà in modo che tu guarirai, Giulio, ne sono certo. E in cambio non chiede nulla né a te né a Linda. Renditi solo disponibile a fare e accogliere la Sua volontà».

Giulio trasse un po' di forza dalle mie parole e si proiettò sul campo della concretezza:

«Paolo, se io sono nel Suo piano, so che userà le tue mani per portarlo a compimento, quindi, per favore, dimmi come si muoveranno. Cosa mi aspetta? Dimmi tutto con la massima sincerità».

Non gliela negai:

«Sei il primo paziente che trapiantiamo a causa della malattia che ti affligge ed è difficile fare una stima. È possibile che dopo il trapianto le complicanze siano talmente gravi da non poterle arginare e ti porteranno alla morte. Forse il trapianto non cambierà nulla, faremo un buco nell'acqua, perché non basterà a guarire il difetto immunologico che sta alla base della tua patologia. In questo caso avrai a disposizione il tempo che ti è stato stimato dal direttore di Brescia o, meglio, quello che ti verrà concesso dall'alto. Oppure...».

«Oppure?» mi pregò di riempire la sospensione.

«Oppure il midollo di tua sorella cancellerà definitivamente la malattia e tu avrai un sistema immunologico completamente nuovo, perfettamente funzionante, che ti proteggerà dalle infezioni. In pratica potresti guarire ed essere un altro uomo. Ciascuna di queste tre» conclusi facendo ricorso ai sempre utili numeri «ha la stessa probabilità di verificarsi delle altre.»

Giulio rifletté alcuni secondi, poi volle valutare ogni possibile rischio:

«Il trapianto potrebbe lasciarmi una qualche forma di invalidità?».

Restai fermo sulla linea della cruda verità:

«Sì, è possibile. Innanzitutto, la reazione del trapianto contro l'ospite, anche se in rari casi, potrebbe compromettere in modo grave e definitivo la funzione di alcuni organi bersaglio, in particolare pelle, fegato, polmoni, occhi, cavo orale. In questi casi la tua qualità di vita potrebbe essere compromessa in modo più o meno serio. A seconda del danno. Inoltre, con l'andare del tempo, il trapianto e tutta la chemioterapia che andrai a fare ti esporrà a un rischio significativo di sviluppare tumori maligni. Su questo aspetto noi non possiamo fare nulla se non prevenzione ai massimi livelli. Poi c'è un altro fattore che è importante considerare».

Tacque. Era certamente interessato a saperlo, ma temeva fosse troppo oneroso da accettare, quindi fu Linda a intervenire:

«Quale?».

«È estremamente probabile che il trapianto comprometta la tua fertilità. Non potrai più avere figli.»

«Estremamente probabile quanto?» insistette lei.

«80, anche 90%.»

Mi dispiacque enormemente comunicargli questi numeri catastrofici. Sapevo quante monete avevano lanciato nella Fontana di Trevi. Sapevo che, come Giulio le disse allora, volevano sognare forte. Sapevo che si erano sposati non a caso nel giorno dedicato alla Sacra Famiglia anche perché la loro fosse benedetta e numerosa. Sapevo che li avrei feriti, ma Linda reagì con ammirevole fede e premura per la vita del marito:

«Paolo» mi interrogò «ti ricordi cosa disse Dio a Sarah, la moglie di Abramo?».

Non mi diede il tempo di riflettere.

«Dio mi ha dato di che ridere. Perché Sarah restò incinta quando ormai era troppo avanti negli anni per sperare di esserlo, quando la natura stessa le aveva imposto la sterilità. Noi, dunque, avremo i figli che Dio vorrà darci. Solo Samuele o un altro, come abbiamo amabilmente immaginato chiudendo gli occhi in quella piazza romana. Non importa. Quello che mi importa è che a tenerlo o tenerli per mano ci sia anche Giulio.»

Lui la strinse a sé, forte, poi dichiarò le sue intenzioni:

«Caro Paolo, ci rimettiamo nelle tue mani come uomo e medico e in quelle dello staff che rappresenti, ma, soprattutto, ci rimettiamo nelle mani di Dio. Procediamo. Andiamo avanti e sia fatta la Sua volontà nella nostra vita».

Mi rimisi il camice. La volontà ha bisogno di braccia.

23

Non ci voleva una chiromante per dire che ho più testa. Sono un medico, un uomo di scienza. Metto il cuore in ogni paziente che curo, in ogni caso per cui mi prodigo, ma non lascio mai che le mie emozioni sovrastino la conoscenza e l'esperienza. Forse non solo nel lavoro.

«Che c'entra che sei un medico?» replicò Stella. «Lo sono anch'io, ma la linea del cuore è più lunga, vedi? Dimmi la verità, mi ami?»

«Certo che ti amo» dissi a lei e a me stesso.

«Sì» approfondì «ma come mi ami? Di testa o di cuore?»

Quella sera stavamo giocando ai piccoli chiromanti e Stella mi faceva una lezione sulla lettura olistica della mano:

«Ci sono quattro linee principali, ciascuna delle quali ha qualità elementali. Questa» fece percorrendo con l'indice il piccolo canale che da sotto il mignolo sale tra l'anulare e l'indice «è la linea del cuore, che ha come elemento l'acqua. Rappresenta la ricettività che permette alle sensazioni, all'intuizione, all'empatia e alle risposte emotive di fluire nella persona. Quest'altra» segnalò indicandone una di senso opposto «è quella della testa, legata all'elemento aria. Il suo andamento è la chiave della personalità dell'individuo, perché traccia il modo in cui pensa e comunica. Poi c'è quella di terra, quella della vita, considerata una radice. Porta energia, nutrimento e vitalità nel resto del corpo, creando un senso di sicurezza. Infine c'è la linea del destino, con i tratti elementali del fuoco, che è... è... ma dov'è?».

«Dove dovrebbe essere, scusa?»

Realizzai di essere dentro un dialogo surreale, considerando la nostra professione e il nostro modo di concepire l'esistenza, ma l'incredulità durò solo il tempo di apprezzare la conclusione del gioco:

«Deve essere qui, dalla base del palmo fino alla base del dito medio, in alto. Non ce l'hai Paolo, non hai la linea del destino. Ora dimmi, forza, qual è il tuo destino se non lo vedo?».

«Certo che non lo puoi vedere» ammiccai «ce l'ho davanti io. Sei tu il mio destino.»

Incrociammo le linee, mescolandoci testa, cuore, vita e un solo destino. Poi, fui colto da un dubbio:

«Scusa, ma chi te le ha spiegate tutte quelle robe sulla lettura della mano?».

«Marisa, la mamma di Pierpaolo.»

Marisa aveva quindici anni quando si fidanzò con Gino, di dieci più grande, che lavorava con lei nel birrificio Moretti di Popoli, in provincia di Pescara.

«Mi vuoi bene?» gli chiese dopo un po' che si frequentavano, durante una pausa al lavoro.

Lui si guardò attorno facendo ben notare il prossimo riferimento alle materie prime e le rispose:

«Sì. Molto».

Risero e continuarono a farlo per anni, mentre Marisa verificava soddisfatta la lunghezza della linea del cuore di Alessio, quella della vita di Gianni e quella della testa di Diletta, i loro primi tre figli, nati a distanza di sei anni, a soli otto da quella battuta. Dopo altri venti dal primo arrivato, Gino e Marisa ebbero altre manine da leggere e da stringere, quelle di due gemelli, Anna Rita e Pierpaolo.

La linea del destino di Anna Rita era piuttosto marcata.

«Hai visto?» la interpretò Marisa, rivolgendosi al marito «vuol dire che ha una forte resistenza alle influenze esterne. Invece Pierpaolo... Pierpaolo... che strano» titubò.

«Che strano cosa?» la spinse a proseguire Gino.

«Vedi la linea della testa e la linea del cuore?»

«Ne vedo solo una.»

«Appunto, si fondono in un'unica linea. Non l'avevo mai vista prima.»

Si chiama linea simiana ed è un tratto tipico delle persone con la sindrome di Down, ma i due genitori ancora non lo sapevano. L'aspetto fisico del bambino, in generale, non destava sospetti in questo senso. Per questo motivo, il pediatra, che questa linea l'aveva vista e scientificamente interpretata, decise di non estendere la sua ipotesi ai genitori finché non ne avesse avuto la certezza. Prescrisse l'esecuzione del test genetico su un campione di sangue del bambino e il cariotipo confermò la presenza della trisomia del cromosoma 21. Pierpaolo era portatore di sindrome di Down.

Passato l'inevitabile sgomento iniziale, nulla cambiò nell'amore e nella premura che Gino, Marisa e i tre figli ormai adulti riservarono ai gemelli, in egual misura, anche se la bambina avvertì maggiore premura e cura verso il fratello.

«Mi piacerebbe essere come Pierpaolo» rivelò un giorno «così mi considerate un po' di più e mi volete più bene.»

Gino e Marisa lavorarono molto sulla distribuzione del tempo e delle attenzioni, cercando di non sottrarne ad Anna Rita, ma col passare degli anni Pierpaolo mostrava in modo sempre più nitido le sembianze somatiche tipiche dei bambini Down e fu la stessa sorellina a concentrare su di lui più intense e premurose affezioni. Gli esami periodici rilevavano buone funzionalità dei principali organi e apparati e anche il livello di apprendimento era discreto. Lo attestò con soddisfazione l'insegnante di sostegno che lo seguiva costantemente e che divenne la sua prima *fidanzata.* Così Pierpaolo definiva le donne verso cui provava un grande trasporto emotivo che sfociava sul piano tattile.

«Mani a posto, Pierpaolo» lo riprendeva la maestra trovandosele sulle natiche, dove scivolavano quasi naturalmente dalla schiena che stringeva in abbracci quotidiani, e talvolta anche sul seno.

A Pierpaolo piaceva andare a scuola e frequentare il liceo, piaceva lo sport, il gelato al mango, ma, più di qualunque altra cosa, gli piacevano le donne. Solo con quelle che conosceva e a cui voleva bene, però, sfoggiava la sua proverbiale attitudine tentacolare.

Nell'anno della maturità, però, Marisa notò in lui un cambiamento. Pierpaolo appariva indolente, debole e faceva fatica a relazionarsi, persino con le donne. Un certo pallore accompagnò lo stato febbrile che si faceva sempre più frequente e quando comparvero anche delle macchie emorragiche sulle gambe, venne portato dapprima all'ospedale di Popoli per eseguire degli esami e subito dopo nel reparto di Oncoematologia Pediatrica di Pescara.

Fu semplice porre la diagnosi. Il suo midollo era occupato per l'80% da cellule leucemiche, leucemia linfoblastica acuta, questo era il verdetto. Lui reagì chiedendo un gelato al mango, non sembrava colpito più di tanto, mentre la famiglia ne fu sconquassata. Tutti erano profondamente spaventati e preoccupati per quel ragazzo già fragile per natura. Temevano che la malattia gli togliesse, assieme alle energie, quella patina di festosità e strabordante euforia che ne avevano sempre compensato i deficit.

Occorreva iniziare subito la chemioterapia e fu deciso di trattare Pierpaolo con un protocollo AIEOP, che fino a quel tempo aveva dato eccellenti risultati nei bambini affetti dalla stessa malattia. Il trattamento era molto articolato e basato sulla somministrazione di diversi farmaci antitumorali, per evitare il più possibile che le cellule leucemiche manifestassero una resistenza alla chemioterapia.

Per esservi sottoposto, Pierpaolo restò ricoverato per diversi mesi nel reparto di Oncoematologia Pediatrica, nonostante fosse ormai un uomo a tutti gli effetti e se ne accorgevano le infermiere:

«Pierpaolo, dammi il braccio. Pierpaolo, ho detto il braccio, non la mano. E devi metterla qui sul tavolo, non addosso a me».

Lui rideva e cercava il contatto fisico:

«Ti voglio bene».

«Anch'io» ricambiava l'infermiera, che cadeva nel tranello dell'abbraccio tesole da lui con le braccia larghe, per poi ammonirlo: «Mani a posto, Pierpaolo».

La buona notizia era che i suoi ormoni e la sua vivacità non avevano risentito delle prime tre fasi del trattamento chemioterapico. L'induzione, che indusse la scomparsa delle cellule leucemiche, facendo ottenere la remissione completa, il consolidamento e la re-induzione. Intanto Pierpaolo studiava e a giugno sostenne l'esame di maturità. Stappammo lo champagne, in Oncoematologia Pediatrica, per festeggiare il nuovo diplomato, ma per ciò che avremmo voluto davvero festeggiare, la sua guarigione, c'era ancora da attendere. La quarta fase della terapia, quella del mantenimento, era la più lunga. Bisognava attendere due anni prima di valutare gli effetti delle prime tre. Le aspettative erano buone. Per il livello intermedio di rischio in cui fu collocato il suo caso c'era una probabilità di guarigione dell'80%, che, però, non poteva tener conto di complicazioni indipendenti dalla malattia, come la crisi epilettica che lo colse sei mesi dopo la sua dimissione.

«Non respira. Ventilazione meccanica, presto!»

Arrivò in ospedale con evidenti difficoltà respiratorie. Perse coscienza a causa di una sincope e aveva un'evidente astenia. Come fece presente il padre, da tempo Regina si affaticava facilmente e perdeva le forze anche dopo piccole sollecitazioni muscolari.

«Per fare cento metri» denunciò il genitore «si ferma due volte e riprende fiato con la bocca aperta.»

«Ha un'ipertensione polmonare» stabilì il cardiologo.

Si trattava di una malattia rara per quell'età, che si verifica quando la pressione del sangue nelle arterie e nella parte destra del cuore raggiunge livelli troppo elevati.

Dopo un consulto con il Policlinico dell'Università La Sapienza di Roma, riuscimmo a mantenere l'equilibrio dell'organismo con il treprostinil, un vasodilatatore, e una terapia calibrata.

Era fuori pericolo, ma Regina se l'era vista brutta. Il padre, sollevato dalla paura iniziale, sentì il dovere di sdebitarsi con una generosa fornitura:

«Mamma mia, quanto zafferano» esclamai.

«Avete salvato la mia Regina» motivò ringraziandomi con occhi lucidi.

«È merito dei cardiologi» mi defilai «lo dividerò con loro. Ma non doveva, davvero. È un nostro dovere.»

«E il mio dovere è quello di ringraziarvi.»

Pose fine alla questione e parcheggiò sul mio tavolo un carico della pregiata spezia, come aveva fatto altre volte negli ultimi anni. Regina, infatti, aveva avuto diversi problemi di una certa rilevanza, dopo il trapianto. Una tromboflebite alla gamba destra e un'embolia polmonare la misero in serio pericolo, ma ne uscì indenne. Scoprimmo che alla base di tutto c'era una rara sindrome da anticorpi antifosfolipidi, una malattia autoimmunitaria che determina una spiccata facilità alla trombosi sia arteriosa che venosa.

«Puoi andare a casa» la congedammo dopo due settimane di ricovero.

«Peccato» commentò «mi piace stare qua. Questo ospedale cambia le persone.»

«Che vuoi dire?» le chiesi.

Mi porse un biglietto che le era stato consegnato allegato a una Barbie infermiera:

> Mi hai fatto preoccupare. Per favore non andare più in ospedale, se no devo venirci anch'io. Non so stare troppo tempo senza di te.

Era firmato da Masha.

Erano diventate amiche anche fuori dalla piscina. Regina

andava spesso a casa sua, invitata dalla madre che aveva per lei ogni tipo di premura.

«Regina» commentai «non è questo ospedale che cambia le persone, sei tu che con la tua luce le rendi migliori.»

«Come fa lo zafferano con il riso» aggiunse il padre puntualizzando quella che iniziava ad apparire come un'ossessione.

Con il suo sorriso, la sua generosità e la dolcezza dei suoi modi aveva sbriciolato quel muro di tabù che le persone, talvolta, erigono per il disagio a relazionarsi con chi è diverso da loro.

Regina aveva sconfitto la leucemia e i pregiudizi. Quando stava con gli altri li cospargeva di allegria, colorando le loro vite della sua solarità e quel sapore amarognolo della sindrome che portava rendeva più gustosa l'amicizia. Sì, aveva ragione Bruno. Come lo zafferano.

Pierpaolo la guardava con insistenza.

La mamma era imbarazzata, perché i suoi occhi si erano infilati nella scollatura di una donna che stava alla sua destra, di fronte al figlio che le era seduto sull'altro lato, in un fast food.

«Pierpaolo, non la guardare così. Hai visto? L'hai fatta andare via.»

Pierpaolo, però, continuava a fissare lo stesso punto senza più obiettivi.

«Pierpaolo, ma stai bene? Pierpaolo? Pierpaolo!»

Arrivarono al Pronto Soccorso dell'ospedale di Pescara con un sospetto di meningite leucemica e fu subito ricoverato. La sala d'aspetto, quella notte, divenne un ostello per tutta la sua famiglia. Marisa si era addormentata sulla spalla di Gino, Anna Rita occupava due sedie disposte in fila. Su quella alla sua destra ci aveva appoggiato i piedi, mentre le cosce del fratello Gianni le facevano da cuscino. Alessio e Diletta erano al sesto caffè quando si fece giorno e Pierpaolo nel frattempo era stato sottoposto a indagini ematologiche, neuroradiologiche ed elettroencefalografiche.

«Qui non c'è più niente da fare, in senso buono però» li avvertì il medico del reparto. «È stata solo una manifestazione di tossicità dovuta ai tanti farmaci chemioterapici. Potete tornare a casa e riposare tranquilli.»

Meno tranquille erano invece le infermiere, che dovevano tenere a bada la ritrovata euforia ormonale del ragazzo:

«Mani a posto, Pierpaolo!».

«Ma io ti amo» si giustificava lui.

«Guarda che lo so» scherzò una di loro «che l'hai detto anche a Letizia, ieri. Sei proprio un playboy.»

«No no» si affrettava a discolparsi lui «sono una persona seria. È vero» ammise «ieri amavo Letizia, ma oggi amo te.»

Tutti, invece, amavano lui. Medici, infermieri e gli altri pazienti dell'Oncoematologia Pediatrica furono sconfortati quando, dopo ventidue mesi della fase di mantenimento, a soli due dal traguardo che avrebbe consentito di interrompere ogni cura, la malattia si ripresentò più agguerrita di prima, con una vera e propria invasione di cellule leucemiche.

Bisognava ricorrere al trapianto e potevano contare su un nutrito gruppo di familiari: i due genitori e quattro loro figli. La gemella, Anna Rita, non aveva maggiore compatibilità degli altri, perché era nata da una placenta diversa. Trovammo il gemello genetico di Pierpaolo in Gianni, che aveva quarantadue anni e restituì a tutti una speranza che stava andando dissolvendosi. Gianni era perfettamente compatibile.

Prima del trapianto, però, bisognava raggiungere la remissione completa. Eravamo preoccupati per via degli effetti tossici che i chemioterapici fino a quel punto utilizzati inevitabilmente avevano provocato fra cui episodi di reazioni epilettiche e financo uno shock settico. Ne discutevo con la dottoressa a cui stavo passando le consegne. Dopo Fioritoni, infatti, sarebbe toccato a me. Dovevo andare in pensione. Stentavo a crederci. Circondato dagli stessi muri del mio ingresso, non avevo ancora elaborato che fosse lontano di ormai quarant'anni.

«Quarant'anni?» mi echeggiava nella mente. «Com'era possibile? Era passato davvero così tanto?»

Non c'era però tempo di riavvolgere il nastro dei ricordi o anticipare nei pensieri la mia vita fuori dall'ospedale. Avevamo un'urgenza da risolvere.

Dopo alcune settimane di cure chemioterapiche, c'erano ancora cellule leucemiche che stazionavano nel midollo del ragazzo. I farmaci convenzionali non funzionavano completamente, avevamo bisogno di qualcosa di nuovo. Ci pensavo e ripensavo nel mio studio, consultando colleghi e setacciando la letteratura scientifica alla ricerca di casi simili, quando bussarono alla porta.

«Avanti.» Era Stella che veniva a farmi visita.

«Scusa Stella, sto sbattendo la testa sulla remissione di Pierpaolo, cosa vuoi dirmi?»

«Blinatumomab.»

«Cosa?»

«Blinatumomab.»

«Cos'è uno scioglilingua? Devo ripeterlo al contrario? È un paese tropicale? Che vuol dire *blinatumo*...»

Fuorviato dal suo sorriso e dalla leggerezza con cui si presentò, avevo omesso la più ovvia delle risposte che avrei facilmente trovato nella memoria, se non avessi anteposto alla logica professionale il coinvolgimento personale con l'esimia dottoressa che mi stava davanti.

«Ma certo!» realizzai. «Il blinatumomab. Buona idea, Stella!» In effetti Stella ne aveva parlato con la dottoressa dell'Oncoematologia Pediatrica che aveva in cura Pierpaolo.

Si trattava di un farmaco non appartenente alla classe dei chemioterapici veri e propri e ne parlammo ai genitori:

«È un anticorpo monoclonale di tipo murino che esercita la sua azione dirigendo il sistema immunitario di Pierpaolo contro le cellule tumorali leucemiche con un'azione selettiva. Scateneremo una guerra interna, fratricida da cui però trarremo benefici. Questo è il nostro auspicio. Ne somministreremo almeno tre cicli».

«Funzionerà?» domandarono quasi all'unisono.

Funzionò. Avevamo ottenuto la tanto agognata remissione completa ematologica e molecolare che rappresentava la condizione ideale per eseguire un trapianto di midollo osseo allogenico. E così avvenne. Dopo la chemioterapia di condizionamento ai massimi livelli, Pierpaolo fu trapiantato con le cellule staminali del fratello.

24

George Clooney o Richard Gere?

Avevo indetto un casting per selezionare l'attore che avrebbe dovuto interpretare il mio ruolo in un film. Quasi un film. Un cortometraggio, per essere precisi. Un cortometraggio amatoriale, per esserlo ancora di più. La selezione si tenne nel soggiorno di casa mia una domenica pomeriggio e i candidati vennero scrupolosamente esaminati a loro insaputa, scorrendone i nomi nella mia mente e offrendoli poi al giudizio della mia compagna, in un autentico delirio mistico cinematografico. Mi ero lasciato un po' prendere dall'entusiasmo quando Fernando, il fratello di un mio paziente, mi comunicò l'idea di produrre un corto sulla sua storia, sottoponendomi il copione.

«Stella, che ne pensi di Liam Neeson?»

«Non so» replicò scettica «secondo me ci vorrebbe qualcuno un po' meno appariscente sul piano estetico, ma che tuttavia renda giustizia al tuo fascino. Diciamo una via di mezzo tra Brad Pitt e... vediamo... Danny De Vito.»

«Facciamo così» suggerii «leggiamo prima il copione e poi troviamo l'attore.»

NERO. DISSOLVENZA IN APERTURA
IMMAGINI COMPUTERIZZATE DI CROMOSOMI
VOCE FUORI CAMPO

Le malattie ematologiche cosiddette maligne, come le leucemie acute e croniche, la sindrome mielodisplastica, i mielomi, mielofibrosi e linfomi, non sono in generale malattie ereditarie. Alcune condizioni, come l'esposizione a radiazioni ionizzanti o prodotti chimici tossici, l'esposizione ad alcuni farmaci chemioterapici, alcune anomalie cromosomiche o altre malattie preesistenti come la sindrome di Down e l'anemia di Fanconi aumentano il rischio di sviluppare una malattia ematologica maligna.

Non viene invece contemplata, assolutamente, la possibile trasmissione per via genetica verticale ossia da un genitore alla discendenza, come avviene al contrario per alcune patologie ereditarie come l'anemia mediterranea. Tuttavia, anche se in casi rari, molto molto rari, è possibile.

CAMERA DRONE. RIPRESE DI RAIANO (AQ) ANTICA IN BIANCO E NERO

TITOLI IN SOVRIMPRESSIONE: I secolo d.C. Nella valle Peligna, in Abruzzo, Plinio il Vecchio governava i suoi abitanti, arricchendo la città di Raiano di storia e di storie. Battaglie, soverchierie, dame e cavalieri, tiranni ed eroi ne erano protagonisti, proprio come i nostri.

RIPRESE A COLORI

ESTERNO GIORNO: SAGRA PAESANA

CLL (CAMPO LUNGHISSIMO)

Voci ambulanti: «Ciliegie, ciliegie buone, ciliegie fresche!».

FI (FIGURA INTERA)

Pietro: «Me ne dà due, per favore?».

Ambulante: «Due etti?».

Pietro: «No, no, due di numero, devo fare un regalo».

Ambulante: «Non vorrei essere la fortunata. Ecco a lei».

Pietro: «Grazie, quant'è?».

Ambulante: «Niente, si immagini. Per comprare solo due ciliegie immagino abbia già troppi problemi, non vorrei creargliene altri».

Pietro: «Allora grazie».

Pietro si allontana dallo stand delle ciliegie e torna dalla fidanzata, a cui porge l'economico pensiero.

Pietro: «Per te, in segno del mio amore».

Marta: «Amoooore, sono gli orecchini più belli che abbia mai ricevuto, grazie».
Lei lo abbraccia, poi appende le ciliegie al padiglione auricolare, come fanno i bambini, rivivendo la scena in cui si sono fidanzati, nella stessa sagra di Raiano alcuni anni primi, indossando i tipici costumi tradizionali.
FLASHBACK
PP (PRIMO PIANO)
Pietro: «Signorina, permette un ballo?».
Marta: «Mi dispiace, non ballo con gli sconosciuti».
Pietro: «Ma voi mi offendete, mia signora. Io sono Pietro primo il Giovane, discendente diretto di Plinio secondo il Vecchio. Appartengo al più antico e nobile casato di Raiano e per darvene prova, vi porgo in dono gli orecchini indossati dalla prima dama della città, moglie del mio avo, il giorno dell'indizione della prima sagra cittadina, secoli orsono».
Marta (fintamente sorpresa): «Caspita, quale onore messere. Non li toglierò mai più».
PARTICOLARE SULL'ORECCHIO DI LEI
Lui l'adorna con le ciliegie. L'inquadratura si allarga e i due riappaiono all'ultima festa, nella stessa scena, ma con abiti normali.
CL (CAMPO LUNGO)
I due si allontanano dalla festa ed entrano in casa.
INTERNO NOTTE
PP (PRIMO PIANO) A LETTO
Marta e Pietro si baciano.
DISSOLVENZA
PP A LETTO
Pietro: «Buongiorno amore».
Marta: «Buongiorno».
CM (CAMPO MEDIO)
Alle estremità del letto ci sono due bambini e un'altra è in mezzo.
TITOLI: DIECI ANNI DOPO
Pietro: «Clara, Fausto, Fernando, svegliatevi».
PP SU FAUSTO
Fausto: «Mamma, io non voglio andare a scuola. Voglio stare a casa con te».

PP SU MARTA
Marta: «Su, su, Fausto. Lo sai, mamma e papà vanno al negozio, se no le persone come fanno a comprare da mangiare?».
Fausto: «Non possono andare al supermercato?».
Pietro: «Sì, potrebbero, ma fortunatamente preferiscono venire a comprare il pane e la pasta da mamma e papà. Ora forza pelandroni, a scuola!».
ESTERNO GIORNO
CM DAVANTI A SCUOLA
Fausto: «Ciao mamma, ciao papà».
Marta: «Ciao Fausto».
Gli manda un bacio con la mano.
Pietro: «Ci vediamo all'uscita».
DETTAGLIO SUL CANCELLO DELLA SCUOLA ELEMENTARE
DISSOLVENZA
DETTAGLIO SUL CANCELLO DELL'UNIVERSITÀ DEGLI STUDI DE L'AQUILA FACOLTÀ DI INFORMATICA
CM SU FAUSTO VENTENNE
Una ragazza gli corre incontro e lo abbraccia.
Fausto: «Daria, che sorpresa».

«Senti, facciamo così. Raccontamelo tu, mentre cucino. Se leggo anch'io, mangiamo domani mattina.»

Stella si alzò dal divano e rinunciò alla lettura del copione, di cui si aspettava una mia narrazione, dal momento che la conoscevo piuttosto bene, così rividi quelle sequenze nella mia memoria.

Solo due anni dopo Fausto e Daria andarono a vivere insieme ed ebbero una figlia, Luana. Lui aveva ventidue anni, quindi dovette abbandonare gli studi e trovarsi un'occupazione per mantenere una famiglia che, oltre alla posizione finanziaria, mancava di ben altre solide basi, quelle che difficilmente si possono costruire in così poco tempo, e i due si separarono.

Forse era troppo giovane e non era pronto ad assumersi il carico di responsabilità di una famiglia e Fausto percepì delle macchie nella propria coscienza, tuttavia non evidenti quanto quelle emorragiche piatte e rotondeggianti sulla pelle, le cosiddette petecchie, che gli comparvero davanti allo specchio nell'agosto del 2009.

«Si tratta di una piastrinopenia» gli refertarono all'ospedale di Popoli dopo una biopsia midollare resasi necessaria per verificare la causa della significativa diminuzione di piastrine evidenziata dall'emocromo. Venne curato con del cortisone e questa terapia diede solo un accenno di miglioramento iniziale, che poi svanì per fare posto a un evidente peggioramento rispetto all'inizio. Dopo poche settimane le piastrine erano piombate a diecimila. Ricoverato in Ematologia all'ospedale di Pescara, emerse anche un quadro di anemia e una diminuzione dei globuli bianchi. Nuova biopsia midollare a cui fu aggiunta una biopsia ossea e referto decisamente più serio: sindrome mielodisplastica di grado avanzato.

«Me lo ricordo quel paziente» intervenne Stella mentre assaggiava il sugo che stava mescolando e rivendicando il suo ruolo cinematografico. «Allora ci sono anch'io nel film. Che ne pensi della Bellucci?»

«No» ribattei deciso «non è bella come te.»

«Ruffiano.»

Quello fu il momento in cui entrò in scena il dottor Di Bartolomeo e l'attore che lo interpretava doveva avere spiccate abilità drammaturgiche, perché il primo contatto con i protagonisti fu piuttosto duro.

Mi trovai davanti ai tre fratelli, Fausto, Fernando e Clara, legati da un indissolubile rapporto di sangue che si rivelò tale anche letteralmente.

«La sindrome mielodisplastica, dismielopoietica o mielodisplasia, chiamatela come volete, è una malattia ematologica a carattere tumorale considerata l'anticamera della leucemia acuta.»

Mi ascoltavano attenti e silenziosi, aspettando la prognosi che dovetti rivelare:

«Nei casi simili al tuo, Fausto, la prognosi è piuttosto severa.

Nella maggior parte dei casi la sopravvivenza è di alcuni mesi. Nei casi favorevoli si arriva a un anno o due. La malattia di solito evolve verso una forma di vera e propria leucemia acuta, che non sempre è facile da arginare».

Continuavano a tacere. Però non più per l'attesa di un seguito. Erano pietrificati. Solo Fausto raccolse dalla positività sepolta l'iniziativa per prendere la parola e una ferma decisione:

«Teniamolo per noi. Non diciamo nulla a mamma e papà. Non facciamoli preoccupare».

Non volevo lasciare il ragazzo sotto la spada di questa sentenza. Il mio compito è sempre stato quello di usare tutte le armi scientifiche a disposizione per restituire vita ai pazienti. Nessuno può rassegnarsi alla morte senza provare ad arrestarla o quanto meno rimandarla, è contro natura. Se un piccolo esercito veniva attaccato da uno schieramento di gran lunga superiore e non c'era possibilità di resa, cercava comunque di preservare la sopravvivenza combattendo fino alla fine, perché durante lo scontro possono intervenire diversi fattori, che ne possono cambiare l'esito. Così esposi il mio piano di battaglia:

«Fossi in te, però, non mi arrenderei. C'è un'unica possibile soluzione ed è quella di sottoporti a un trapianto di midollo osseo».

«Un trapianto?» si rianimò Clara, confortata come gli altri per l'inaspettato raggio di luce filtrato dalla finestra che avevo appena aperto.

«Sì» continuai «non ci sono cure preliminari da fare. Il tuo midollo non porta per ora i segni della leucemia, ma se non curata il destino della mielodisplasia è quello.»

Ottenuta la loro piena e favorevole attenzione, spiegai come:

«Nella sfortuna di esserti ammalato di mielodisplasia hai però la fortuna che tuo fratello Fernando è compatibile con te per i geni HLA, come abbiamo constatato nella tipizzazione fatta la settimana scorsa. Siete praticamente identici. Il trapianto può essere fatto in tempi rapidi».

Restava comunque un tentativo quasi disperato e solo la certezza della morte, se non l'avessimo fatto, giustificava l'azzardo che avrebbe potuto portare alla stessa sorte.

«Non posso nasconderti i rischi del trapianto ossia le probabilità di incappare in complicanze mortali. Considerato che sei giovane, che non hai fatto chemioterapia e che tuo fratello è compatibile possiamo stimare che il rischio di mortalità per te sia dell'ordine del 10-20%. Alternative non ce ne sono» troncai, sbarrando di fatto possibili vie di fuga «altre cure che possono darti la guarigione non esistono.»

«Voglio fare il trapianto e dimenticare questa malattia» proruppe alzandosi in piedi, quasi a voler estendere al corpo lo slancio di energia a cui era ricorso. Poi, mettendosi dietro al fratello, proseguì appoggiando le mani sulle sue spalle:

«Sempre che Fernando voglia donarmi il suo midollo».

Fernando non si scompose. Mise la sua mano destra sulla sinistra dell'altro e rispose all'appello:

«Eccomi, sono pronto. Per te, fratello mio, questo e altro».

Si abbracciarono sotto lo sguardo commosso di Clara. Tra loro passò una ventata di amore fraterno che, almeno per pochi minuti, soffiò lontano l'angoscia.

Il 18 novembre del 2010, Fausto, poco più che trentunenne, fu trapiantato con il midollo del fratello che di anni ne aveva otto di meno.

Il decorso post-trapianto fu eccellente e Fausto fu dimesso trentatré giorni dopo. Fece ritorno a casa, dove la famiglia lo assisteva con molta premura.

I mesi successivi furono del tutto tranquilli. Fausto riprese il lavoro e, soprattutto, il dopo lavoro. Di fronte alla prospettiva di avere poco tempo da vivere, le persone si comportano in due modi opposti: o abbandonano qualunque tipo di frivolezza, dedicando ogni singolo attimo ai valori degni di un'intera esistenza, o ne fanno scorpacciate, accelerando il ritmo delle esperienze così da percorrere tutta la strada che le costeggia in un quarto del tempo necessario a una velocità contenuta nei limiti.

Fausto si mise in terza corsia e iniziò a sgasare come un ossesso.

Il suo tachimetro indicava duecentosessanta chilometri orari, negli autodromi in cui consumava l'adrenalina in eccesso. Girò l'Europa, passando da una capitale all'altra nei fine settimana, attraversò l'America in agosto, e festeggiò il Capodanno alle cinque del pomeriggio, perché a quell'ora scoccò la mezzanotte di Tokio, dove la stava bagnando di champagne.

Contattò amici che non vedeva da anni, assaggiò piatti di cui ignorava l'esistenza, giocò con i delfini di Sharm El Sheikh e imparò a suonare la batteria, o per lo meno a tenere il tempo costringendosi a restare nei margini di ottanta o cento BPM mentre la sua vita suonava a duecento.

In dodici mesi accumulò dieci anni di esperienze, incluse, naturalmente, quelle con le donne.

«Se devo lasciare questa vita» diceva «voglio almeno sapere cosa c'era dentro.»

La sua vita, quel pezzo, forse l'ultimo, della sua vita, divenne un grande banchetto, con ogni ben di Dio esposto sulla tavola e lui assaggiava un pezzetto di tutto, passando da una portata all'altra in meno di una forchettata.

Noi in ospedale, invece, eravamo fermi davanti ai risultati dei suoi esami, per mesi.

I valori del sangue avevano manifestato un lieve calo e la biopsia che lo obbligammo a fare, costringendolo a una sosta ai box inattesa di qualche giorno, evidenziò una quota di cellule linfocitarie superiore a quella che ci si sarebbe attesa.

«Sono brutte di aspetto.»

Si presentavano così al microscopio dei nostri ematologi, che esprimevano il loro giudizio senza tuttavia trovarci un'oggettiva causa da refertare. Non avevano l'apparenza di cellule leucemiche, anche perché sia nel midollo che nel sangue periferico circolavano solo ed esclusivamente cellule del donatore come avevamo constatato con gli esami genetici.

«Non è possibile» lamentava un collega indicando il microscopio sotto cui stavano i campioni di sangue e di midollo del paziente.

«Ha solo cellule del donatore. Non c'è traccia delle sue e il donatore è del tutto sano. Allora perché sono così?»

Nessuno sapeva dare una risposta. Si trattava di un caso assolutamente nuovo non solo per tutti gli operatori del Centro Trapianti ma anche per quelli del reparto di Ematologia.

Decidemmo di attendere gli eventi e di monitorare la situazione ripetendo la biopsia a intervalli trimestrali, che per quattro volte rimase invariata.

«Le cellule linfocitarie» spiegai a Fausto in un colloquio «possono anche sembrare leucemiche al microscopio, ma dal punto di vista della citofluorimetria e della biologia molecolare ci lasciano abbastanza tranquilli.»

«Scusi dottore» accennò timidamente alzando il dito indice per chiedere la parola «la *cito* che?»

«La citofluorimetria» ripetei. «È una tecnica di laboratorio che consente di rilevare, identificare e contare le cellule» gli chiarificai senza scendere in dettagli evidentemente inutili, perché a lui arrivò limpidamente solo la conclusione:

«Ci lasciano relativamente tranquilli».

Non potevo aspettarmi una reazione diversa. Quando si contano i metri spingendo, avere benzina per un altro chilometro è più che sufficiente.

L'infiltrato linfocitario esisteva ed era anche sostanziale, ma non potevamo assolutamente parlare di una fase leucemica vera e propria, dunque rimanemmo fermi.

Wait and watch, questa fu la politica adottata. Aspetta e guarda.

Fausto, al contrario, agiva, assecondando il suo moto vorticoso.

In un anno e mezzo aveva quasi interamente depennato i punti del suo lungo elenco.

Cose da fare prima di morire:

- Suonare la batteria
- Giocare coi delfini

- Andare alla Casa Bianca (se mi fanno entrare meglio)
- Percorrere la Route 66
- Correre in un autodromo
- Mangiare le escargots a Parigi
- Capire perché i francesi mangiano le escargots
- Stare con un'asiatica, possibilmente a casa sua, in Giappone
- Visitare il Castello di Dracula in Transilvania, ridere in faccia ai turisti che si cagano sotto, e, se avesse la sciagurata idea di comparirmi davanti, dirgli: «Provaci stronzo, non mi fai niente. Io sono più morto di te».
- Dormire ancora una volta nel lettone con mamma e papà
- Vedere l'aurora boreale
- Vedere Mosca e San Pietroburgo
- Bere birra in un pub di Dublino
- Vedere il Pescara in curva
- Dire grazie a tutte le persone di cui conservo un bel ricordo, anche se piccolo, quindi...
- Contattare Rizzo, Triulzi, la maestra Armida (se c'è ancora, se no glielo dirò dall'altra parte), la Zambeletti e la Prosperosa (sarà difficile perché ricordo bene il suo seno ma non ho idea di come si chiami)
- Dire ti amo a mia sorella
- Dire ti amo a mio fratello
- Dire ti amo a una donna e innamorarmi un'ultima volta

Non so se sia mai riuscito a identificare e contattare la Prosperosa, ma gli mancava solo una cosa da fare.

DISSOLVENZA
DETTAGLIO SUI GEMELLI DELLA CAMICIA
TOTALE SU FAUSTO IN SMOKING
Fausto guarda l'ora.
DETTAGLIO SULL'OROLOGIO
DISSOLVENZA
PP OROLOGIO DELLA TORRE DI RAIANO

PIANO SEQUENZA
ACTION CAM ADDOSSO A NADIA
Esce di casa, percorre la strada a piedi, salutando conoscenti e negozianti che si congratulano. Arriva davanti a Fausto. Lui appoggia un ginocchio per terra e le porge la mano.
DISSOLVENZA
CM
Sindaco davanti ai due sposi. Ai loro lati i testimoni. Accanto a Fausto, Fernando e vicino a lui Clara.
Sindaco: «Il matrimonio è un patto, un patto di sangue».
TOTALE SU FAUSTO E FERNANDO
Fernando (si volta verso il fratello): «A posto siamo. Il tuo non è buono».
PP DI FAUSTO, ALL'ORECCHIO DI FERNANDO
«È il migliore del mondo, invece. Perché il mio sangue è il tuo.»
DISSOLVENZA AL NERO
FINE

Tre settimane dopo aver ricevuto il copione ricevetti una visita di Fernando nel mio ufficio e lo accolsi con entusiasmo:

«Vieni, vieni, accomodati. Ho letto il copione, molto bello. Però bisogna fare delle precisazioni su alcuni termini medici, perché...».

«Professore!» mi interruppe.

«Sì.»

«Non sono qui per parlare del film.»

«Ah» mi sorprese «e di cosa?»

«Mi mancano le forze e...»

«E?»

«Ho visto delle macchie.»

25

«Ha visto che giornata uggiosa?»

«Al contrario. Non c'è nemmeno una nuvola.»

«Sì, è proprio uggiosa.»

Altea era curiosa. Amava cercare, comprendere, memorizzare e riutilizzare le parole che non conosceva.

«È come se trovo un *ornimento*» mi faceva capire in un coraggioso italiano «che ne so, una spilla, ad esempio, gli orecchioni...»

«Gli orecchini» la corressi.

«Sì, però grandi. Gli orecchioni o, se preferisci, orecchini grandi di una vecchia vecchissima signora che metteva cento mille anni fa. La prendo da un cassetto, la faccio tutta lucida e me la metto io sui vestiti nuovi. Non sono elegantissima? Me la guarderebbero tutti.»

«Hai proprio ragione» confermai apprezzando il suo intenso impegno nell'imparare l'italiano che, come tutti gli albanesi, aveva iniziato a masticare guardando i quiz di Mike Buongiorno, gli show di Raffaella Carrà o il Festival di Sanremo, quando la televisione, prima sbocconcellata furtivamente, poi divorata quando venne tolto il divieto di sintonizzare i canali stranieri, era l'unico oblò su un mondo che si scopriva assai diverso da quello in cui vivevano.

«Però» soggiunsi «devi usare le parole con il loro corretto significato.»

«Uggioso» chiarii «significa oscuro, ombreggiato, nuvoloso se ti riferisci al tempo. Deriva da uggia, un termine che indica noia, inquietudine, che spesso si provano quando, magari, si è costretti in casa da un cattivo tempo. Non sei d'accordo?»

«Mmm» meditò «a me piace quando è brutto, perché così leggo di più.»

Mi fornì l'assist per porgerle quanto le avevo procurato:

«A proposito. Guarda cosa ti ho portato».

«Due libri!» esultò vedendoli.

«In realtà» precisai «è uno solo, ma in due edizioni: una in albanese e una in italiano, così puoi imparare meglio la nostra lingua e conoscere il significato di tante nuove parole da lucidare e indossare quando parli.»

«*Grate e vogla*» lesse sulla copertina albanese, confrontandola con quella tradotta: «*Piccole donne*. Di che parla?».

«È la storia di quattro sorelle» rivelai anticipandole i personaggi: «Meg è la più grande».

«Come Dritana» mi interruppe.

«Esatto. Poi c'è Josephine, detta Jo.»

«Raisa.»

«Beth.»

«Mira.»

«E Amy.»

«Io sono Amy!»

«Mi sa proprio di sì, sai?» condivisi sorridendo. «Primo perché è la più piccola delle quattro, poi perché è molto intelligente e curiosa e, soprattutto, usa molte parole difficili, qualche volta in modo sbagliato.»

Non so neppure se abbia sentito, perché mentre parlavo si era già fiondata nella duplice lettura, inerpicandosi direttamente sulla versione italiana, alzando la voce:

«*"L'essere poveri è una disgrazia" disse Meg, guardando con un sospiro il suo vecchio vestitino. "Non è giusto che alcune ragazze debbano avere tanto e altre nulla!"* so... sog... soggiunse... Cosa vuol dire soggiunse?».

«Vuol dire aggiunse» risposi lasciandola proseguire.

«*Soggiunse la piccola Amy con voce piagnucolosa*» proseguì. «*"Abbiamo però la nostra buona mamma e il nostro buon papà e tante altre belle cose" disse Beth dal suo cantuccio.* È vero» comprese «non è giusto che tante ragazze hanno tutto e noi niente, ma noi abbiamo mamma, papà e tante belle cose. Questo è già quasi tutto, vero?»

«Vero.»

Non potei essere più d'accordo, anche se a Pescara c'era solo una parte della famiglia. Ilir era rimasto in Albania per lavorare e occuparsi di Dritana e Mira. Noi, oltre ad Altea, ospitammo la sorella Raisa e Nadina. L'AGBE, l'Associazione genitori bambini emopatici, mise loro a disposizione un appartamento e fornì tutto il necessario per vivere: indumenti, cibo, un'insegnante privata e anche denaro per le spese di prima necessità. La nostra paziente e le altre due della famiglia avrebbero dovuto restare in Italia per molti mesi e serviva tutto il necessario per permetterne la permanenza non solo nei periodi di ricovero.

A Nadina non sembrava vero. Entrò in una casa in cui, per avere la luce, bastava premere un pulsante. In bagno c'era l'acqua corrente e, meraviglia delle meraviglie, persino calda. Dai fornelli della cucina usciva del gas e, premendo il pulsante che innescava la scintilla, diventava fuoco per poter cucinare. La responsabile dell'AGBE che l'accompagnò all'alloggio credette di aver ospitato una famiglia che veniva da lontano sì, ma in un tempo lontano.

«Paolo» mi confidò al suo ritorno «non potevo immaginare che nel 2006, dall'altra parte del mare in cui noi passiamo le vacanze, ci fossero persone che si sentono fortunati per avere ciò a cui noi neppure facciamo caso.»

C'era altro, però, che sapevamo apprezzare anche noi e nessuno si stupì di vederle ammaliate:

«Il mare!» si incantò Raisa. Lo conosceva, non era certo la prima volta che ammirava l'immensa distesa azzurra che occupava l'orizzonte, ma lo aveva sempre concepito in modo totalmente diverso. Il mare a Valona è una via di fuga, il vuoto in cui avventurarsi per abbandonare la povertà, senza sapere dove e come e, addirittura, se si toccherà una riva migliore. Valona, poi, per la famiglia di Ilir e Nadina è il posto delle trasfusioni, della fatica, dei diecimila lek per cui penare.

A Pescara ci si poteva camminare davanti e immergervisi quando la stagione lo consentiva. Lo si poteva semplicemente ammirare con una fetta di pizza in mano che completava l'opera.

«Non avevo mai mangiato una pizza così buona» fece sapere Nadina.

«Non avevo mai mangiato una pizza» puntualizzò Altea.

Non impiegò molto a eleggerla suo cibo preferito. La gustava attribuendole il sapore aggiuntivo della gratifica. Quello per lei era il premio per i fastidi subiti nelle prime tre settimane di esami con cui la rivoltammo come un calzino, per verificare il suo stato di salute e la condizione dei suoi organi.

«Dottore» provò a lamentarsi una mattina «ma questa è l'ennesima puntura.»

«Non ti preoccupare» la tranquillizzai «abbiamo quasi finito. Ti dà molto fastidio?»

«Non molto» ritrattò «volevo solo dire *ennesima*. Mi piace come parola.»

Fece ridere e intenerire me e l'infermiera che le stava praticando il prelievo. Aveva una dolcezza unica e i suoi occhi esprimevano gratitudine e speranza contagiosa, al punto che mi spinsi lontano con una promessa:

«Ascolta, prima ti guariamo dalla talassemia, poi cercheremo di correggere la deformità delle ossa, va bene? Ora fatti un sonnellino» la invitai mentre l'anestesia scendeva nella sua vena, per poter eseguire una biopsia epatica. Questa rilevò una sofferenza del fegato sotto forma di epatite cronica dovuta al virus B. Riuscimmo a tenerla sotto controllo, in modo che Altea potesse proseguire il suo percorso verso il trapianto. Ad aprile venne ricoverata in camera sterile al Centro Trapianti, dove ebbe inizio la terapia di condizionamento per distruggere il midollo malato. Tra una pagina e l'altra di *Piccole donne*, assumeva il busulfano. Ne dovette leggere parecchie perché il dosaggio era massiccio.

«Cinquanta compresse al giorno, cinquanta pagine» era il nostro patto.

Dopo quattro giorni di somministrazione di ciclofosfamide, anche questo a dosi altissime, ma per via endovenosa, era pronta a ricevere il midollo prelevato alla sorella Raisa. Compiuto il primo passo, inimmaginabile nelle loro condizioni originarie, era fondamentale che la situazione rimanesse immutata per sei o sette mesi, che Altea, Raisa e Nadina attesero attraversando l'estate con i piedi nell'Adriatico e i pensieri straordinariamente vicino al sole, nonostante avvertissero la mancanza di Ilir e delle altre due sorelle.

Quando la temperatura si abbassò troppo per andare al mare, le condizioni di Altea erano ottimamente stabili. Il decorso fu quello sperato e potemmo dare a Nadina una notizia importante:

«Sta andando bene. Tua figlia non avrà più bisogno di trasfusioni».

La sua risposta fu un segno della croce che fece da bandiera a scacchi per due lacrime scattanti dai lati opposti del viso. Lo attraversarono rapide e appaiate come la riconoscenza e la fiducia che testimoniavano.

«E pensare che fino a poco tempo fa non avevamo speranze» si limitò a dire prendendomi la mano con le sue.

«E pensare» smorzai «che fino a poco tempo fa ti avrebbero sparato se ti fossi fatta il segno della croce. Come vedi Dio non ti ha mai abbandonata.»

«Non ci ha mai abbandonate» rimarcò.

Mamma e figlia rimasero nell'alloggio dell'AGBE, continuando a ricevere i fondi del progetto, perché c'erano ancora controlli da fare, mentre Raisa, che nel frattempo aveva compiuto diciannove anni e parlava benissimo l'italiano, decise di raggiungere uno zio a Mestre per iniziare lì una nuova vita.

Una mattina di ottobre, la mamma e la sorella la accompagnarono alla stazione:

«Ciao Jo» la salutò Altea citando il libro che entrambe avevano letto.

«Ciao Amy» ricambiò lei stringendosela al petto «fai la brava.»

«E mi raccomando» aggiunse «se avete bisogno di me chiamatemi. Chiamatemi e arrivo.»

Fu un viaggio lungo, per Raisa, che, non avendo i documenti in regola, dovette vigilare con molta attenzione, temendo un controllo delle forze dell'ordine. La sua testa ciondolante per le vibrazioni del treno scattò in alto alla stazione di Forlì, quando dal finestrino vide due agenti che salivano sulla sua carrozza. Si proiettò in bagno, urtando altri passeggeri con cui si premurò di scusarsi, e ci rimase per trentacinque minuti. Alla fermata successiva, Bologna, sarebbe comunque dovuta scendere per prendere una coincidenza e lo fece solo quando, con l'orecchio attaccato alla porta, sentì rumoreggiare un nugolo di persone davanti al bagno, in attesa di lasciare il treno dalla porta di fronte, che ne garantirono l'anonimato.

Lo zio, il fratello di Nadina, la accolse all'arrivo e nei giorni seguenti la aiutò a trovare lavoro come collaboratrice domestica e lavapiatti in un ristorante, lavori che le permisero di ottenere il permesso di soggiorno e di inviare al padre tutto quello che guadagnava. Dallo zio non pagava né vitto né alloggio e non avendo desideri maggiori del benessere della sua famiglia, si privava di tutto il resto che reputava superfluo, a eccezione di un regalo che volle spedire alla sorella per Natale.

«Mamma, voglio fare un regalo a Raisa.»

Anche Altea ebbe la stessa idea e la mattina del 25 dicembre le due sorelle spacchettarono un regalo con forme e dimensioni pressoché identiche.

«Non è possibile» commentò la più grande coprendosi il viso per la sorpresa con le mani che si riaprivano lentamente, come un sipario, per contemplare il suo regalo.

«Non è possibile» echeggiò Altea a cinquecento chilometri di distanza con un gesto simile a quello dell'altra.

Esattamente come nel secondo capitolo di *Piccole donne*, Jo-Raisa trovò un libro con la copertina di velluto rosso e Amy-Altea uno con la copertina dello stesso materiale, ma blu.

Poco tempo dopo, un vento gelido anticipò di qualche settimana i giorni della merla, i più freddi dell'anno, ma un altro, ancora più gelido, sfrattò il clima idilliaco della famiglia albanese.

Altea divenne improvvisamente pallida e debole. La sottoponemmo immediatamente agli esami.

«L'emoglobina è sempre stata su buoni livelli, almeno dieci grammi» disse la dottoressa del Centro Trapianti fornendomi dati che già conoscevo. A me interessava sapere quale fosse il livello in quel momento: «E ora?».

«Quattro virgola cinque.»

La sua voce mi scese sulla schiena come una palla di neve filtrata dal collo, facendomi rabbrividire.

Altea aveva perso il trapianto. Era tornata al punto di partenza. Era di nuovo talassemica.

Altea non comprese subito quello che stava succedendo. Nadina invece sì e reagì con un pianto ininterrotto. Io dovetti prendere subito il telefono:

«Ciao Raisa, scusa se ti disturbo. So che hai detto ad Altea di chiamarti se avesse avuto bisogno di te e lo sto facendo io per lei. Dobbiamo fare un altro trapianto».

«Torno subito.»

Che servisse il suo midollo le era stato così chiaro da evitarmi la superflua aggiunta e concordammo il suo arrivo qualche giorno dopo, per permettere alla sorella di riposare un po' prima del secondo trapianto.

A metà marzo Altea fu di nuovo ricoverata in camera sterile e volle esprimermi il suo apprezzamento per la cucina dell'ospedale.

«Dottore, ringrazia le cuoche. Il pranzo di oggi è stato davvero luculliano.»

Un'altra parola che, evidentemente, le piacque particolarmente. Presi i suoi pensieri come un buon segno che denotava una rassicurante tranquillità.

Rifece la trafila degli esami e del condizionamento, arrivando nelle condizioni richieste alla data del trapianto, fissato per la fine del mese.

La mattina del 30, prima di entrare in sala per l'anestesia, Raisa volle passare a salutarla dal vetro. Era insolitamente allegra. Un ghigno sornione anticipava una sorpresa che non voleva svelare. Le soffiò un bacio dal palmo della mano e andò a donarle il suo midollo.

Altea tornò a sdraiarsi sul letto, dove avrebbe atteso il pomeriggio per ricevere il prezioso dono della sorella, ma un attimo dopo si rialzò attirata dal rumore di una mano che bussava sul vetro.

«Papà!»

La domanda non può essere accolta. Ancora. Questa fu l'ennesima sintesi di una già stringata comunicazione, ridotta a non più di due righe, dell'INPS. Giulio aveva richiesto la pensione di invalidità nel 1992, a seguito dell'epatite da trasfusione che, con tutte le conseguenze croniche, gli impediva di avere un'occupazione stabile e la rinnovava ogni anno. L'ente previdenziale, però, la rigettava puntualmente. Tuttavia, qualche lavoro saltuario e il sostegno di amici e parenti assicuravano loro un tetto e del cibo sempre sopra la tavola, benedizione che non passava inosservata nello stesso palazzo in cui, sul loro stesso pianerottolo, c'era chi non aveva questa possibilità.

Sergei e Luana avevano un bambino di tre anni, Vladimiro, e mezzi così limitati che era la Caritas a fornire loro i generi alimentari di prima necessità, ma non erano sufficienti a sottrarli dall'indigenza. Linda, una sera, preparò una teglia di pasta al forno. Ce n'era abbastanza per sei persone, quindi decise di offrirne metà ai vicini di casa e premette il pulsante del loro campanello, che però non emise alcun suono.

«Dev'essere rotto» pensò, quindi si fece sentire bussando.

Luana aprì la porta e la accolse sorridendo. Dietro di lei c'era il buio, in cui aleggiava la coda di un'eco luminosa che proveniva da una candela in cucina.

«È andata via la luce?» suppose Linda.

«Più o meno» rispose l'altra cercando di nascondere l'imbarazzo. «Ci hanno staccato la luce. Non siamo riusciti a pagare la bolletta.»

Settantotto euro. A tanto ammontava la bolletta insoluta che fece scattare il blocco della fornitura elettrica. La tripla porzione di pasta al forno offrì alla famiglia un inatteso ristoro non solo alimentare. Il profumo di quel gesto allontanò l'olezzo della fame per tutta la sera. Quando Linda rientrò, aprì il portagioie sulla credenza della camera da letto nel quale tenevano i soldi. C'erano cinquecentosessanta euro.

Pagando l'affitto, restavano sessanta euro per la spesa. Anche privandosene non sarebbero bastati per la bolletta dei vicini e il pagamento dell'alloggio non poteva subire ritardi, essendo sempre indietro di due mesi con la regolarizzazione del canone.

Si sedettero sul divano e, tenendosi la mano, pregarono, invocando un aiuto per la famiglia di Sergei, ma Giulio interruppe la sua orazione dopo poche frasi:

«Non riesco».

«Che succede?» si preoccupò la moglie.

«Ricordi cos'ha detto il sacerdote domenica?» le rammentò. «*Non pregate per qualcuno se non accettate di essere voi la risposta*.»

«Già» comprese lei «ma come facciamo?»

«*Pensate prima al regno dei cieli. Tutto il resto vi sarà dato in aggiunta*.»

Giulio citò i versi del vangelo di Matteo più per farsi coraggio che per dare alla moglie una risposta. Si alzò, prese ottanta euro dal portagioie e glieli mise nella mano:

«Portaglieli».

Il mattino seguente si svegliarono con i piedi nell'acqua. Il frigorifero perdeva e il pavimento della cucina era tutto bagnato. Dovettero chiamare un tecnico: centocinquanta euro.

Giulio imbucò i suoi dubbi nello sguardo e li spedì in cielo, guardandolo.

«Non dovrebbe funzionare così» ritenne amareggiato. Doveva però affrontare un problema alla volta ed era giunto il momento di iniziare la terapia di condizionamento che lo avrebbe preparato al trapianto.

Dopo l'ultimo colloquio, io mi sentivo leggero. Il peso che mi portavo dentro quando dovevo prospettare la morte ai pazienti si era dissolto in una pace sovrannaturale che mi diede il contenuto principale di quell'incontro e lo accolsi con affetto quando fu ricoverato in camera sterile nell'ottobre del 2011.

Dovevamo distruggergli il midollo marcio e il sistema immunitario compromesso. Lo facemmo con dosi sovramassimali di busulfano e fludarabina per endovena.

L'8 novembre gli trapiantammo il midollo sano della sorella Monica, prelevatole dalle ossa del bacino. Nemmeno sei giorni dopo si riattivò nel sangue il citomegalovirus, ma riuscimmo a contenerlo e facemmo altrettanto con il virus BK che provocò una cistite emorragica di grado severo. Ci vollero due settimane per domarla, ma ci riuscimmo, allietati da un dato confortante che condivisi con lui.

«Il nuovo midollo ha attecchito completamente. I granulociti neutrofili sono superiori a mille e le piastrine più di cinquantamila.»

«È buono?» si augurò ad alta voce.

«Non potevamo sperare meglio. Tutte le cellule che hai sono di tua sorella. Questo significa che il trapianto funziona a meraviglia.»

Dovevamo solo attendere gli effetti sul sistema immunitario compromesso, ma ci voleva tempo, che Giulio poté trascorrere fuori dall'ospedale.

Venne a prenderlo Linda, in auto. Quell'auto da cui, con

pazienza e solidarietà, fu rimosso il fermo amministrativo. Quando entrarono nel portone di casa erano animati da uno stato di quiete foriera di ottimismo. Tutto sembrava andare per il verso giusto e, quando si è abituati a una battaglia quotidiana, il giorno in cui non si sente sparare sembra giunta la pace, anche se è solo transitoria, se dura poco, il tempo di ritirare la posta dalla custode:

«C'è una raccomandata per voi».

«È del padrone di casa» constatò subito Linda leggendo il nome del mittente.

I mesi di insoluti erano ormai quattro. Sapevano cosa ci avrebbero letto all'interno, ma vollero attendere un po' prima di aprirla. La misero sul tavolino basso davanti al divano su cui si sedettero, uno accanto all'altro, per farsi forza vicendevolmente, finché lui, rinvigorito dal buon esito del trapianto, ebbe uno slancio di coraggio e fiducia:

«Sia fatta la Sua volontà».

Strappò la linguetta della busta ed estrasse la lettera, piegata in tre.

Guardò Linda.

La aprì.

Tornò a guardare la moglie, trovando le pupille nascoste da un velo di lacrime, e lesse ad alta voce:

«Quietanza di pagamento».

Il debito era stato saldato. Interamente.

26

Quando si tratta di espansività affettiva, i ragazzi Down non hanno freni inibitori.

«Mani a posto, Pierpaolo!»

Una dottoressa dovette redarguirlo bonariamente per arginarne il sentimento di cui lui chiedeva riscontro:

«Ma non mi ami dottoressa? Perché non mi ami?».

«Perché sono già sposata» lo onorò lei. «Solo per questo.»

Pierpaolo incassò il rifiuto come un complimento e rinunciò al suo corteggiamento.

È meglio una santa bugia o una maledetta verità?

Se la prima offre conforto e la seconda getta nell'angoscia, perché non optare per quella se le conseguenze pratiche non cambiano?

Un collega cardiologo doveva assumere una delle due tirocinanti nel suo studio privato. Una era più preparata, laureata col massimo dei voti e con una maggiore esperienza sul campo, ma era acida. I pazienti per lei erano solo casi clinici, fossero maschi, femmine, giovani o vecchi. Importava solo per il dosaggio dei farmaci, non per stabilire un'empatia per lei, evidentemente, improduttiva. L'altra aveva appena terminato gli studi, non aveva mai messo in pratica quanto appreso nelle dispense scientifiche, ma trattava i pazienti con innata premura.

Il giorno in cui doveva prendere la decisione, il collega fece visitare una donna da entrambe le tirocinanti. La prima espose subito la sua diagnosi:

«Signora, lei ha una tetralogia di Fallot mai trattata. Deve prendere questi farmaci e fare questi esami. Di solito il tasso di mortalità dopo dieci anni è del 70%, ma nel suo caso sono passati da un bel pezzo. Faccia gli esami e poi ci rivediamo. Buona giornata».

L'altra, dopo dieci minuti, la stava ancora visitando, quando dovette rispondere alla paziente agitata dalla diagnosi precedente:

«Che cos'ho dottoressa?».

«Ha i piedi freddi. Le metto un paio di calzini. Prenda questi farmaci, stia a casa tranquilla con i suoi nipotini. Se ha bisogno ci rivediamo, va bene?»

Quella donna morì quattro mesi dopo. Aveva patologie pregresse che rendevano impossibile un intervento. La dura verità esposta dalla sapiente tirocinante non le ha aggiunto neppure un giorno di vita. Neanche la mancata verità della seconda, che non si può propriamente definire una bugia bianca, ma questa, almeno, aveva reso più sopportabile il tempo che le era rimasto.

Anche il mio collega, dunque, ricorse alla prima opzione. Scelse la tirocinante con maggiore sensibilità verso le persone, perché era convinto che la conoscenza medica si può apprendere col tempo, l'esperienza fa di un medico un buon medico, ma l'amore per le persone non si può apprendere. O ce l'hai o non ce l'hai ed è quello che fa la differenza tra un medico, anche se buono, e un grande medico.

Così assunse la seconda candidata e alla prima, che ci restò molto male, mentì per non offenderla:

«Lei è troppo qualificata per un ruolo da subalterna, più adatto a una cardiologa ancora da formare».

Perché doverle sbattere in faccia la sua reale opinione? Non sarebbe comunque mai diventata un grande medico.

Io mi trovai di fronte a questa decisione. Avevo forti sospetti sull'origine dei problemi di Fernando, ma non reputai il caso di allarmarlo inutilmente, perché la sua preoccupazione non avrebbe prodotto alcun contributo migliorativo al suo stato.

Riflettei sui versi del vangelo di Giovanni: *Conoscerete la verità e la verità vi renderà liberi.*

Effettivamente la verità libera chi la rivela, non necessariamente chi la scopre. Scelsi dunque di tenermi questo peso, liberandone lui, almeno finché non avessimo avuto dei dati certi:

«Potrebbe essere una semplice allergia. Se avessi avuto qualcosa di serio ce ne saremmo accorti nei tanti controlli che ti abbiamo fatto».

Dopo alcuni giorni, però, trovai una scusa per motivare il prelievo necessario per formulare una diagnosi:

«Fernando, abbiamo bisogno del tuo plasma per rinforzare il trapianto di Fausto. Prima però, come ben sai, dobbiamo controllare il tuo midollo per verificare che i parametri siano nella norma».

Lui, naturalmente, si presentò ben disposto e tranquillo, sottoponendosi alla biopsia midollare e alla biopsia ossea.

È brutto avere ragione quando si sospetta il peggio.

Chiunque aveva esaminato al microscopio il midollo di Fernando fu colto dall'incredulità. La lente proiettava la scena di un'invasione barbarica: era pieno di cellule di leucemia linfoblastica acuta di tipo T, una delle peggiori.

Non credevamo ai nostri occhi, eppure i risultati degli esami erano chiari e inconfutabili.

Chiuso nel mio studio mi arrovellavo alla ricerca di una spiegazione scientifica che nessun collega, esperto o rivista scientifica era riuscito a fornirmi, quando sentii bussare alla porta:

«Avanti».

Erano Fernando, accompagnato da una dottoressa e una psicologa dell'ospedale, oltre che da sua sorella Clara, anche lei laureata in psicologia. I due membri dello staff erano con loro per supportarli, sapendo quello che avrei dovuto comunicare loro:

«Come procediamo con la donazione di plasma?» chiese Fernando andando al nocciolo della questione che lui riteneva in sospeso.

Seguì un silenzio generale portatore di infausti presagi, visibile negli sguardi cupi che Fernando carpì scrutando i presenti. Feci un cenno alla dottoressa, invitandola a prendere la parola.

«Abbiamo esaminato il tuo midollo, Fernando. Ormai sei esperto di ematologia e sai di cosa stiamo parlando. Il numero dei globuli bianchi è diminuito negli ultimi tempi e anche le piastrine non sono nel range della normalità.»

«Certo» rispose «me ne sono accorto, ma pensavo che tutto ciò dipendesse dalla donazione di midollo che ho fatto qualche anno fa a mio fratello. Magari il mio midollo si è un po' indebolito e sono certo che voi gli ridarete vigore.»

La sua percezione ottimistica fu ridotta a brandelli dalla tagliente ripresa della dottoressa:

«La donazione di midollo non comporta nessun indebolimento funzionale. Dopo la donazione come quella che tu hai sostenuto, il midollo si autorigenera e funziona perfettamente. Il problema è un altro. Abbiamo di fronte un nemico che si è insinuato subdolamente dentro di te e questo nemico ha un nome: leucemia linfoblastica acuta».

Il silenzio divenne sgomento e infittì la stanza.

Clara non trattenne le lacrime, pur nascoste tra le mani che le coprivano il volto disperato. Fernando, coraggioso e fiero come si era sempre dimostrato, reagì con inattesa imperturbabilità, rivolgendo le sue preoccupazioni al fratello:

«Immagino che non posso dare il plasma a Fausto, avendo una leucemia. E ora che ne sarà di lui? Fausto ha bisogno del mio plasma, dobbiamo trovare un altro modo per aiutarlo».

Presi la parola e mi tolsi la maschera:

«Fernando, Fausto non ha bisogno del tuo plasma. Questa era solo una scusa per farti la biopsia del midollo. Tuo fratello sta bene. Il suo midollo in effetti è il TUO midollo, perché la genetica non sbaglia. Il DNA delle sue cellule midollari è perfettamente identico al tuo. Stiamo solo controllando un nido di cellule linfocitarie che in effetti non dovrebbero esserci ma ci sono e le teniamo sotto controllo. Ora però dobbiamo pensare a te».

La sua reazione ci spiazzò:

«Non ho paura della malattia e non ho paura della morte. In fondo il nostro corpo è corruttibile, non siamo eterni. La morte è un problema per gli altri, per chi rimane. Chi la subisce non deve temere nulla».

Nei pochi secondi in cui espresse la sua stupefacente concezione dell'essere, riuscì nell'impresa di cancellare il senso di colpa maturato per non avergli detto subito la verità. Il fine era comprensibile, ma di fronte a tanta maturità mi sembrò un'offesa alla sua intelligenza, tra l'altro decisamente più acuta di quella della maggior parte delle migliaia di persone che avevo avuto in cura, come dimostrò esprimendo alcune perplessità:

«Dottore, però lei da tanti anni esercita l'ematologia e mi deve togliere un dubbio. Come è possibile che due fratelli si ammalino di un tumore del sangue? E come mai nel mio piccolo paese Raiano, che conta poche centinaia di residenti, negli ultimi tempi, parlo di uno o due anni, almeno altre tre persone oltre a noi due si sono ammalate di tumori del sangue? Due di esse non ce l'hanno fatta e hanno dovuto cedere alla malattia, una invece sopravvive. Forse ci sono dei fattori ambientali nel nostro paese che hanno favorito lo sviluppo di queste tremende malattie? Qualcosa che mangiamo, che beviamo, che respiriamo o che diavolo ne so io? Ci sarà pure una spiegazione».

Ritenni fondati i suoi interrogativi e gli fornii la mia opinione. Sul numero di casi a Raiano era possibile il peso del benzene o altre sostanze chimiche diffuse, ma dimostrare un nesso di relazione tra le sostanze presenti in quell'ambiente e i casi di tumori del sangue era quanto meno ardito. Mi soffermai, piuttosto, sul suo caso specifico:

«Due fratelli che si ammalano, uno di sindrome mielodisplastica e l'altro di leucemia linfoblastica acuta. Questo sì che è un evento molto ma molto raro. Io credo che dipenda più da fattori genetici. È verosimile che la vostra malattia fosse già scritta nel vostro DNA. A volte, sia pure raramente, i tumori del sangue si manifestano in più di un membro della stessa famiglia. E questo è il vostro caso».

Fernando fu soddisfatto della spiegazione, un po' meno di essere un potenziale oggetto di indagine scientifica per la rarità della circostanza che l'aveva coinvolto. Passai quindi alla formale comunicazione del solito programma: chemioterapia, remissione e trapianto. Prima del quale, però, era fondamentale trovare un donatore compatibile e nel suo caso non era semplice come accadde per il fratello che lo trovò in lui. Bisognava avviare una ricerca internazionale nelle banche di donatori volontari di midollo.

Prima di salutarci, poi, il ragazzo volle lasciarci una condizione:

«Dottore, chiedo solo una cosa a lei, al suo staff e a tutti i miei cari. Da questo momento non voglio più parlare della mia malattia perché non voglio darle soddisfazione. Per me è già sconfitta in partenza, è solo questione di tempo. La leucemia non ha la minima idea di come sono io. Sono tosto, è bene che si rassegni da subito alla distruzione che l'attende».

Helen prende il treno.

Helen perde il treno.

Nel film *Sliding Doors*, la protagonista Gwyneth Paltrow viene licenziata dall'ufficio e torna a casa, prendendo la metropolitana. A quel punto la storia si sdoppia e racconta l'evoluzione della storia nelle due diverse circostanze, se prende o se perde il treno, ciascuna delle quali presenta scenari opposti.

Fernando aveva ripreso la sceneggiatura del suo film. Il precedente finale, infatti, non poteva più ritenersi tale, visto che la vicenda dei due fratelli e la loro lotta contro la leucemia era tutt'altro che terminata.

«Non potrà più essere un cortometraggio» mi annunciò.

«Speriamo solo non sia lungo come il *Titanic*» commentai con l'augurio che potesse porre fine ai suoi problemi nel più breve tempo possibile.

«Voglio sdoppiare la mia storia» mi rivelò. «In una racconto la storia della mia vita dopo aver trovato un donatore. Nell'altra, come si evolve senza di lui. In questo caso rimarrà incompiuta.»

«Non mi piace» si oppose Francesca, la sua fidanzata. «Non voglio neanche immaginarlo un film su di te... senza di te. Non voglio immaginare la mia vita con te... senza di te.»

«Questa me la scrivo» scherzò Fernando «mi sembra un'ottima battuta. Hai mai pensato di fare la sceneggiatrice?»

Dovetti interrompere questa possibile scena di un possibile film per riportare il paziente agli oneri della realtà:

«È ora della chemio, Kubrick».

Eravamo a novembre 2013. Fernando fu ricoverato in camera di isolamento in Ematologia e fu arruolato in un protocollo internazionale che prevedeva la somministrazione iniziale di cortisone per verificare già da subito il comportamento delle cellule leucemiche. Se il buon giorno si vede dal mattino, l'orizzonte si illuminò di piena luce. Dopo una settimana di cortisone, i blasti leucemici erano spariti dal midollo. Poteva così prendere avvio il programma di chemioterapia vero e proprio che era articolato sulla somministrazione di diversi antiblastici sia nel sangue sia nel liquido cefalorachidiano attraverso le punture lombari. Fernando sopportava tutto senza particolari problemi a parte la nausea, il vomito e la caduta dei capelli. Solo le somministrazioni dei chemioterapici nel liquor attraverso le endorachidi lo mettevano a dura prova perché gli procuravano una cefalea talmente intensa da richiedere l'uso della morfina per calmare il dolore. Nel complesso il decorso era tranquillo e i valori del sangue (emoglobina, globuli bianchi e piastrine) mostravano un andamento favorevole. Alla vigilia di Natale ricevette dall'ematologo la lettera più attesa. Non quella di Santa Claus, ma quella della dimissione. Ebbe il permesso di trascorrere tre giorni a casa, ma non ne poté approfittare. Il 25 dicembre, infatti, si alzò con un dolore osseo lancinante ed eccessivamente diffuso e fu ricoverato nuovamente. Neppure ventiquattro ore dopo esserne uscito, dovette già rientrare in ospedale. Ma era un falso allarme. «Probabilmente è il tuo midollo sano che si sta espandendo in tutte le ossa e comprime le mura della sua naturale abitazione» gli dissi facendo un giro natalizio in reparto.

«Infermiera, somministriamogli anche una soluzione da 500 ml di Dom Pérignon. Champagne per via endovenosa.»

Dovettero passare alcuni giorni prima di poter scherzare, ma lo facemmo a cuor leggero perché pochi giorni dopo non solo arginammo il problema che lo aveva riportato in reparto, ma constatammo l'azzeramento delle cellule leucemiche. Il prezzo pagato per la chemioterapia era stato piuttosto alto, in termini di sofferenza, ma almeno il risultato lo aveva compensato. Il midollo era in remissione completa.

Fernando era sempre di buon umore, faceva continuamente battute che ingrassavano le risate di tutto il reparto.

«Sono andato a donare il sangue» raccontò a una nutrita platea di pazienti e infermieri «mi hanno dato mille euro.»

«Non sapevo che pagassero il sangue» ha dubitato qualcuno, alzando la battuta.

«Infatti» schiacciò «non era un'offerta, la mia era una minaccia. Me li hanno dati per portarmelo via.»

Alcune, in realtà, erano orrende freddure che fuori da quel contesto non avrebbero fatto ridere neppure sotto tortura, ma a dargli il potere di suscitare divertimento era il fattore sorpresa. È la base della comicità, la perfetta antitesi tra il soggetto e l'azione che compie. Fa ridere un novantenne sulla tavola da surf o un bambino in fila alle poste per ritirare la pensione; un leone che gioca col gomitolo o un gattino che rincorre una iena. Faceva ridere, per questo gioco di contrasti, un malato di leucemia che scherzava sul suo stesso stato, ma la reazione che ne seguiva, più di puro divertimento, stava nell'ammirazione verso di lui.

Erano risate di stima. Profonda stima.

Accadde solo una volta che Fernando pianse, ma non lo fece per sé.

Una notte non riusciva a dormire e andò a leggere in sala d'attesa. Lì, nella quiete assoluta di quell'ora, strisciò il sinistro grido di dolore di una donna che aveva appena perso il figlio a causa di un tumore terminale del sangue.

Quelle urla rimbombarono nella testa di Fernando e gli gelarono il sangue. Rabbia, disperazione, impotenza, tutto questo era racchiuso in quel grido. Vide quella madre che aveva lo sguardo vitreo, vuoto, perso nel nulla. Fernando fuggì nella sua camera e pianse a dirotto per la prima volta da quando aveva conosciuto la sua diagnosi. Pianse immaginando il dolore che quella donna poteva provare e arrivò a singhiozzare quando identificò in lei un'altra madre, la sua.

Era preoccupato per i suoi genitori, per suo fratello e sua sorella, per la sua fidanzata, non sopportava l'idea di saperli tormentati dalla sua assenza e si promise di fare tutto ciò che gli era possibile per evitarla.

Le cure chemioterapiche continuarono per lo più in ambulatorio e in day hospital. Nel frattempo la ricerca del donatore andava avanti. Avevamo interrogato le banche dei donatori volontari in tutto il mondo tramite il Registro italiano IBMDR.

Uno strumento per arginare i pensieri negativi era il suo cinema. Vi si rifugiò con successo, continuando a scrivere il suo film.

INTERNO GIORNO
SOGGETTIVA SULLA PORTA DELLA CAMERA
Paolo Di Bartolomeo: «Permesso?».
Fernando: «Dottore, stavo giusto pensando a lei. Il midollo è in remissione e, se non sbaglio, saremmo pronti al trapianto. Che mi dice? Notizie del donatore?».
Paolo Di Bartolomeo: «Mi dispiace Fernando. Nessuno è risultato compatibile».

RIAVVOLGIMENTO DEL NASTRO
SOGGETTIVA SULLA PORTA DELLA CAMERA
Paolo Di Bartolomeo: «Permesso?».
Fernando: «Dottore, stavo giusto pensando a lei. Il midollo è in remissione e, se non sbaglio, saremmo pronti al trapianto. Che mi dice? Notizie del donatore?».
Paolo Di Bartolomeo: «L'abbiamo trovato!».

27

Cinquantaduemila lek. Era il salario di un operaio in Albania, circa quattrocentoquaranta euro ed era quanto aveva appena percepito Dritana, che lavorava in un'industria energetica di Valona. Aveva ventitré anni e, con il papà in Italia per stare vicino ad Altea, era rimasta l'unica adulta della famiglia in patria, anche se all'altra sorella, Mira, mancava solo un anno per raggiungere la maggiore età. La maggiore provvedeva al mantenimento di entrambe e poteva anche ricevere trasfusioni quasi periodicamente. Le donazioni di sangue erano aumentate nell'ultimo decennio, declassando la tangente per averle a più abbordabili mancette, pensieri, omaggi, ciascun medico corrotto li chiamava a modo suo, adottando quello più adatto all'oscurità della propria coscienza. Più sporca era, più innocuo era il sostantivo con cui giustificava la squallida abitudine di pretendere soldi per curare i malati. L'instaurazione della Repubblica nel paese aveva portato un enorme miglioramento della situazione economica. La gestione statale dei beni venne sostituita con la proprietà privata e, dopo che il mondo scoprì l'esistenza dell'Albania, con gli sbarchi degli anni Novanta, molti imprenditori stranieri delocalizzavano la produzione spostandola in quel paese, dove la manodopera costava un quinto rispetto all'Italia.

«È andata abbastanza bene, ma non del tutto» riportò Dritana alla sorella, riferendosi al trapianto di Altea di cui aveva appreso notizie al telefono con Nadina.

«Non ci sono complicazioni» parafrasò «ma le sue cellule midollari non sono tutte di Raisa.»

Si profilava, infatti, quello che viene chiamato chimerismo misto. Il 70% delle cellule presenti nella bambina trapiantata appartenevano alla donatrice, ma la parte restante era ancora geneticamente sua e questo comportava insufficienti livelli di emoglobina.

«Mira, vieni con me a Valona?» le domandò la sorella una domenica mattina.

«Mi sa di no» declinò lei con aria sofferente «mi fa molto male il ginocchio.»

«Fa' vedere» fece la prima avvicinandosi al suo letto.

«È gonfio» constatò. Poi annunciò che il giorno seguente l'avrebbe portata da un medico o presunto tale.

«Ma no» minimizzò la più piccola «non è niente.» Una previsione dichiaratamente sbagliata, come accertò Dritana il mattino dopo:

«E meno male che non era niente. Guarda qui, è ancora più gonfio di ieri».

In quello che chiamavano ospedale di Valona, la ragazza arrivò appoggiandosi alla sorella, perché non riusciva quasi più a camminare, ma l'entità del problema fu ridicolmente banalizzata in una supposizione che nulla ha a che fare con l'indagine scientifica di accertamento:

«Dolori reumatici».

Tutto qui. A occhio, senza neppure una radiografia, fu riportato un giudizio gravemente infondato.

A metà della stessa settimana, il ginocchio sinistro era lievitato come un pallone e Mira non riusciva più ad alzarsi dal letto. Il minimo movimento le procurava fitte molto dolorose, ma la sorella passava le giornate al lavoro e non poteva accudirla, così Ilir tornò a Poro e, quando rivide la figlia, comprese subito la serietà della situazione.

«Papà è disperato» mi riportò Raisa dopo averlo sentito.

«Mira sta male e in Albania non possono o non vogliono curarla. Ci può aiutare?»

Non mi potei esimere. *Dai a chi ti chiede* è scritto nel vangelo di Matteo. *Ogni malato è un individuo* è scritto nel mio codice personale. Avevo conosciuto Ilir e sapevo di potermi fidare e organizzai la loro partenza, fornendo alle autorità albanesi la documentazione sanitaria necessaria per il visto d'ingresso e firmando una dichiarazione nella quale mi assumevo la responsabilità personale di assicurare alla ragazza la copertura di tutte le spese.

Ottenuto il visto, Mira arrivò col padre a Pescara e fu subito visitata. Sul suo ginocchio sinistro c'era un'enorme tumefazione, grande quanto un melone e dura come la pietra. La sottoponemmo a una radiografia, che poteva essere fatta in qualunque ospedale del mondo, persino a Valona, dove avrebbero saputo istantaneamente che non si trattava di dolori reumatici. Era un tumore.

Telefonai a un mio amico collega, medico dell'Istituto Rizzoli di Bologna, che diede la sua disponibilità a prendersi cura di lei. Così, il giorno successivo, Mira venne ricoverata a Bologna.

Un'associazione di volontariato assicurò a Ilir e Raisa, che l'avevano accompagnata, tutto ciò di cui avevano bisogno, mentre la Regione Emilia-Romagna si fece carico delle spese sanitarie.

«È un osteosarcoma» appurarono, uno di quegli spietati sicari tumorali che difficilmente lasciano scampo.

Noi, invece, dovevamo pensare ad Altea e al suo midollo che funzionava solo in parte per cui dovetti stabilire un programma audace.

Prima una splenectomia, l'asportazione della milza, e di seguito rafforzammo l'effetto immunologico somministrandole i linfociti prelevati a Raisa. C'era il rischio che subentrassero complicazioni tali da mettere in pericolo la vita della paziente, ma non se ne presentò nessuna e il piano ebbe successo. Le cellule della donatrice si stabilizzarono sui valori massimi, l'emoglobina si fissò sugli undici grammi e potemmo ripetere quanto già promesso alla famiglia:

«Altea non avrà più bisogno di trasfusioni».

Nadina piangeva, come l'ultima volta, ma non per le stesse ragioni. Se da una parte era sollevata per il decorso favorevole della sua ultima figlia, dall'altra era tenebrosamente preoccupata e angosciata per la penultima, Mira.

Nel novembre del 2009, Mira entrò in sala operatoria. L'unica soluzione per tentare di arginare il tumore era l'amputazione della gamba sinistra. Quando si risvegliò dall'anestesia, ancora sotto effetto di potenti sedativi, raccontò dov'era stata durante l'operazione:

«Papà, ti saluta Erion».

La vista di Ilir si appannò per le lacrime che trattenne a fatica, commosso dal ricordo del primogenito:

«L'hai sognato?».

«No» ribatté Mira con sospettosa convinzione «l'ho incontrato.»

«È venuto qui in ospedale» continuò «e mi ha tenuto la mano durante l'operazione. Io non mi sono accorta di niente perché parlavo con lui. Gli ho detto che Altea sta guarendo ma lui mi ha detto che lo sapeva. Poi gli ho chiesto se stavo morendo.»

Ilir aveva ceduto e, seduto accanto alla figlia, si copriva il viso con le mani che ne raccoglievano il pianto, ma si rialzò, passando il palmo sugli occhi per togliere quelle rimaste, e si riprese quest'ultima scena.

«Gli hai chiesto se stavi morendo?»

«Sì.»

«E lui cosa ti ha risposto?»

«Mi ha detto di no.»

Ilir tirò un sospiro di sollievo, attribuendo veridicità al sogno, ma non aveva ancora sentito il seguito:

«Non stai morendo, mi ha detto. Stai per iniziare a vivere. Che cosa vuol dire papà?».

«Forse che stai per guarire» mentì il padre. Conosceva il quadro clinico della figlia e ancora di più il significato di quanto lei gli aveva appena riportato. Sebbene non fosse nulla di comprovabile, né tantomeno scientifico, si convinse che fosse più di un sogno e provò un colpevolizzante sollievo. La possibilità che in un'altra dimensione, ovunque e comunque fosse, ci fosse suo figlio che dimostrava ancora il suo affetto e si prendeva cura della sorellina quando nessun altro poteva farlo sulla terra, la prospettiva che fosse vero, che nella peggiore delle ipotesi Mira avrebbe davvero cominciato a vivere, gli tolse un macigno dal cuore, colmandolo di leggerezza che nella mente risuonava come un senso di colpa per assecondare la prospettiva che avrebbe invece dovuto allontanare con tutte le sue forze.

Erion tornò nell'aprile del 2010 e svegliò Mira dal coma che le era stato indotto:

«Non preoccuparti Mira, tu sei con me. Svegliati, è ora di iniziare a vivere».

Mira gli sorrise e aprì gli occhi, chiudendoli per sempre.

Il dottor Di Bartolomeo è atteso in reparto.

Il telefono squilla.

Dottore, ha letto i risultati dei miei esami?

I clacson suonano.

Il dottor Di Bartolomeo in Ematologia.

Paolo al telefono! Paolo hai visto? Paolo hai sentito?

A che piano va? Ha visto che bel tempo oggi?

Il dottor Di Bartolomeo...

La giornata di una persona comune può essere definita come la distanza tra due silenzi. Da quando ci svegliamo a quando ci riaddormentiamo siamo bombardati da rumore. Dalla sveglia all'eco delle voci che ci restano nella mente finché non la spegniamo. Quando ci illudiamo di essere al riparo, in camera da letto, quando tutto sembra tacere, attaccano i pensieri, che fanno ancora più fracasso.

Come si fa a percepire la voce di Dio se siamo sommersi dalla confusione, dentro e fuori di noi? Dovevo saperlo. Avevo assoluto bisogno di risposte che non avrei mai potuto trovare in tutto il chiassoso dolore che mi sommergeva. La morte di Mira mi aveva scosso profondamente. Sebbene mi sforzassi di trovare un senso alla tanta sofferenza con cui avevo a che fare ogni giorno, in quel caso non riuscii a elaborare nulla che non avesse la forma di un gigantesco punto interrogativo.

Dio non dà la croce a chi non può portarla. Dio non ci lascia pesi più grandi di quelli che possiamo sopportare, non permette che siamo sottoposti a prove che non possiamo superare. Dio non ci manda in battaglia senza armi. Mi sono ripetuto questa convinzione in mille modi negli anni, così desideroso di trovare una conferma che talvolta, probabilmente suggestionato, me la inventavo o prendevo quella più comoda da accettare, ma quella volta non ne avevo alcuna intenzione. Volevo una spiegazione e la volevo dall'unico Essere che poteva darmela e doveva essere chiara, inequivocabile. Dovevo sentirla dalla Sua voce, la voce di Dio.

Una domenica mattina andai a cercarla, ma non nella fragorosa litania di una messa, talvolta piena di fiato e povera di spirito. Andai a cercarla nell'eremo di Santo Spirito, un monastero fondato nell'undicesimo secolo dai monaci benedettini e divenuto dimora di papa Celestino V nel 1246, sulla Maiella madre, a pochi chilometri da Roccamorice. Era una bellissima giornata di primavera, il cielo era terso e lì, a milleduecento metri, sembrava anche più vicino. Attorno a me c'era il vuoto assoluto, non una persona, non un rumore, e in quell'oasi pacificatrice anche i pensieri stavano zitti. Guardai Dio in faccia, fissando l'azzurro, e gli parlai apertamente:

«Scusami, Capo dei Capi, di te si dicono cose stupende. Si dice che Tu sei l'Amore personificato, che Tu hai donato a noi poveri mortali il Tuo unico Figlio per farci capire di quanto amore sei capace. Allora, spiegami bene, ti prego, perché io ho la testa dura. Hai messo sulla mia strada questa famiglia albanese, attraverso cui ho conosciuto la povertà umana in tutti i suoi aspetti più crudeli, la cattiveria in tutta la sua misera essenza, le malattie più atroci, ma Tu che puoi tutto perché hai permesso tanta sofferenza?».

Il cielo mi fissava senza dire niente. Poi il silenzio si infittì al punto da divenire voce e ne avvertii quasi udibilmente il suono levarmisi da dentro con durezza:

«Chi sei tu per contestare l'Altissimo? La verità è che tu sei nulla. Dio sa fare molto bene il Suo mestiere, è un Maestro».

Chi era, Celestino V? Un messaggero? Dio, suppongo, è troppo umile per parlare di sé in terza persona, attaccando verbalmente uno dei suoi figli. Dovevo essere io. Sì, ero io che mi ero appropriato della Sua voce e mi rimproveravo per la mia diffidenza.

«Uomo di poca fede, tu ti preoccupi delle cose terrene, di stare bene per quel poco di tempo che hai a disposizione. Ma la verità è che esiste un bene più prezioso, esiste la vita eterna. Questo è il regalo più grande riservato agli uomini. Se riesci a capire questo, troverai il tesoro più grande a cui puoi ambire.»

Dio è buono, pensai con una punta di ilarità. Ha usato la mia mano per darmi uno schiaffo, così che non facesse male, ma avesse solo la funzione di scuotermi.

Sorrisi al cielo e lui ricambiò con un raggio di sole che mi cadde sul viso in quel preciso istante, poi tornai a casa e il giorno dopo al mio lavoro con un altro spirito e una ritrovata certezza: «Dio c'è, c'è sempre, stai tranquillo».

«Dio c'è sempre, state tranquilli» ripetei alla famiglia albanese qualche tempo dopo.

Era giunto il momento di salutarci.

L'emoglobina si manteneva stabilmente su buoni livelli. Altea stava bene e dopo tre anni di permanenza a Pescara potemmo dichiararla guarita, risarcendo in minima parte lei e i suoi familiari per la tanta sofferenza subita fino ad allora. Potevano rientrare a Poro, a casa, una casa vera.

Con il suo lavoro e gli aiuti economici, Ilir era riuscito a costruirne una che aveva tutte le caratteristiche, semantiche e giuridiche, per ritenersi tale. Porte, finestre, un tetto coibentato, luce, gas, acqua corrente e permessi.

Buona parte delle risorse necessarie a edificarla vennero da

Raisa, che aveva versato interamente tutti i suoi guadagni nelle casse comuni della sua famiglia d'origine, fino a che non iniziò a crearsene una sua. Si trasferì a Brescia, dove trovò un lavoro stabile e un ragazzo di là con cui si sposò, permettendole così di ottenere anche la cittadinanza italiana.

«Ciao Altea» la salutai abbassandomi per guardarla negli occhi.

«Quando tornerai ti farò visitare da un amico ortopedico, così correggeremo i difetti delle tue ossa, ma sai che ti dico?» ammisi abbagliato dal suo splendore interiore. «Che tu sei bellissima comunque.»

«Dottore» si schermì «ma che dice? Non vede che sono *erubescente*?»

«Cosa sei?» mi stupii sinceramente.

«*Erubescente*» ribadì.

«E che vuol dire?» domandai ammettendo i miei limiti lessicali che, a giudicare dai sorrisi dei colleghi presenti voltati per sfuggire all'indagine, accomunava tutti.

«Vuol dire che mi ha fatto arrossire» delucidò.

«Hai imparato l'italiano meglio degli italiani» mi complimentai approfondendo la sua conoscenza: «Hai trovato ornamenti di parole?».

Avevo ripreso la spiegazione che mi diede in uno dei nostri primi colloqui, quando paragonò termini poco utilizzati a vecchi ornamenti da lustrare e indossare di nuovo.

«Sì» confermò presentando un breve elenco a riprova:

«Erubescente, plumbeo, lapalissiano, tracotante, irrefragabile, amore».

«Amore?»

«Sì, amore» ci illuminò «lo usano tutti, ma pochi ne conoscono davvero il significato. Io l'ho capito. Grazie dottore. Grazie dottori.»

Pochi mesi dopo ne comprese anche il significato più intimo, quello che esprime la sostanza delle relazioni di coppia. Poco più che ventenne conobbe a Valona un ragazzo, Adam, con cui iniziò una storia che, da amicizia, si evolse in qualcosa di più ricco, complice e profondo.

Ne era così entusiasta che raggiunse la sorella Raisa a Brescia, per raccontarglielo. Poi, parlando con lei, tornò sugli effetti delle tante e lunghe terapie subite per i due trapianti:

«Sai, il dottor Di Bartolomeo aveva ragione quando prima del trapianto mi aveva detto che probabilmente avrei perso il ciclo mestruale a causa della chemioterapia. Da due o tre mesi non ho più il ciclo che prima era invece regolare».

Raisa rimase perplessa:

«Ti faccio visitare dalla mia ginecologa qui a Brescia. Cerchiamo di capire perché ti succede questo. Magari è solo un problema ormonale e con un po' di terapia riusciamo a ripristinare il ciclo. Sei giovane, è importante che in prospettiva futura tu abbia il ciclo mestruale anche perché il ciclo ti aiuta a prevenire l'osteoporosi che in passato ti ha causato tanti problemi».

Era molto intelligente Raisa e dalle malattie delle sorelle recepì insegnamenti e nozioni utili come quella che aveva appena lasciato ad Altea.

Due giorni dopo, la ginecologa la sottopose a un'ecografia, esponendole l'esito:

«Non c'entra niente la chemioterapia. Mi stupisce, in effetti, che a differenza di quanto accada in oltre il 90% dei casi il tuo ciclo fosse ancora più che regolare».

«In che senso più che regolare?» affondò Raisa.

«Nel senso che la fertilità è rimasta straordinariamente immutata» spiegò togliendo il velo dei preamboli. «Il ciclo è scomparso solo perché è in corso una gravidanza. Hai una bambina in grembo, una bimba che sembra non avere problemi ed è di sedici settimane. La morfologica è chiara, la bambina è perfetta. Auguri.»

Le due sorelle si guardarono palesando incredulità. Poi, elaborata la notizia, Altea sprofondò nello sconforto:

«Dottoressa, voglio interrompere la gravidanza. La prego, mi faccia fare l'aborto, non ho il coraggio di dirlo ai miei genitori».

«Mi spiace» svicolò la dottoressa «ma non è più possibile. Tra poco entrerai nel quinto mese e la legge dello Stato italiano vieta di praticare l'aborto quando la gravidanza è così avanzata.»

Rientrate a casa, Altea non si dava pace e insistette con Raisa:

«Come faccio, come faccio, come faccio? Come faccio a dirlo a mamma e papà? Sono rovinata, come ho potuto fare questo? Voglio interrompere la gravidanza, Raisa, non ho altra scelta. Facciamo l'aborto clandestinamente».

28

«Vuoi tu, Claudia, prendere il qui presente Fabio come tuo sposo e promettere di essergli fedele sempre?»

«Sì, lo voglio.»

Su quello stesso altare, tempo dopo, si sposò un'altra Claudia, trasferitasi a Pescara dal teramano, dove aveva sempre vissuto e da cui se ne andò qualche mese prima, alle 03:32. In piena notte fece i bagagli, li mise in macchina e lasciò per sempre quella casa in cui si svegliava ogni notte alla stessa identica ora: le 03:32 di lunedì, le 03:32 di martedì, le 03:32 di mercoledì. Le 03:32 di una qualunque data di gennaio, marzo o luglio. Mandò qualcun altro a prendere il resto nei giorni seguenti, lei aveva giurato di non metterci mai più piede, non voleva rivedere mai più quell'insopportabile sveglia su cui si spalancavano di colpo i suoi occhi ogni notte, ogni dannatissima notte, dal 6 aprile 2009. Era sopravvissuta al terremoto, ma, come fosse stata vittima della sua maledizione, le restò incollato nella mente in cui abitavano tutti i suoi fantasmi.

A volte manteneva uno stato di dormiveglia, ricadendo quasi immediatamente in un sonno infestato dagli incubi. Altre volte restava sveglia qualche minuto, senza neppure far caso all'ora. Andava in bagno, poi in cucina, beveva un bicchiere d'acqua e tornava a letto. Solo in quel momento, spegnendo l'abatjour, si accorgeva che, sottraendo i due o tre minuti fuori dalle coperte da quelli indicati sul display, il risultato era sempre lo stesso: le 03:32.

C'erano poi notti in cui non riusciva più a riaddormentarsi e allora, anche per distrarsi, raggiungeva l'alba sui libri di ingegneria gestionale, per poi passare agli esercizi di fisioterapia.

«Non camminerai mai più» le avevano detto.

Quando la estrassero dalle macerie, in effetti, di ossi interi nelle gambe non ce n'era neppure uno. Ci vollero anni di ostinata riabilitazione, con una sovrumana forza di volontà per arrivare alla lieve zoppia che qualche invitato notò il giorno del suo matrimonio.

Furono necessari cento giorni di ricovero consecutivi, ventiquattro interventi chirurgici e più di centomila euro senza riceverne neppure uno dallo Stato perché, essendo fuori dall'area dell'epicentro, non ebbe lo status di terremotata. Ci vollero anche novemila ore di riattivazione motoria, frutto di determinazione e resilienza non comuni, grazie alle quali riuscì a laurearsi con lode e menzione speciale.

Spesso sentiva ancora le voci di chi stava sopra e sotto la terra, con lei. Quelle voci che, nella quiete della notte, le rimbalzavano tra le tempie a un volume altissimo. Ancora di più, però, sentiva il silenzio uscito dalle stesse bocche che avevano lanciato deboli lamenti fino a un attimo prima e che si erano zittite per sempre.

«Mamma, mamma!» sentiva. La voce di quella bambina le attraversava i sogni come un fulmine, quando piovevano i ricordi.

«Mamma, mamma!» La voce straziata di quel medico che scavava muovendo le mani, come fa un cane con le zampe alla ricerca del suo tesoro, le lacerava il petto.

E poi avvertiva ancora la voce di quella donna che continuava a chiamare la sorella, ripetendone il nome con tutto il fiato che aveva in gola:

«Chiaraaaa. Chiaraaaa».

«Ca...» Era tutto quello che riusciva a buttare fuori, Chiara, ma così debolmente che neppure lei riusciva a percepirne il suono. I polmoni non riuscivano a mandare più spinta alla parola troncata dall'incapacità di aggiungere la lettera erre. La lingua tentava di appoggiarsi agli incisivi superiori, per riprodurla, ma non li trovava e scivolava fuori.

«Ci pensiamo noi, signora» cercava di fermarla un pompiere invitandola ad allontanarsi per sicurezza.

«C'è mia sorella» strepitava Carlotta «mia sorella è lì sotto con suo marito e i suoi figli. Tirateli fuori, vi prego!»

«Signora la prego, si allontani.»

Si rivolsero poi al dottor Franco Papola che sanguinava per i tagli alle mani che si era procurato per trovare la madre.

«È qui sotto.» Ne percepiva la presenza e urlava.

Aveva ragione. Dovette scavare non più di altri dieci centimetri prima di toccarne i capelli ed essere supportato da tre volontari. Dal sottosuolo, però, ne venne fuori solo il corpo. L'anima aveva preso un'altra strada ed era lì, tra le nuvole, che il mio collega la cercava gridando il suo dolore in una struggente e condivisibile domanda:

«Perché, perché, perché?».

Perché era morta? Perché in quel modo? Perché doveva andare così, sebbene lui avesse fatto il possibile per evitarlo?

«Onna è un paese di anziani» spiegava il sindaco ai primi giornalisti locali accorsi. «Se non arrivano i figli a dire chi è scomparso, magari nemmeno lo si viene a sapere.»

«C'è mia madre!» gridò Papola tra le lacrime aggravate da un ingiustificato senso di colpa. «Ho provato a salvarla, le ho detto di dormire da me, ma non ha voluto. Perché mamma, perché?»

Quando si arriva a novantun anni con la schiena dritta, la si vuol mantenere tale anche metaforicamente, si fa sempre e solo ciò che si vuole e del palazzo in cui volle tornare non restava che il numero civico che stava accanto al portone, calpestato tra i sassi e i detriti.

Carlotta, intanto, continuava ad aggirarsi per il perimetro della casa della sorella, camminando su tegole, porte, vetri e oggetti personali, senza stancarsi di urlare, anzi, aggiungendo anche il nome degli altri familiari:

«Chiara! Angelo! Alessio! Livio!».

Lei ascoltava muta. Non aveva la forza di rispondere, ma pregava di sentire la voce di suo marito e dei suoi figli.

Un cane abbaiava. Lo sentiva verticalmente su di lei. Non sapeva quanti metri fosse distante, ma era certamente sopra la sua testa.

«C'è qualcuno!» gridò un soccorritore. «Presto, presto, scavate!»

La terra le si muoveva attorno e sussultò quando sentì quelle parole:

«È viva!».

«Piano signora, piano. Ci pensiamo noi a tirarla fuori.»

Tutto attorno, però, è ancora nero. Se l'avevano trovata, perché non vedeva la luce? Perché non sentiva le loro mani?

«Appoggiamola sulla barella» fece una voce divenuta più lontana.

«Appoggiamo chi? Io sono qui, sono ancora qui sotto.»

Nessuno, però, poteva udire il suo pensiero e dall'alto, tra i passi che si allontanavano, la lasciarono sola:

«Andiamo dall'altra parte, qui non c'è più nessuno».

29

«Non respira!»

Era la terza polmonite in meno di quattro mesi.

«Ancora un'infezione batterica da enterococco?» chiesi all'infettivologo.

«Stavolta no» mi allarmò «è un'aspergillosi. La massa micotica sta distruggendo il tessuto polmonare.»

Non sapevo come spiegarlo a Linda, quando volle sapere se fosse una cosa seria. Una cosa seria?

Cosa avrebbe risposto il comandante del *Titanic* se un passeggero, dopo aver saputo dell'impatto con l'iceberg, gli avesse domandato se fosse una cosa seria?

Le infezioni micotiche nei pazienti immunodepressi rappresentano un problema molto serio. I pazienti che hanno subito un trapianto rimangono immunodepressi per molti mesi, a volte anche per anni. La mortalità è alta, soprattutto con il fungo per eccellenza, l'aspergillo.

«Giulio è immunodepresso» realizzò lei dichiarandomi quanto già sapevo fin troppo bene.

Scoppiò a piangere e si piegò a pregare con la testa tra le mani, in sala d'aspetto.

«C'è un versamento pericardico!»

Un medico del reparto chiamava le infermiere a intervenire immediatamente. Dosi massicce di potenti farmaci venivano già somministrate a Giulio per arrestare gli effetti di un precedente versamento pleurico. Fu come trovarsi nel corpo dei Vigili del Fuoco in mezzo a un gigantesco incendio, quando si cerca di spegnerne uno e intanto ne scoppia un altro più grande. Si cercò di spegnerlo con altri farmaci, ancora più potenti, ma più si consumava l'autobotte, più le fiamme dell'infezione divampavano.

Vicino a Giulio c'erano centinaia di persone. Non fisicamente, ma spiritualmente. La sua chiesa era gremita di fratelli e sorelle che si erano ritrovati per pregare per lui. Io mi associai a loro nella segretezza della mia intimità, rafforzando le lodi che innalzavo col mio paziente amico malato nei giorni precedenti, quando, andando a fargli visita in stanza, lo trovavo con il breviario in mano.

«Non passerà la notte» vociferavano alcuni del personale. Bisognava avvertire la moglie, alla quale, però, non c'era bisogno di aggiungere nulla. Tutti quei camici bianchi in frenetico movimento da e per la stanza del marito erano sufficientemente eloquenti per definire la criticità della situazione.

Non è vero che quella di Santa Lucia è la notte più lunga che ci sia. Ce ne sono altre che sembrano non passare mai, quelle in cui i secondi si dilatano, scanditi dai respiri sempre più flebili e affannati, quelle in cui il buio è interminabile, così fitto e freddo che non viene scalfito dalle inconsistenti fiammelle di speranze spente a ogni minimo soffio di quel vento elettronico che spinge verso il basso i battiti cardiaci monitorati con un bip. Poi, però, l'alba arrivò e Giulio era ancora lì, tra noi, a lottare assieme al personale sanitario che non lo aveva lasciato solo un momento. Desiderò togliersi per un attimo la mascherina e sussurrare qualcosa all'infermiera:

«Dio è buono».

Il mattino si fece pomeriggio e poi sera. A quel giorno ne seguì un altro e un altro ancora. Passò una settimana e poi un mese. Le condizioni di Giulio migliorarono progressivamente, tanto che vennero sospese tutte le terapie antifungine. Giulio aveva smesso di soffrire.

Era stato dichiarato clinicamente guarito. Inoltre, dopo quasi venticinque anni, l'INPS gli riconobbe la pensione di invalidità, assegnandogli tutti gli arretrati. Si trovò tra le mani un tesoro, ma ne aveva uno ancora più grande tra le braccia. Il giorno in cui ricevette il bonifico strinse Linda e Samuele, annunciando loro che avrebbero celebrato la liberazione con un viaggio a Roma.

Si ritrovarono tutt'e tre davanti alla Fontana di Trevi.

«Sai Samuele» gli raccontò Giulio «secondo una tradizione, se si vuole tornare a Roma bisogna lanciare una moneta nell'acqua. Quando mamma e papà si sono sposati sono venuti qui e hanno lanciato delle monetine, una anche per te, e ora eccoci qua.»

Linda e Giulio custodivano in silenzio la verità. Le monetine erano quattro e nonostante i tentativi degli ultimi due anni, la chemioterapia pareva aver portato l'infertilità annunciata dalle probabilità che si verificasse, ma lui se n'era fatto una ragione, reputando quanto aveva ben più prezioso di quanto avrebbe potuto avere. Questa è la differenza tra presente e condizionale. Ecco perché un altro significato di questa parola, presente, è regalo. Guardò Linda, mentre Samuele si sporgeva sull'acqua, e l'abbracciò. Poi lei gli scivolò fuori, porgendogli un piccolo pacchetto, dal contenuto morbido e difficile da decifrare.

Giulio l'aprì e si aprì anche il suo cuore.

Tra le mani si trovò un ciuccio. Era il premio per aver sognato e sognato forte. Poco più di otto mesi dopo nacque Emanuela.

«Emmanuel» svelò don Cristiano durante una messa «significa "Dio è con noi".» Non potevano scegliere nome più appropriato, Giulio e Linda, quella domenica in cui vennero da me e Stella, al termine della funzione, nella chiesa della Visitazione della Beata Vergine Maria di Pescara, la cui facciata centrale, dietro l'altare, è impreziosita da un bellissimo mosaico raffigurante a sinistra il Padre celeste, al centro Gesù Cristo in croce, a destra lo Spirito Santo e, nella parte bassa, la visitazione di Maria alla cugina Elisabetta, come narra l'evangelista Luca.

«Abbiamo una bella notizia» ci preannunciò Linda facendo trepidare me e Stella di piacere:

«Aspettiamo un altro figlio».

A casa, in privato, avevo espresso alla mia compagna l'ammirazione per il lavoro che aveva svolto durante il trapianto di quel paziente, ma in quell'occasione volli celebrare qualcun altro:

«Ecco i veri Autori del successo del trapianto. Noi abbiamo fatto quello che potevamo, siamo stati strumento in mano a quei tre personaggi che stanno lì in alto e a quella Donna che vi ha protetto. Dio ha stipulato con voi un'alleanza per dimostrarvi il suo amore. Lui è fedele sempre e con voi ha mantenuto le Sue promesse. Non finirò mai di stupirmi nel rileggere la vostra storia non tanto con gli occhi umani ma soprattutto con gli occhi dello spirito».

Eppure non era ancora finita, quella storia.

«Cioè?» si incuriosì Stefania.

«Che altro è successo?»

«Vediamo...» finsi di frugare nella memoria. «Ah sì. Giulio ha vinto un concorso pubblico e ora lavora a tempo indeterminato presso l'Agenzia delle Dogane e dei Monopoli di Stato. Stefania, invece, ha riscosso gli interessi.»

«Quali interessi?» domandò la mia interlocutrice.

«Quelli che la vita doveva ai due per le sofferenze che avevano patito. Interessi che sono maturati all'incirca al tasso del 22%.»

«In che senso?»

«Ricordi le quattro monete gettate nella Fontana di Trevi?»

«Sì.»

«Ecco, dopo tanti anni, sono diventate cinque.»

30

Certe sere a casa di Luca facciamo le tre.

Altre volte anche le quattro e le cinque. C'è una celebre canzone che racconta di un gruppo di amici che si ritrovano a casa di Luca dove si parla, c'è musica, lo stato ideale per vivere la comune scoperta della vita, alle soglie dell'età adulta. In un'altra casa di Luca, dove però non si vede il mare, c'erano anche Fernando e Francesca. Lei stava sul divano, dove si era addormentata da circa due ore mentre lui attraversava l'abisso ululante, un luogo virtuale dove i personaggi del videogioco *League of Legends* devono accoppare mostri, draghi, il messaggero della Landa e il Barone Nashor, il più potente di tutti che si genera venti minuti dopo l'inizio della partita e acquisisce sempre più forza col passare del tempo.

«Dai Fernando, ce ne andiamo?»

Francesca si era svegliata e rivendicava il diritto di essere riaccompagnata a casa, visto che era notte fonda e il giorno dopo avrebbe dovuto lavorare.

«Ancora un attimo tesoro» la pregò lui «se ammazzo il Barone guarisco.»

«In che senso?» domandò la fidanzata.

«È nato dal nulla e diventa sempre più pericoloso ogni giorno che passa. Non ti ricorda qualcosa? È la mia leucemia! Se stendo questo bastardo stendo anche lei.»

«Scusa» obiettò Francesca «io sono stanca. Questo gioco mi

fa schifo e tra quattro ore devo andare in ufficio. Me ne vado da sola.»

«No no, eccomi» accorse lui lasciando i comandi del videogioco.

«E il Barone cattivo?» si preoccupò lei.

«Mi ha ucciso» fece la vittima rassegnata «ma questo non è un presagio, giusto?»

«Giusto.»

Il padrone di casa li accompagnò alla porta e li salutò abbracciandoli uno dopo l'altra.

«Ciao ragazzi.»

«Ciao Luca.»

Qualche ora più tardi, mentre Francesca ciondolava davanti alla macchinetta del caffè del suo ufficio per riprendere lucidità dopo una notte pressoché insonne, il suo ragazzo tornò nell'abisso ululante, ma, in quel caso, non si trattava del livello di un videogioco. Era l'area del Pronto Soccorso in cui si alzavano lamenti di ogni tipo da pazienti di ogni tipo: bambini, anziani, vittime di incidenti domestici o stradali o di degenerazioni delle patologie di cui erano portatori. Questo era il caso di Fernando. Fu colpito da una cefalea dilaniante, che intaccava il suo sistema nervoso al punto da perdere l'autocontrollo. Gridava e si stringeva le tempie violentemente col palmo delle mani per cercare di contrastare il dolore.

Fu ricoverato immediatamente e gli fu somministrata della morfina. Fortunatamente la cefalea non era dovuta a una meningite leucemica. Una volta stabilizzato, imboccammo definitivamente la strada della guarigione. L'unico problema per Fernando fu la reazione del trapianto contro l'ospite di tipo cronico che per alcuni mesi interessò la pelle, la bocca e gli occhi in forma moderata. La terapia con i farmaci immunosoppressivi come ciclosporina e cortisone fece sparire ogni problema e restituì Fernando al pieno benessere che gli permise di tornare alle sue occupazioni e alla sua passione lavorando al progetto del suo film.

Non molto tempo dopo, Francesca entrando in un cinema di Chieti, si sentì toccare una spalla:

«Ciao Luca!».

L'amico la salutò con ritrovato affetto e si informò sulla sua situazione:

«Come stai? Come sta Fernando?».

Lei abbassò lo sguardo:

«Fernando sta bene ma non c'è più».

«Te la cavi con l'inglese?»

«*A little bit*. Un pochino. Perché?»

«Perché tra poco ti scorrerà nelle vene. Avrai un midollo americano.»

La ricerca nelle banche dei donatori volontari in tutto il mondo, tramite il Registro italiano IBMDR, aveva dato il miglior risultato che si potesse sperare, la fotocopia genetica di Fernando, un ragazzo di ventiquattro anni di Chicago. I principali geni HLA esaminati, dieci in totale, erano infatti identici fra i due soggetti.

«Sono salvo?» si illuminò speranzoso.

A costo di venire considerato un convinto guastafeste, tendevo a incoraggiare, ma non amavo creare false o eccessive illusioni nei miei pazienti e così feci allora, attenendomi ai dati e alle casistiche:

«Guarda, sulla carta abbiamo un 60% di probabilità di guarire. Non pensiamo ad altro».

Lui valutò i numeri riflettendo a voce alta:

«La prospettiva non è male, considerato che se non faccio il trapianto praticamente non ho speranze. Ma mi preoccupa quel 40% che rimane e che, se capisco bene, significa mandare i titoli di coda. Non mi preoccupo per me, ma per mia madre. Se non dovessi farcela, per lei sarebbe la fine, non riuscirebbe a sopportare di perdere un figlio».

Per la seconda volta da quando era in cura, Fernando pianse, per lo stesso motivo, cioè la paura di causare dolore ai genitori e, in particolare, a sua mamma.

A questo punto immaginò probabilmente una musica motivazionale, su cui il protagonista del suo film si asciugasse le lacrime, si alzasse, e invertisse la situazione. Così fece:

«Sono ancora più deciso a lottare, devo farcela soprattutto per i miei genitori e per i miei cari, per Fausto e Clara. Piangere è stato solo un momento di debolezza. Mai farsi vedere debole dal nemico, altrimenti lui ti annienta».

A metà giugno del 2014 fu ricoverato in camera sterile e preparato al trapianto con il consueto bombardamento di tre farmaci chemioterapici.

In quello stesso giorno, il donatore americano entrò nel Provident Hospital of Cook County, Illinois. Non sapeva nulla sul destinatario delle sue cellule, ma è stato come se lo conoscesse, visto che l'ospedale in cui si trovava era stato teatro del film *Il fuggitivo* con Harrison Ford. Un caso che avrebbe ispirato il mio paziente, portandolo a inserire qualche elemento d'azione, aggiungendo tensione alla scena che si stava girando senza telecamere nella sua vita.

Le sue cellule staminali emopoietiche furono prelevate dal sangue periferico mediante una sola procedura di leucaferesi, furono raccolte in una sacca, conservate in un contenitore speciale, e affidate all'uomo che, come uno staffettista, prese il testimone cellulare e volò a Roma, dove, il mattino seguente, lo passò a un nostro incaricato.

Questo percorse l'ultimo tratto a bordo dell'auto speciale nella quale vengono rispettate tutte le condizioni termiche per il trasporto della sacca e tagliò il traguardo dell'ospedale di Pescara.

Un paio d'ore dopo, il prezioso contenuto statunitense circolava nel corpo di Fernando.

Aspettai accanto a lui la fine dell'infusione delle cellule staminali e per sincerarmi delle sue condizioni:

«Come stai?».

Sono convinto che, da abile sceneggiatore qual era, avesse già preparato un messaggio di benvenuto a bordo per le cellule del suo donatore:

«*Wonderful! Welcome aboard, dear cells of my fantastic donor*».

Al trentesimo giorno dopo il trapianto, constatammo l'eccellente risposta del suo organismo e, assieme alla lettera di dimissione dall'ospedale, gli consegnai il biglietto che aveva accompagnato il dono del ragazzo americano:

Together forever. As long as I am in you, you're with me.

«Sempre insieme» tradusse simultaneamente. «Finché io sono in te, tu sei con me.»

Come facevo con tutti i pazienti trapiantati, gli raccomandai di usare tutte le precauzioni possibili per prevenire le infezioni, usando la mascherina ed evitando luoghi affollati per diversi mesi.

Oltre a non poter baciare la sua fidanzata, dovette reprimere il desiderio di andare al cinema a vedere *The Wolf of Wall Street*, con Leonardo DiCaprio.

Ci andò, invece, Francesca.

Mentre si trovava alla cassa per fare il biglietto, si sentì toccare una spalla.

«Ciao Luca.»

L'amico la salutò con ritrovato affetto e si informò sulla sua situazione:

«Come stai? Come sta Fernando?».

Lei abbassò lo sguardo:

«Fernando non c'è più. Ci siamo lasciati».

I valori erano in regola. Nel midollo continuavano a essere presenti e in costante aumento le cellule linfocitarie, ma non avevano carattere di malignità, quindi ci demmo appuntamento alla successiva visita di controllo, durante la quale, dopo tre anni di dubbi e sospetti, il velo del mistero venne bruscamente tolto dal caso di Fausto.

«I globuli bianchi sono scesi a mille, l'emoglobina a dieci grammi, le piastrine a cinquantamila.»

«C'è dell'altro?» domandò preoccupato.

«Sì» rivelai «le cellule linfocitarie si sono trasformate completamente in cellule leucemiche e occupano la metà del tuo midollo.»

«Ma non è possibile» ribatté «le mie cellule, tutte le mie cellule sono quello di Fernan...»

Non dovette neppure finire la frase. Quanto fosse accaduto fu immediatamente chiaro anche a lui, senza possedere una specializzazione in ematologia. Le cellule di Fausto avevano le stesse identiche caratteristiche di quelle leucemiche di Fernando e mostravano lo stesso DNA.

«Ma lui era sano quando mi donò il suo midollo» rivendicò. «Avete fatto tutti i controlli, com'è potuto succedere?»

«L'unica spiegazione» dovetti ammettere «è che le cellule staminali emopoietiche prelevate dal midollo di tuo fratello nel novembre del 2010 avevano già da allora, nel DNA, il segnale che prima o poi avrebbe innescato lo sviluppo della leucemia. Il problema è che nessuno di noi poteva saperlo. Nessun test ce lo avrebbe mai potuto far capire.»

All'epoca della donazione, infatti, il midollo del donatore era perfettamente normale da un punto di vista ematologico. Eppure i due fratelli col tempo manifestarono lo stesso tipo di leucemia, linfoblastica acuta, a distanza di pochi mesi l'uno dall'altro. Un caso incredibile che divenne oggetto di trattazione scientifica.

Fausto teneva la mano della moglie Nadia. Le sue labbra si muovevano senza emettere alcun suono, come un clarinetto a cui si premono i tasti, ma non si sente la musica se non gli si soffia dentro. Anche a lui mancava il soffio, mancava il respiro. Così anticipai il suo legittimo bisogno di sapere cosa sarebbe accaduto:

«A te ripeto quello che a suo tempo ho detto a tuo fratello. La bestia non è certamente facile da domare, ma noi siamo qui per aiutarti. L'iter sarà lo stesso: chemioterapia, remissione completa, ricerca del donatore volontario in tutto il mondo, trapianto e guarigione. Queste sono le tappe che ti aspettano».

«E se non troviamo il donatore?»

Già. Il suo interrogativo custodiva l'elemento fondamentale del caso. Per un trapianto di midollo serve il midollo di un donatore. Sano. Senza, come avrebbe immaginato il mio paziente esperto di cinema, tutto viene inghiottito da una dissolvenza al nero e partono i titoli di coda.

Fausto occupò la stessa stanza dell'Ematologia dove qualche tempo prima era stato ricoverato suo fratello Fernando. Il protocollo di chemioterapia fu lo stesso di quello praticato a suo fratello ed ebbe altrettanto successo perché nell'arco di poco meno di due mesi indusse una remissione completa.

Clara andava spesso a trovarlo, con un mazzo di fiori sempre fresco in mano che lasciava al di fuori della porta.

Tre mesi senza potersi baciare e neppure sfiorare. Francesca non aveva retto a questa limitazione e, dopo l'ennesima discussione su quanto la malattia avesse tolto alla loro relazione, decisero di chiuderla.

Fernando fu molto disciplinato nel mantenersi in ambienti più controllati possibile, rimanendo chiuso in casa per mesi. Le uniche relazioni che intratteneva passavano da una webcam e si stringevano alla velocità della fibra. Iniziò a frequentare una community online di *League of Legends* con alcuni ragazzi del suo paese. Questi giocavano con amici di Rieti, che a loro volta sfidavano altri di Roma, i quali competevano con gente di Messina, dove arrivò virtualmente anche lui, restando intrappolato nella rete. Quella di internet, che lo teneva collegato per tutta la notte, ma, soprattutto, quella dell'amore.

Nella valle dei cristalli, subito dopo la selva demoniaca, conobbe Arianna. Dopo aver distrutto insieme diversi mostri della giungla, si concessero un meritato riposo su Facebook, dove lui le chiese immediatamente l'amicizia. L'esperienza della malattia doveva evidentemente avergli trasmesso più che efficacemente il concetto della caducità della vita. Tutto passa, a volte in un attimo, attraversando le porte scorrevoli di piccole circostanze. Le «*sliding doors*» che possono cambiare l'esistenza. Così non perse neanche un attimo ed espresse il suo pensiero nel primo messaggio:

«Sei un'illustratrice, sei appassionata di cultura giapponese e giochi a *League of Legends*, sei la ragazza perfetta!».

Appena lui ebbe il permesso di uscire di casa, prese un aereo e volò fino a Messina per conoscerla di persona. Era molto più bella, senza una password davanti.

Tre mesi dopo Arianna si trasferì a Raiano e i due, già innamorati, andarono a vivere insieme. Senza mostri di *League of Legends*. Senza mostri di leucemia.

Fausto, nel frattempo, ricevette il trapianto da un donatore tedesco. Avevamo trovato un trentunenne di Colonia, con dodici geni HLA su dodici esaminati identici ai suoi. Fausto fu ricoverato al Centro Trapianti e bombardato con l'irradiazione corporea totale per prepararlo a ricevere il trapianto. Il 20 gennaio 2016 le cellule staminali del donatore fecero il loro ingresso trionfale nel midollo di Fausto che subito cominciò a parlare tedesco. Il decorso fu eccellente e Fausto tornò presto al pieno benessere clinico ed ematologico.

«Tutti i salmi finiscono in gloria» diceva sempre mia madre. Il 9 febbraio 2017, nonostante due trapianti e nonostante chemioterapia e radioterapia ai livelli massimi consentiti, Fausto festeggiò il primo anniversario della sua guarigione ottenendo dalla moglie Nadia il regalo più importante. Lo chiamarono Mauro.

Fernando da parte sua portava avanti la sua vita con Arianna a Raiano e si fece tatuare la scritta *DON'T PANIC* sul braccio. Niente panico, questo era il suo motto, perché, spiegava, se era riuscito a superare tutte le vicende che la vita aveva messo davanti a lui e a suo fratello, nulla più poteva spaventarlo.

L'estate successiva, dopo una vacanza a Copenaghen, fu incantato da quel posto e decise di stabilirvisi con Arianna. Non imparò il danese, ma impiegò solo tre mesi a parlare quasi fluentemente l'inglese. Sarà stato per via delle cellule made in USA.

Lì continuò a lavorare come videomaker e designer, ultimando anche il suo film.

ESTERNO GIORNO
PP CLARA DI SPALLA CON FIORI IN MANO
TOTALE
Messa a fuoco della porta di casa davanti a Clara, che si apre. Esce Fausto.
Fausto: «Clara, ogni volta porti un mazzo di fiori?».
CM OPPOSTO
Fernando si avvicina a Clara: «E se fossimo morti che avresti portato, una serra?».
DISSOLVENZA AL NERO
FINE
MUSICA
TITOLI DI CODA

«Allora dottore, che ne dice? Le piace il film sulla mia vita? Non lo trova un capolavoro?»

«Sì» confermai «ma mi piace molto di più la vita di cui hai fatto un capolavoro. Migliore di qualunque film.»

Venne proiettato nella sala di un cinema di Chieti che Fausto e Clara avevano riservato per fare una sorpresa al fratello tornato dalla Danimarca, invitando parenti e amici provenienti da ogni parte dell'Abruzzo. Qualcuno declinò l'invito, preferendo partecipare alla commemorazione delle vittime del terremoto, in occasione di quel triste anniversario. Era il 6 aprile 2019. Erano già passati dieci anni.

31

«È viva, è viva!»

Gli uomini della protezione civile rimasero strabiliati dopo aver percepito il battito cardiaco della signora Maria.

«Sei viva, nonna? Sei viva?» urlava la nipote cinquantenne incredula. Lo voleva sentire da lei, lo voleva vedere e tendeva la mano per toccarla. Era fredda, ma non gelida. Provò a tastarle il polso, ma l'emozione e le sue dita tremanti impedirono all'attività vitale di venirle trasmessa.

«Come si chiama sua nonna?» la interrogarono gli uomini.

«Maria. Maria D'Antuono» scandì per farsi ascoltare anche dalla donna sulla lettiga.

«Quanti anni ha?»

«Novantotto.»

Era originaria di Tempera, un paesino a cinque chilometri da lì, ed era stata tratta in salvo dopo trenta ore sotto terra, perché quella montagna di resti poteva amaramente considerarsi tale. La terra su cui camminavano agenti della protezione civile, delle forze armate, e gli abitanti di un paese ridotto quasi interamente a quel cumulo. Ore prima avevano ringraziato il cielo gli amici di Marta, una ventiquattrenne studentessa universitaria di medicina. Il conto delle vittime accertate era arrivato a trentasette. Tra queste, avvolto in un lenzuolo non più grande di un cuscino, c'era un bambino di otto mesi. Fu adagiato sul prato, accanto a quelli più grandi che nascondevano i genitori, forse nella stessa posizione in cui si erano addormentati. Non era l'unica famiglia a essersi riunita senza respiri.

Chiara pregava di rivedere la sua. Si era fatto giorno pieno, ma le forze operative intervenute erano ancora poche. C'era sicuramente un'unità cinofila, perché fu proprio un cane a farle riaprire gli occhi, facendole da sveglia, anche se lei lo percepì più come una sorta di defibrillatore. Ogni volta che perdeva conoscenza, entrava in una dimensione di cui non riusciva a interpretare l'essenza. Non distingueva se fosse terrena o spirituale, ma il verso di quell'animale, amplificato dal silenzio in cui l'avevano lasciata gli ignari soccorritori, le fece avvertire tutta l'amarezza della prima nella sabbia, mista a sangue e sassi, che sentiva nella bocca.

Sua sorella si era spostata dal punto da cui era stata invitata ad allontanarsi, ma quando si trovava a una ventina di metri da lì fu colta da un brivido istintivo che la fece arrestare, dipanandosi per tutto il corpo come a volerle lanciare un segnale che interpretò voltandosi e tornando indietro:

«Chiara! Chiaraaaa!» ricominciò a gridare.

«Signora, venga via» le suggerì un volontario, mettendole una coperta sulle spalle e invitandola a cambiare direzione. «Hanno già controllato, qui non c'è più nessuno.»

Lei persistette in quella direzione.

«Chiara!» ripeteva a venti metri dal punto sotto il quale si trovava la sorella.

«Chiaraaaaa!» triplicò a meno di dieci.

«Carlotta.»

Chiara ne aveva avvertito e riconosciuto la voce.

«Signora, è pericoloso» insistevano gli uomini. «Venga via.»

«No, fermi» si ostinò. «Mia sorella è ancora lì sotto, lo so.»

«Non è possibile, signora, i cani l'avrebbero fiutata.»

«È lì sotto le dico.»

«Si allontani per favore» fecero loro facendole invertire la marcia quasi di forza, mentre lei non smetteva di gridare il nome della donna che cercava.

Chiara la sentiva ancora, seppur debolmente. Voleva gridare. Ci provava, ma quando contraeva i muscoli per farlo veniva infilzata da lame di dolore profonde e appuntite, dovute alle fratture che aveva in ogni parte del corpo. Trascorsero una decina di secondi nei quali passò più volte dalla tentazione di chiedere aiuto a quella di desistere, ma proprio quando la voce della sorella stava per essere inghiottita nuovamente dalla lontananza, raccolse forze che neppure sapeva di avere e le fece vibrare nell'aria:

«Carlottaaaaaa».

L'eccessivo spasmo le fece perdere nuovamente i sensi.

Il primo che ritrovò fu la vista, abbagliata dal fascio di luce intensa che le cadeva sulla faccia. Poi l'udito. Sentiva suoni e rumori ovattati, distanti rispetto a una voce riconoscibile a cui associò la figura dell'uomo dietro la quale si ammassava altra gente attonita.

La mise progressivamente a fuoco.

«Angelo. Angelo sei tu?»

«Non preoccuparti» la tranquillizzò quella voce calma e profonda «sei salva. Sei con me. Sei con me, mi hai sentito? Tu sei con me.»

32

Tu sei con me.

Gliel'aveva detto suo marito. Chiara lo cercava tra le tante strane figure che aveva attorno. Giacche rosse catarifrangenti, camici di medici e infermieri, giacche e camicie sporche di chi aveva seguito un parente soccorso e trasportato come lei all'ospedale San Salvatore de L'Aquila. Le era stato riscontrato un trauma cranico, che le aveva causato anche la perdita di nove denti, fratture alle gambe, alla mano, al bacino e un trauma addominale da compressione, ma era cosciente.

Provava a parlare, ma non ci riusciva. Un'infermiera percepì questa sua volontà dagli occhi che la cercavano e le abbassò la mascherina dell'ossigeno.

«Angelo. Dov'è Angelo?»

Queste furono le sue prime parole pronunciate fuori dalla terra che l'aveva inghiottita e tenuta prigioniera per otto ore.

«Chi è Angelo, signora?» le chiese una volontaria della Croce Rossa.

«Mio marito. L'uomo che mi ha tirato fuori» rispose.

«Glielo chiamo subito» le annunciò sparendo tra una moltitudine di persone, facendo ritorno alcuni minuti dopo, seguita dalla sagoma di un uomo.

«Ecco il suo angelo» le annunciò spostandosi per mostrarglielo alle sue spalle.

«Angelo!» lo accolse Chiara, prima di abortire il sollievo. «Ma... tu non sei Angelo.»

«Mi chiamo Marco» si presentò lui, con la divisa dei Vigili del Fuoco.

«Dov'è Angelo?» incalzò lei. «Dov'è mio marito?»

L'uomo tolse dal viso il sorriso che l'aveva accolta:

«Suo marito, signora... non ce l'ha fatta».

«No, si sbaglia» si oppose. «Mio marito è vivo, mi ha tirato fuori dalle macerie. L'ho visto io. Angelo era lì. Mi tendeva la mano. Mi ha detto *tu sei con me*, l'ho sentito.»

Il pompiere, vedendola crescentemente agitata, la invitò a calmarsi con amorevole durezza, appoggiandole una mano sulla fronte:

«Si calmi signora, ci sono state decine e decine di vittime in tutto l'Abruzzo. Suo marito, purtroppo, è una di queste».

«È morto» si ripeté per ascoltare il suono della realtà, togliendola dalle sue paure. Balbettò qualcos'altro di incomprensibile, poi lo collocò tra le altre vittime di cui aveva percepito il numero nelle voci confuse che la circondavano:

«Mio marito è morto? È uno di quei trentotto corpi che hanno trovato senza vita a Onna?».

«Quaranta» la corresse lui.

«Come?»

«Le vittime sono quaranta. Con suo marito, hanno estratto anche i suoi due figli. Mi dispiace tanto, signora.»

Una luce gialla e intensa tornò ad abbagliarla, aumentando con il calore che le crebbe sul viso finché non perse nuovamente i sensi.

«Chiara» la destò una voce conosciuta, mentre ne sentiva la mano accarezzare il dorso della sua.

«Va tutto bene Chiara, ce l'hai fatta. Sei viva.»

«Carlotta» la riconobbe la sorella «dove sono?»

La stanza in cui si trovava, silenziosa e vuota, era per lei una collocazione opposta al caotico viavai del Pronto Soccorso che ricordava. Era all'ospedale di Atri, in provincia di Teramo, dov'era stata trasportata d'urgenza perché quello de L'Aquila era più che saturo.

Raccontò a Carlotta la sua esperienza, interpretando le sue percezioni al momento dell'estrazione come una vera e propria visione. Si convinse che il marito fosse lì con il soccorritore e fosse stato lui a tenderle una mano incorporea prima di quella che aveva toccato concretamente.

Trascorse due settimane nel reparto di Rianimazione, assistita in modo encomiabile dal personale sanitario che provava a curarne anche l'anima, medicandola con gesti pieni di tenerezza e affabilità.

Spesso sognava Angelo, Alessio e Livio, in situazioni e luoghi sempre diversi, che però le ripetevano la stessa frase: *mamma, tu devi vivere*.

«Era lei allora» svelò una mattina alla sorella, che non smetteva di starle accanto e che non afferrò subito.

«Lei chi?»

«La vita» comprese. «Era la vita che mi tendeva la mano e mi diceva *tu sei con me*. Mi sono aggrappata alla sua forza. Era sua la mano di luce che mi veniva tesa. Io ci ho visto Angelo perché lui, come i miei figli, per me era la mia vita, ma ognuno la identifica in chiunque possa incarnarla.»

Si appoggiò al cuscino con lo sguardo fisso sul soffitto, contemplando lo sviluppo di quel pensiero.

La vita è la famiglia. La vita è un parente, un amico, un medico. La vita prende il corpo di chi è per noi autorevole nell'espressione della sua verità per farsi ascoltare, ne prende la voce per tendercela e offrirci la sua forza a cui poterci aggrappare quando ci sentiamo persi, avvinti, impauriti. È la vita che ci solleva e ci abbraccia con quel suono rassicurante e avvolgente: *tu sei con me*.

Epilogo

Tu sei con me.

Lo ripeto anch'io.

Tu sei con me, nella buona e nella cattiva sorte, in salute e in malattia, con o senza il camice.

Ho ultimato il mio personale trapianto e traslocato il cuore da Stella, che ha fatto lo stesso con me. Ci siamo scambiati i respiri e il destino, il presente e il futuro. Ci siamo sposati.

Pochi giorni dopo sono andato a passare una giornata con Chiara, guarita dalla leucemia e dalle conseguenze di un terremoto che ne ha spezzato la famiglia dieci mesi dopo. È a Onna, dove vive supportata dalla fede e da una comunità che, come un prolungamento del cielo, la abbraccia quando ne percepisce il bisogno.

C'erano tutti per la celebrazione dei diciotto anni di Alessio. Il giorno in cui il figlio maggiore avrebbe compiuto la maggiore età, la chiesa di Onna straripava del suo piccolo popolo. Erano tutti lì «come un solo corpo», disse il parroco nell'omelia, citando i versi del dodicesimo capitolo della prima lettera ai Corinzi: «Ora il corpo non risulta di un membro solo, ma di molte membra. Se il piede dicesse: "Poiché io non sono mano, non appartengo al corpo", non per questo non farebbe più parte del corpo. E se l'orecchio dicesse: "Poiché io non sono occhio, non appartengo al corpo", non per questo non farebbe più parte del corpo. Se il corpo fosse tutto un occhio, dove sarebbe l'udito? Se fosse tutto udito, dove sarebbe l'odorato? Molte sono le membra, ma uno solo è il corpo. Non può l'occhio dire alla mano: "Non ho bisogno di te". Dio ha composto il corpo perché non vi fosse disunione, ma le membra avessero cura le une delle altre. Quindi se un membro soffre, tutte le membra soffrono insieme».

Estendendo il dolore tra decine di famiglie, per Chiara risultava, se non tollerabile, almeno condivisibile e per questo confinabile in un limitato lasso di tempo chiamato esistenza. La sofferenza che sgorga ancora dalle ferite, viene tamponata dall'amore di una vicina, di un ex compagno di Alessio, di uno sconosciuto a cui ne è nota la vicenda, e si cristallizza nella crosta di un volto smunto ma resistente. L'amore vince tutto. Onna le dà tutto quello di cui è capace e, con quello che sente da Dio, le permette di vincere il lutto. Quell'amore è vita e la stringe come le braccia del figlio che lei si sente al collo commentando con un pensiero la visione della sua fotografia: Tu sei con me.

L'amore trasforma il lutto in danza. Io di lutti ne ho vissuti tanti. Non mi sono dato pace per tutte le persone che non sono riuscito a far guarire, ma per tutti coloro che ho contribuito a trattenere ho provato la gioia riconciliatrice della rinascita, apprezzando ogni nuovo giorno come una festa. Una festa in cui ballare, una festa di nozze che si celebra con la vita per compagna e che io celebro con la compagna di una nuova vita.

Non c'è l'orchestra, ma dentro ballo. Solo dentro, naturalmente. Non voglio che mia moglie abbia ripensamenti il primo giorno, vedendomi muovere fuori tempo. Liscio, samba, cha cha cha, jerusalema, ho poca dimestichezza con il ballo. Il ritmo lo sento meglio solo se lo scandisce un cardiografo.

Anche se la tentazione di muovermi mi viene, quando dalle casse si diffonde la mia canzone preferita: *My Way*, cantata in modo sublime dal mio idolo Elvis Presley e, effettivamente, lo faccio. Tengo la mano di Stella con la mia destra, mentre la sinistra le cinge il fianco. I pochi centimetri che misurano lo spostamento dei miei piedi non tracciano un movimento del corpo, pressoché immobile, ma la mente, in compenso, quella sì che si muove. Percorre una strada lunga oltre settant'anni.

I've lived a life that's full
I traveled each and every highway
and more, much more than this,
I did it my way.
regrets, I've had a few
but then again, too few to mention...

Ho vissuto una vita così piena
ho viaggiato in lungo e in largo per ogni via
e di più, molto di più di questo,
l'ho fatto a modo mio.
rimpianti, ne ho avuto qualcuno
ma poi di nuovo, troppo pochi da menzionare...

Quando un medico perde un paziente riesamina quel caso decine di volte, chiedendosi se avrebbe potuto fare qualcosa di più ed evitare la perdita, senza però trovare mai una risposta. Ecco perché, col tempo, si impara che l'unica domanda possibile ce la pone la nostra coscienza: «Hai fatto tutto quello che potevi? L'hai fatto al meglio delle tue capacità e possibilità?». La risposta me la canta Elvis:

I did what I had to do and saw it
through without exemption...

Ho fatto quello che dovevo fare e
l'ho portato a termine senza esenzioni...

Così lo sconforto si trasforma in studio, conoscenza, lavoro, affinché la storia negativa diventi un bagaglio d'esperienza tale da mutare l'esito di casi analoghi.

Yes, there were times, I'm sure you knew
when I bit off more than I could chew
but through it all, when there was doubt
I ate it up and spit it out
I faced it all and I stood tall and did it my way...

Sì, ci sono state volte, sono sicuro che lo sapevi
quando ho fatto il passo più lungo della gamba
ma nonostante tutto, quando c'era un dubbio
ho mandato giù e sputato fuori
ho affrontato tutto e ho puntato in alto e l'ho fatto a modo mio...

Ho affrontato con coraggio ogni lotta per vincere contro la malattia, non sono un perdente per mia natura, mi piace vincere e molte volte ho affrontato imprese estreme, apparentemente impossibili da dominare, a rischio grande, molte volte, anche quando era troppo grande per la bocca di qualunque altro medico o scienziato, ma ho sempre puntato in alto, molto in alto, dare speranza a persone ancora prima che a pazienti era la mia vocazione preferita, la mia attitudine, e tutto l'ho fatto a modo mio.

I've loved, I've laughed and cried
I've had my fill, my share of losing
and now, as tears subside, I find it all so amusing
to think I did all that
and may I say, not in a shy way
oh, no, oh no, not me, I did it my way...

Ho amato, ho riso e pianto
ho avuto le mie soddisfazioni, anche la mia parte di sconfitte
e ora, mentre le lacrime si placano, trovo tutto così bello
pensare che ho fatto tutto ciò
e posso dire, senza timidezza
io l'ho fatto a modo mio...

Ho vissuto per amore e per amare. Ho amato la vita che mi è stata regalata, affinché potessi restituirla a chi la stava perdendo. E l'ho fatto a modo mio. E la domanda che mi pongo è: ma perché ho fatto tutto questo? Di certo non sono un santo, al contrario sono esattamente l'opposto. Una risposta la trovo in quello che Elvis dice alla fine della sua canzone.

For what is a man, what has he got?
if not himself, then he has naught.

Per cosa esiste un uomo, che cosa possiede?
se non sé stesso, egli non ha niente.

Questa è la verità. Quando lascerò questa terra, potrò portare solo me stesso, nient'altro. Di me non resterà nulla se non l'amore che avrò saputo dare agli altri, questo resta. E se l'amore per sua vocazione risiede in un posticino che è il cuore, nel mio caso l'amore ha trovato posto... nel midollo. Ho cercato di portare il sogno della guarigione nella realtà di tante persone, bambini, adolescenti, ragazzi, giovani, adulti, e anche anziani. Ho cercato di fare del mio meglio, forse non è stato un granché, ma ho fatto tutto a modo mio, *My Way*.

Ora, senza più il camice, amo una donna che continua a indossarlo, anche se oggi gli ha preferito un abito da sposa, nel quale appare ancora più bella di quanto già la credessi. Così, con lei, affronto *the final curtain*, l'ultimo sipario, il tratto finale della mia strada, che comincia con questa festa, assieme ai pochi presenti.

Non c'è Altea, impegnata in Albania. Sua figlia ha solo un anno e le richiede molte attenzioni ed energie. Si chiama Elisabetta Emanuela. Il primo nome deriva dall'ebraico Elisheba, composto da *El*, Dio, e *scheba*, sette, il numero della perfezione. Il secondo ha origine da Emmanuel, «Dio è con noi». E lo è stato davvero, come la vita, con la famiglia di Altea.

Raisa la convinse a non interrompere la gravidanza. Ilir e

Nadina erano tutt'altro che arrabbiati e la accolsero con lo stesso amore riservato ai figli, ma con qualche mezzo in più. Hanno trovato tutti la tranquillità economica di un lavoro stabile in un paese tornato libero e possono sostenere la nipotina che Altea deve crescere momentaneamente da sola. Il padre della bambina, Adam, ha voluto aggiungere un pizzico di difficoltà in più a un'esistenza che forse, dopo la povertà e la malattia, non ne aveva del tutto bisogno. Una mattina, mentre Altea era all'ottavo mese di gravidanza, la polizia si presentò a casa sua. Era accusato di coltivazione illecita di erbe cannabinoidi in terreni nascosti tra boschi e montagne. Le prove erano schiaccianti, fu processato e condannato a sei anni di prigione.

Tuttavia, ostacoli come questi erano compensati da un percorso generalmente fiorente e pianeggiante, ricco di colori e profumi, come quello dei fiori che adornavano le nozze di Dritana che si erano celebrate quasi contestualmente alle mie.

I miracoli esistono e la storia di ogni componente di questa famiglia potrebbe esserne un esempio. Dritana si era trasferita a Milano, ottenne la cittadinanza e poté così usufruire delle cure altamente specializzate di un centro per pazienti microcitemici. Riceveva regolarmente trasfusioni di sangue ogni due o tre settimane, senza pagare un lek. In Italia, scherziamo al telefono quando ci sentiamo, si riceve il sangue, ma senza svenarsi. È guarita e dal matrimonio, miracolo dei miracoli, ha avuto un meraviglioso bambino che ha chiamato Cristiano. E così sia.

Non c'è Matteo, ma è come se fosse con noi, a chiudere la serata cantandoci la canzone dell'arrivederci.

Non ci sono i pazienti che ho perso come lui, chiamati in un'altra vita, la vita eterna, quella che non finisce mai, che probabilmente li ha accolti con la stessa frase: *Tu sei con me.*

C'è Pierpaolo, però. Mi abbraccia frettolosamente e poi concentra le sue congratulazioni sulla mia sposa.

«Mani a posto, Pierpaolo!»

Trapianto di midollo osseo

Il trapianto di midollo osseo (TMO), detto anche trapianto di cellule staminali ematopoietiche, è il trattamento terapeutico con il quale si sostituisce il midollo osseo malato di un individuo (ricevente) con quello di una persona sana (donatore) allo scopo di ristabilire la normale produzione di cellule del sangue (globuli rossi, globuli bianchi, piastrine) e di un sistema immunitario efficiente. In tutte le malattie del midollo osseo (emopatie), siano esse di natura neoplastica, non neoplastica o genetica, il difetto di base ossia la noxa patogena colpisce sempre le cellule staminali emopoietiche (CSE). Tali cellule, note anche con il nome di cellule CD34+ (CD34 positive) per la presenza sulla loro superficie di questa molecola distintiva, sono cellule contenute nel midollo osseo ematopoietico e, in quantità nettamente minore, anche nel sangue venoso periferico. Tali cellule sono in grado di dividersi e dare origine a due cellule figlie, una che va a ricostituire il patrimonio della CSE (automantenimento), e l'altra, che attraverso ulteriori divisioni e maturazione, darà origine alle tipiche cellule del sangue venoso periferico, cioè i globuli bianchi, i globuli rossi (emoglobina) e le piastrine (differenziamento). Un'altra importantissima funzione della cellula staminale emopoietica, che riveste tra l'altro un ruolo fondamentale nel TMO, è quella di commissionare il sistema immunitario dell'individuo. Il midollo osseo emopoietico a rigore e a tutti gli effetti non è un organo ma un tessuto che ha la caratteristica di essere distribuito in tutte le ossa e principalmente nel bacino ma anche nelle ossa piatte (cranio, scapole, vertebre) e ossa lunghe (femori, omeri, tibie). Il TMO ha dunque l'obiettivo di sostituire la cellula staminale emopoietica malata del paziente. Per tale motivo trapianto di midollo osseo e trapianto di cellule staminali emopoietiche sono termini assolutamente equivalenti.

Si parla di TMO ALLOGENICO quando per il trapianto vengono utilizzate CSE di un donatore sano (consanguineo o non consanguineo) per sostituire quelle malate del paziente. Si parla di TMO SINGENICO, evenienza molto rara, quando il donatore di cellule staminali è un gemello monozigote del paziente. Si parla invece di TMO AUTOLOGO quando sono le cellule staminali stesse del paziente, precedentemente raccolte, selezionate e criopreservate, a essere utilizzate per il trapianto. Non c'è alcun dubbio che il TMO allogenico sia la procedura terapeutica più complessa da realizzare e quella che da un lato concede al paziente le maggiori probabilità di guarigione e dall'altro quella che è gravata dalla maggiore incidenza di complicazioni a volte pericolose per la vita. In questo libro vengono raccontate esclusivamente storie di TMO allogenico.

Il TMO allogenico viene impiegato per la cura di malattie ematologiche maligne (leucemie acute e croniche, linfomi, mielofibrosi, sindromi mielodisplastiche, mielomi), malattie ematologiche non maligne (aplasia midollare, disordini immunitari) e malattie ematologiche genetiche (talassemia major, anemia falciforme, anemia di Fanconi). Il TMO autologo trova indicazione in modo preponderante nei mielomi e nei linfomi e in misura minore nelle leucemie acute.

Da un punto di vista strettamente pratico, il TMO allogenico non è un intervento chirurgico come avviene nel trapianto di organo solido (cuore, polmone, fegato, rene), ma rappresenta una complessa procedura medica che si svolge in due fasi:

1) CONDIZIONAMENTO, ossia eradicazione completa del midollo e del sistema immunologico del ricevente mediante dosi sopraletali di chemioterapia e/o radioterapia;

2) RIPRISTINO DELLA NORMALE PRODUZIONE DI CELLULE DEL SANGUE (funzione emopoietica), mediante trapianto di CSE rese disponibili da un idoneo donatore sano.

Gli obiettivi della terapia di condizionamento, che viene eseguita nella settimana antecedente il trapianto, sono sostanzialmente due: (1) distruggere il midollo osseo del paziente e con esso la malattia che lo affligge; (2) distruggere le difese immunitarie del paziente al fine di permettere l'attecchimento delle nuove cellule staminali del donatore e impedirne il rigetto. Senza la terapia di condizionamento, che è peculiare solo ed esclusivamente del TMO e che può variare da malattia a malattia ematologica, il TMO non avrebbe modo di essere portato a termine.

Le conseguenze immediate della terapia di condizionamento sono facilmente constatabili perché già al termine di essa nel sangue del paziente non circolano più le normali cellule e si realizza quella che viene chiamata aplasia. Il valore dei globuli bianchi, delle piastrine e dei globuli rossi (emoglobina) scende vertiginosamente a livelli prossimi allo zero. Per tale motivo il paziente viene tenuto in una camera sterile e riceve farmaci antibiotici, antifungini e antivirali e cibi sterili allo scopo di ridurre quanto più possibile il rischio di infezioni. La degenza in camera sterile si protrae in media per cinque-sei settimane.

Una volta completata la terapia di condizionamento, il paziente è pronto per ricevere le nuove cellule staminali del donatore prescelto.

Fonti e prelievo di CSE

Le fonti di CSE sono tre.

1) MIDOLLO OSSEO: è stata la prima fonte di CSE impiegate per un TMO. Le ossa del bacino sono particolarmente ricche di midollo osseo e in aggiunta sono facilmente accessibili. Il prelievo del midollo viene effettuato in narcosi generale me-

diante aspirazioni multiple dalle creste iliache posteriori. Ciò che si preleva è in effetti sangue midollare, ossia una minima quantità di cellule staminali (meno del 1% dell'organismo, ma sufficienti per il trapianto) commista a sangue. Il quantitativo finale di sangue midollare prelevato (mediamente 800-1000 ml) non deve impressionare. Durante il prelievo del midollo osseo al donatore viene di regola reinfuso sangue proprio opportunamente messo da parte nelle due settimane antecedenti la donazione di midollo. Alla fine del prelievo pertanto si ha un bilanciamento delle perdite ematiche e il donatore di norma lascia l'ospedale il giorno successivo alla donazione;

2) SANGUE PERIFERICO: il sangue circolante contiene di norma CSE, sia pure in quantità veramente esigua. Se un individuo normale viene sottoposto a stimolazione con fattore di crescita granulocitario per quattro-cinque giorni, il midollo osseo immette nel sangue una grande quantità di CSE. Queste ultime possono essere facilmente identificate e quantizzate mediante anticorpi monoclonali (CD34+). Una volta raggiunto il picco di mobilizzazione, le CSE CD34+ vengono raccolte mediante separatore cellulare (aferesi) e sono così disponibili e pronte in gran numero per essere trapiantate;

3) CORDONE OMBELICALE: il cordone ombelicale che lega il feto alla placenta contiene a tutti gli effetti CSE. Al momento del parto, se la partoriente ha acconsentito alla donazione, il cordone ombelicale non viene eliminato ma sottoposto a «*spremitura*» al fine di raccogliere il sangue in esso contenuto. La modesta quantità di sangue cordonale/placentare (80-100 ml) contiene un buon numero di CSE che vengono quantizzate, raccolte in speciali sacche e criopreservate nella Banca del cordone. Al momento sono oltre seicentomila le unità di sangue cordonale criopreservate nelle principali banche di cordone nel mondo e a disposizione per qualunque paziente ne abbia bisogno.

Trapianto e attecchimento

Il TMO non è un intervento chirurgico. Una volta completata la terapia di condizionamento e una volta raccolte le CSE (midollari, del sangue periferico o del cordone non fa alcuna differenza), avviene il trapianto vero e proprio che consiste nell'infusione delle CSE stesse attraverso il torrente circolatorio. Si tratta in effetti di una vera e propria trasfusione che tuttavia ha un obiettivo primario, ossia quello di trasferire le preziose CSE in tutte le normali sedi di midollo osseo. Le CSE hanno infatti una capacità impressionante, ossia quella di sentire l'aria di casa (*homing* in termine anglosassone). Ciò equivale a dire che quando le CSE attraverso la microcircolazione capillare raggiungono le sedi midollari lasciano il torrente circolatorio e migrano nelle lacune ossee che la terapia di condizionamento ha reso pronte a riceverle. Di norma il giorno del trapianto viene indicato come giorno 0. Gli eventi biologici che susseguono al trapianto sono a dir poco straordinari. Per effetto della terapia di condizionamento il paziente entra in aplasia mediamente dopo uno-due giorni dal trapianto. Il suo midollo è ormai totalmente impoverito ma già contiene nuove CSE. Queste ultime impiegano mediamente due-tre settimane per maturare e dare nuove linee cellulari. Pertanto di norma dopo dieci-quindici giorni dal trapianto il valore dei globuli bianchi nel sangue periferico comincia ad aumentare progressivamente. A seguire anche i globuli rossi e quindi l'emoglobina e le piastrine iniziano la risalita. Se non insorgono complicazioni il recupero ematologico si completa entro quattro-sei settimane. Il paziente è tornato a essere ematologicamente autonomo e può lasciare la camera sterile. Se a questo punto andiamo a testare con metodologia appropriata il DNA delle cellule midollari vedremo che tali cellule non sono più quelle del paziente ma quelle del donatore. Se ad esempio trapiantiamo un paziente di sesso maschile con CSE di donatore di sesso femminile troveremo che nel midollo e nel sangue circolante le cellule sono di sesso femminile.

In un individuo maschio coesistono pertanto due tipi di cellule, maschili e femminili. Nella trapiantologia questa condizione viene definita chimera, termine estrapolato dalla mitologia greca. La chimera era un animale in cui coesistevano più specie di animali (leone, capra, serpente). La documentazione della raggiunta chimera è il segno tangibile della riuscita biologica del trapianto. Purtroppo la chimera non equivale a guarigione certa. Alcuni pazienti manifestano infatti una ricaduta (recidiva) della malattia primaria nonostante già a due mesi dal trapianto abbiano ottenuto una chimera completa ossia il 100% di cellule del donatore.

Decorso post-trapianto e complicanze

Soprattutto nei primi due-tre mesi successivi al trapianto e, in misura minore, nei mesi successivi il paziente è esposto a diverse possibili complicazioni, di gravità variabile, in alcuni casi potenzialmente pericolose per la vita. Tali complicanze sono in massima parte legate alla particolare situazione immunologica in cui il paziente viene a trovarsi.

Il TMO è infatti l'unica condizione nella medicina in cui è presente una doppia barriera immunologica. Da un lato ci troviamo di fronte a quella che è la fisiologica e naturale barriera del rigetto, ossia la reazione dell'ospite contro il trapianto. Questa barriera nel TMO viene in gran parte annullata sia dalla chemioterapia a cui il paziente è stato sottoposto in precedenza se affetto da malattia neoplastica sia dalla terapia di condizionamento. L'incidenza di rigetto, che consiste nel mancato attecchimento o nella perdita dell'attecchimento stesso, è particolarmente bassa (<5-10%) in corso di TMO. Il rigetto rappresenta in ogni caso una situazione estremamente grave per il paziente che da un lato si trova a essere sprovvisto del suo midollo in quanto soppresso dal condizionamento e dall'altro rimane privo delle nuove CSE che sono state rigettate e non hanno avuto modo di maturare. Il rigetto richiede di norma un immediato secondo trapianto previa ulteriore terapia di condizionamento immunosoppressiva con tutte le implicazioni cliniche negative che ciò comporta. Alcuni fattori possono incidere sull'instaurarsi del rigetto, in particolare effetti tossici dei farmaci impiegati e infezioni intercorrenti.

La seconda barriera immunologica in corso di TMO è la reazione del trapianto contro l'ospite, in termine anglosassone conosciuta come graft-versus-host disease (GvHD). Tale reazione, presente in medicina solo dopo trapianto di midollo, è dovuta all'attacco immunologico che le cellule immunitarie (linfociti T) del donatore esercitano nei confronti degli organi del ricevente. Tale attacco avviene di solito nel 50-70% dei casi e può avere quadri clinici variabili come presentazione (eritema, diarrea, ittero) e gravità. Se da un lato la GvHD rappresenta indubbiamente il principale ostacolo alla riuscita del trapianto, è anche vero che essa può essere un valido aiuto per il paziente stesso in quanto i linfociti T del donatore possono attaccare e distruggere le cellule tumorali residue del paziente e contribuire in maniera determinante alla guarigione definitiva della malattia di base.

Le infezioni, dovute al deficit immunologico che i farmaci e il trapianto stesso inducono, rappresentano una delle complicanze più temibili dopo TMO. A seconda della fase del trapianto (aplasia iniziale, GvHD, recupero immunologico tardivo) le infezioni possono essere batteriche, micotiche e virali. Se le infezioni batteriche sono controllabili nella maggior parte dei casi con opportuna terapia antibiotica, le infezioni micotiche, in particolare l'aspergillosi, e quelle virali (in particolare le infezioni da riattivazione del citomegalovirus e del virus di Epstein Barr) possono aprire la strada a pericolose situazioni cliniche per il paziente.

Gli effetti tossici dei farmaci impiegati (chemioterapia e immunosoppressione in particolare) e la difficoltà biologica a far coesistere i due sistemi immunitari del ricevente e del donatore costituiscono la base delle diverse e innumerevoli complicanze che possono instaurarsi dopo TMO (cardiopatie, encefalopatie, cistite emorragica, malattia veno-occlusiva epatica per citarne alcune). Tali complicanze sono in alcuni casi non controllabili con la terapia e rendono ragione del tasso di mortalità trapianto-correlata. Molti sono i fattori che influiscono sulla mortalità legata al trapianto (età del paziente, malattia di base, grado di compatibilità del donatore, coesistenza di comorbidità nel ricevente, e altri ancora) al punto che essa può variare dal 5-10% nei casi più favorevoli (ad esempio trapianto in bambini da donatore familiare compatibile) al 50% e più nei casi in cui sono presenti più fattori di rischio.

Risultati del TMO

Molte malattie ematologiche, un tempo considerate letali, possono oggi essere aggredite e trattate con il TMO allogenico. Quanto più il trattamento è precoce e le condizioni cliniche del paziente buone, tanto più i risultati sono positivi e portano a guarigione definitiva. Molti sono i fattori che influiscono sulla sopravvivenza e la guarigione del paziente sottoposto a TMO. I più importanti sono: età del ricevente e del donatore, tipo e stadio della malattia di base, sorgente di cellule staminali, grado di compatibilità, presenza di comorbidità nel ricevente. A fronte di tutti gli ostacoli e di tutte le complicazioni che il trapianto comporta, ivi compresa anche la recidiva ematologica, se il decorso è favorevole, per il paziente si aprono scenari di guarigione che per alcune malattie (aplasia midollare, talassemia) possono raggiungere anche l'80-90% dei casi e per altre come leucemie acute, mielodisplasia, mielofibrosi, e linfoma il 40-70% dei casi. Di norma a un paziente affetto da malattia ematologica maligna il TMO allogenico viene offerto quando non esistono valide alternative di cura e dunque l'aspettativa di vita è ridotta praticamente a nulla.

Cosa si intende per compatibilità?

Il requisito fondamentale per il successo del trapianto midollare è che il paziente e il donatore siano geneticamente uguali, ossia condividano gli antigeni di istocompatibilità, che nell'uomo prendono il nome di antigeni HLA (Human Leukocyte-System A).

Gli antigeni HLA sono proteine che si trovano sulla membrana delle cellule e sono specifici per ogni individuo. La valutazione del grado di compatibilità si fa mediante un esame, chiamato tipizzazione HLA, attraverso la quale si studiano le caratteristiche genetiche del donatore e del ricevente. Per eseguire la tipizzazione HLA è sufficiente un semplice prelievo di sangue per avere a disposizione le cellule su cui effettuare analisi di laboratorio rivolte a identificare i geni HLA. I geni del sistema HLA hanno la caratteristica di essere estremamente variabili da individuo a individuo; per tale motivo, la variabilità genetica è molto elevata al di fuori dell'ambito familiare. Nell'ambito familiare ogni fratello ha una probabilità del 25% di essere HLA identico al paziente. Ciò equivale a dire che sulla carta il 75% dei pazienti non ha un donatore ideale per eseguire un TMO. Tuttavia, per dare la possibilità di trovare un donatore compatibile anche a quei pazienti che non dispongono di un donatore HLA-compatibile all'interno del nucleo familiare, sono stati istituiti i registri internazionali di donatori volontari di CSE o i network di banche del sangue di cordone ombelicale (SCO).

La possibilità di ogni singolo donatore di essere compatibile con il paziente è infinitesimale, ma essendo i donatori nel registro mondiale molti milioni, la maggioranza dei pazienti riesce a trovarne uno HLA-compatibile. Il Registro internazionale dei donatori volontari di midollo osseo a tutt'oggi annovera circa quarantuno milioni di individui, cinquecentomila dei quali in Italia, e oltre ottocentomila unità di SCO criopreservate e pronte per essere utilizzate per un trapianto a chi ne ha bisogno.

Negli ultimi vent'anni, la ricerca scientifica nel campo del

TMO ha reso possibile l'impiego di familiari compatibili al 50% (aploidentici) come donatori di CSE. In pratica i risultati dei trapianti da donatore familiare compatibile, da donatore non consanguineo con alto grado di compatibilità e da donatore familiare aploidentico sono diventati pressoché equiparati al punto che con questa tipologia di donatori e con l'aggiunta dei trapianti di SCO quasi il 100% dei pazienti che necessitano di trapianto può ambire a ricevere un trapianto con prospettive di guarigione altrimenti non ipotizzabili con le terapie convenzionali.

Ringraziamenti

Scrive Dante Alighieri nel *Paradiso*: «La gloria di Colui che tutto move per l'universo penetra, e risplende in una parte più e meno altrove». Mi sono sentito e continuo a sentirmi un privilegiato perché *Colui che tutto move* fra tutti i doni che mi ha elargito mi ha dato un lavoro bellissimo che mi ha fatto crescere e cambiare ogni giorno facendomi conoscere persone e storie dense di amore vero. A Lui va il mio primo pensiero di ringraziamento.

In tutte le storie che ho narrato non c'è alcunché di fantasia. In tutti i casi si tratta di storie vere di vita vissuta. Per essere il più aderente possibile alla realtà dei fatti, ho intervistato tutti i pazienti protagonisti di questo libro, quelli che sono guariti e i genitori di quei pazienti che purtroppo sono stati sconfitti dalla malattia. A tutti loro va il mio più profondo e sentito ringraziamento, soprattutto a coloro che, nonostante la perdita di un congiunto e l'infinito dolore che ne è scaturito, hanno accettato di rievocare insieme a me le fasi più toccanti della loro storia.

Oltre ai pazienti descritti nelle pagine di questo libro, mi viene in mente una lista lunghissima di persone, sopravvissute e non, che in oltre quarant'anni di lavoro hanno creduto in me e nella squadra che guidavo e che meritano il mio ringraziamento perché hanno arricchito costantemente la mia vita. Non posso citarli tutti, uno per uno, ma in questa sede una paziente merita il mio commosso ricordo. Si tratta di Katia. Katia era affetta da talassemia (anemia mediterranea) intermedia. Per questo motivo aveva ricevuto nella sua vita oltre 220 trasfusioni di sangue e viveva solo grazie a esse. Nel mese di maggio 2011 Katia era stata sottoposta a trapianto di midollo osseo allogenico a Pescara all'età di ventinove anni utilizzando il midollo osseo di un donatore tedesco di pari età. Il trapianto aveva avuto un decorso perfetto, privo di complicazioni, che aveva portato la ragazza a guarire e ad avere una vita normale. Quello che rendeva Katia una persona speciale era la profonda gratitudine verso quello sconosciuto donatore tedesco che le aveva donato il suo midollo e con esso la vita, al punto che si era dichiarata favorevole alla donazione dei suoi organi nel caso in cui si fossero realizzate determinate condizioni. E così è avvenuto, perché un terribile e crudele destino era in agguato. La mattina del 31 dicembre 2023, quando Katia e il suo fidanzato Matteo si apprestavano a festeggiare l'inizio di quel nuovo anno che li avrebbe portati alle nozze, una vasta emorragia cerebrale le ha stravolto la vita. Dopo pochi giorni è stata dichiarata la morte cerebrale. I medici del reparto di Rianimazione dell'ospedale di Parma hanno allora proposto ai familiari l'espianto degli organi. Memori di quanto Katia aveva lasciato detto in vita, i genitori si sono subito detti favorevoli e così nella notte fra il 10 e l'11 gennaio 2024, il suo fegato, i reni e le cornee sono andate in altri corpi, portandosi dietro un po' della sua nobile anima. La missione di Katia di dare la vita a chi ne aveva bisogno si è realizzata nella sua pienezza. Ricorderò Katia come una persona dal carattere fantastico, sempre con il sorriso sulle labbra, bella fuori e soprattutto bella dentro. Ciao Katia, riposa in pace.

Il mio ringraziamento più sincero è per tutta la fantastica, entusiasta e motivata squadra di medici, infermieri, biologi, tecnici, operatori sanitari del Centro Trapianti e di tanti altri reparti dell'ospedale di Pescara e de L'Aquila che ho guidato per diversi decenni e che con il loro lavoro, il loro impegno e la loro abnegazione hanno consentito di trapiantare oltre duemila pazienti fino a che sono stato in attività. A questo ringraziamento accomuno anche le diverse associazioni di volontariato (AIL, AGBE, ADMO, FIDAS) che non solo sono state di enorme aiuto ai pazienti durante il ricovero ma anche nel sostenere la ricerca scientifica nel mio reparto.

Questo libro non avrebbe visto la luce se non avessi avuto al mio fianco colui che è diventato per me un sincero e grande amico: Andrea Mercurio. L'aiuto che Andrea mi ha dato nel curare il progetto del libro non ha avuto limiti mettendo a mia disposizione la sua alta professionalità, la sua fantasia, la sua umanità e la sua sensibilità.

Le parole probabilmente non sono sufficienti a esprimere la profonda riconoscenza che ho per il mio editore Cairo e per lo staff che è stato messo a mia disposizione, primi fra tutti Paolo De Berardinis, Luca Ussia ed Elena Grimi. Vedere la mia proposta di pubblicazione del libro accettata in meno di una settimana è stato per me motivo di grande soddisfazione. Grazie di cuore a coloro che ho citato ma anche a tutti quelli che hanno lavorato per me dietro le quinte.

Infine il mio ricordo va alla mia famiglia e ai miei figli, che sono l'essenza della mia vita, e a tutti gli amici che mi hanno incoraggiato con la loro sincerità e il loro affetto.

GRAFICA VENETA
GV CARBON NEUTRAL

Questo libro è stampato fabbricato da Grafica Veneta S.p.A.
con un processo di stampa e rilegatura certificato 100% carbon neutral
in accordo con PAS 2060 BSI

Finito di stampare nel mese di marzo 2024
per conto di RCS MediaGroup S.p.A.,
da Grafica Veneta S.p.A., via Malcanton 2, Trebaseleghe (Padova)
Printed in Italy